허공록

허공록 1

민학기 판타지 장편 소설

초판 1쇄 찍은 날 § 2003년 9월 18일
초판 1쇄 펴낸 날 § 2003년 9월 28일

지은이 § 민학기
펴낸이 § 서경석

편집장 § 문혜영
편집책임 § 권민정
마케팅 § 정필 · 강양원 · 이선구 · 김규진 · 홍현경

펴낸곳 § 도서출판 청어람
등록번호 § 제1081-1-89호
등록일자 § 1999. 5. 31
어람번호 § 제1-0419호

주소 § 경기도 부천시 원미구 심곡1동 350-1 남성B/D 3F (우) 420-011
전화 § 032-656-4452 팩스 § 032-656-4453
E-mail § eoram99@chollian.net

값 8,000원

ISBN 89-5505-815-2 04810
ISBN 89-5505-814-4 (SET)

민학기 판타지 장편 소설

허공록

虛空錄

1

나는 알고 있다

도서출판
청어람

나는 알고 있다

글쓴이의 말

서장   나는 알고 있다 ..9

제장   하이 엘프의 숲 ..47

제2장   폭풍이 불어오는 곳 ..71

제3장   이정표(1) ..99

제4장   이정표(2) ..139

제5장   음해(陰害)(1) ..225

저는 어릴 적부터 공상을 많
이 했었습니다. 하늘을 날면
어떤 느낌이 들까, 태양의 표면은 어떻게 생겼
을까 하는 생각 등등. 때문에 어려서부터 SF소설을
붙잡고 살았습니다. 화성 침공이라는 SF소설을 보
고 화성인을 상상하기도 하였고 타임머신이라는 소
설을 보며 시간 여행에 대해 생각하기도 했습니다. 그
때문인지 SF영화도 무척 좋아했습니다. 또한 미스테리
물과 스릴러도 좋아했습니다. 돌이켜 보면 소설 중에 로맨스 소설 빼고는
죄다 붙잡은 것 같습니다.

판타지는 이런 저의 욕구를 충실히 반영하는 분야입니다. 제가 원했던
상상을 고스란히 만들어내는 '마법'과 같은 것이었습니다. 수많은 책을
읽고 마찬가지로 수많은 생각을 했습니다. 어느 날 문득 내가 직접 '마
법'을 써본다면? 머리 속에 떠도는 이야기를 써본다면?

그러나 무작정 쓰기에는 너무나 미흡하다고 생각했습니다.

어느 날 인터넷 웹 서핑 도중 상당히 독특한 것을 발견했습니다. 미국
의 잠자는 현인이라 불리는 에드가 케이시가 주창한 이론이었지요. 그
순간 퍼즐처럼 무언가가 짜맞춰졌습니다. 신기하게도 말이지요.

아카식 레코드(Akashic Record)를 소재로 한 허공록은 이렇게 탄생
되었습니다. 본래 허공록이라는 낱말은 제가 만들어낸 것이 아닙니다.

처음 제목 없이 소설을 구성하다가 어느 날 문득 어디선가 본 그 낱말이 떠올라 제목을 붙였습니다. 의외로 어울리는 것 같아 만족스러웠습니다.

그런데 글이 한참 진행된 후 알고 보니 모 일본 만화의 오리지널 단어 더군요. 고민했습니다. 이 단어를 따와서 써도 되는지 말이지요. 많은 분과 상담을 했고 결단을 내렸습니다. 그대로 하는 것으로요. 허공록이라는 단어를 '차용'이라는 낯 좋은 말로 빌어 사용키로 하였습니다. '단어란 사용하는 자에 의해 퍼진다'라는 말을 믿고 말입니다.

허공록에는 제가 생각했던 몇 가지 코드가 스며들어 있습니다. '널리 퍼진 것으로 제대로 된 것을 써보자'와 '전형으로 비전형을 만들어보자'가 바로 그것입니다. 끝이 어떻게 될지는 글을 쓰는 저도 아직 모르겠지만 위 목표를 완성키 위해 열심히 달릴 것입니다. 처음 시작하는 것인데 너무 무리가 아닐까 생각도 되지만 그만큼 얻는 게 있을 거라는 믿음 때문에라도 열심히 쓸 것입니다.

허공록은 먼치킨 소설입니다. 그러나 어찌 보면 먼치킨이 아닙니다. 저는 생각합니다. 모든 일에는 대가와 책임이 따른다는 것을 말이지요. 내가 강하다고 해서 마음대로 한다면 그것은 곧 질서의 파괴를 야기한다고 생각합니다. 주인공 성진은 강한 힘을 가졌으면서도 그것을 적절히 사용합니다. 기분 나쁘다고 해서, 귀찮다고 해서, 싫다고 해서 피하거나 혹은 흔들리지 않습니다. 저는 성진을 통해 무언가를 주고자 합니다. 말초적이고 지극히 원초적 것과는 다르게 절제의 미덕을 보여주고자 합니다.

모자란 글을 쓰며 힘들고 괴로웠을 때 저를 응원해 주시던 분들께 감사드립니다. 청어람에서 로그인이라는 귀찮은 절차를 밟으면서도 꼬박 꼬박 댓글을 남겨주시던 분들, 허공록을 보며 무언가를 느꼈다는 분들, 제가 놓치고 지나간 오타를 지적해 주시는 고마운 분들. 잊을 수가 없습니다.

힘든 학교 생활 중에서도 언제나 혼자 있기 좋아하던 저에게 찾아와 즐거움을 주었던 형조 형, 영진이 형, 힘든 군대 생활을 묵묵히 감내하고 있는 제 불알친구, 동흔이, 성렬이, 종선이. 모두가 저의 의지가 되어주었습니다.

넷상에서 많은 조언을 해주시던 토돌님, 언제나 재치있는 말로 웃음을 안겨주시던 더 위저드 저자 가우님, 군대 갈 날이 멀지 않았다고 손꼽으며 절규하는, 언제나 저와 함께 긴긴 밤을 보내던 샤이라님.

늦은 연재와 게으른 저로 인해 언제나 마음 고생 하시던 제 담당 기자 권민정님. 저의 모자란 작품이 책으로 나올 수 있도록 청어람과 편집장님.

모두에게 감사드립니다.

끝으로 끈기없고 투정 부리기 좋아하며 버릇없는 저를 끝까지 믿고 아껴주신 어머니, 아버지께 감사드립니다.

나는 알고 있다,
세상의 모든 이치를.
나는 느끼고 있다,
세상의 모든 흐름을.
보이지 않는 곳에 모든 것이 귀결되어 기록되는 곳,
그곳은 바로 허공록.

신원 미상의 작가가 남긴 시
허공록(虛空錄)에서

서장   나는 알고 있다

한 기자는 하얀 모니터를 멍하니 쳐다보았다. 환기
가 안 되는 작은 골방이 뿌얀 담배 연기로 가득 찼지만
그는 그저 모니터를 보았다. 왼손 손가락에 끼어 있는
담배에서 불똥이 담배 잎을 잡아먹으며 하얀 백사를 허
공으로 토해냈고, 백사는 천장의 형광등 빛에 반사되어
청백색 자취를 남기며 허공으로 흩어진다.
    "아앗!"
    한 기자는 왼손을 털었다. 불똥이 담배를 모조리 태
우고 그의 손가락에 화상까지 입힌 것이다. 그는 발갛
게 부어오른 손가락을 멍하니 보더니 다시 담뱃갑에서
담배 한 개비를 빼냈다. 탁탁거리는 일회용 라이터의
부싯돌에서 불똥이 튀어 오르자 담배 끝에 다시 빨간

장미가 피어났다.

　니코틴과 타르를 듬뿍 담은 청백색 연기는 필터를 타고 허파에 다다
랐다. 허파 꽈리에 도는 혈액 속에 스며든 니코틴은 온몸을 돌고 뇌로
전해진다. 그 아득함에 한 기자는 천장으로 고개를 젖히고 눈을 감았
다. 아직도 떠오르는 그의 마지막 눈빛. 차가웠지만 왠지 모를 뭉클했
던 그 느낌. 믿을 수 없는 이야기에 한 기자의 머리 속은 이미 헝클어
질 대로 헝클어졌다.

　그 이야기의 신비함에 기사화하려 한글 2002를 켜고 모니터 앞에
앉았지만 벌써 몇 시간 동안 멍하니 있었다. 자꾸만 생각나는 그의 얼
굴. 한 기자는 오른손으로 얼굴을 감싸 쥐었다. 아무도 믿지 않을 것이
다, 그 이야기를. 이제 이곳을 떠난다며 마지막 인연을 가진 한 기자에
게 풀어놓은 그 이야기를.

　한 기자는 다시 담배 한 모금을 빨았다. 천장의 타르에 변색되어, 세
월에 부대껴 누렇게 뜬 벽지에 박힌 무늬가 그의 눈을 어지럽힌다.

　한 기자는 다시 모니터를 보았다. 왼손에 들려 있는 담배를 입에 물
고는 두 손을 키보드에 올려놓았다. 무슨 생각을 했는지 그는 입에 물
려 있는 담배의 필터를 질끈 씹으며 마침내 키보드를 두드리기 시작하
였다.

　〈이 글은 아무도 믿지 않을 것이다. 작성하는 필자조차 믿지 못할진
대 그 누가 믿을 것인가. 그러나 필자는 알 수 없는 사명감에 기어코
그의 이야기를 문서화한다. 필자는 기자다. 오직 사실만을 쫓는 기자.
믿지 못할 이야기를 허위로 작성하여 유포하는 짓을 가장 경멸하는 기
자이다. 그렇지만 이 글은 인터넷에 떠돌 것이다. 누구도 신경 쓰지 않

는 구석진 게시판에 올려질 것이다. 이 글의 진실을 믿든 믿지 않든 필자는 신경 쓰지 않을 것이다. 그러나 가장 특별한 인간이 남긴 이야기, 이제는 오직 필자만이 아는 그의 비밀을 남긴다. 한줄기 인연이 이토록 모질게 필자를 괴롭힐 줄은 몰랐지만 그의 마지막 인연이 필자인 것에 왜인지 모를 안도감이 느껴진다. 돌이켜 보면 운명은 이미 필자와 그의 만남을 미리부터 계획했을지도 모른다.

그만큼 그와 필자의 만남은 시작부터 특별했다.〉

200X년 X월 X일 토요일. 경기도의 한 중소 도시 어느 작은 카페.

땡그랑!

카페의 문에 달린 작은 종에서 맑은 소리가 흘러나오는 것을 들으며 한영진은 카페 안으로 발걸음을 옮겼다. 한영진은 카페 입구에 서서 카페 안을 이리저리 둘러보았다. 점심때가 조금 지난지라 카페 안은 한산하였다. 하긴 거의 점심을 먹으러 갈 것인데 누가 이 시간에 카페에 있겠는가? 한영진은 자신이 약속 시간보다 빨리 온 것을 깨닫고 창가 자리로 앉았다.

"주문하시겠습니까?"

이제 갓 대학에 입학한 새내기로 보이는 카페 여아르바이트생이 친근한 미소를 지어 보이며 한영진에게 다가왔다. 한영진은 늘 그가 즐겨 마시던 것을 주문하였다.

"비엔나 커피 부탁합니다."

"네, 알겠습니다, 손님. 잠시만 기다리세요."

사람을 보듬는 친근한 미소를 보낸 아르바이트 학생은 메뉴판을 들고 돌아갔다. 학생의 뒷모습을 물끄러미 바라본 한영진은 다시 고개를 돌려 창밖을 보았다. 푸른색으로 코팅된 유리창을 통해 비치는 세상은 온통 파랗다. 한영진은 그 푸름을 보며 머리 속으로는 어제 일을 더듬어갔다.

　그날도 한영진은 월급을 탈탈 털어, 그래서 한 달 동안 라면만 먹다시피 하여 장만한 홈 시어터로 DVD를 감상하기 위해 DVD 대여점에 들러 집으로 귀가하였다. 집에서 멀리 떨어져 생활하는 터라 부모님의 도움으로 작은 룸을 마련해 살고 있었다. 영화, 음악 감상이 취미라 그렇게 원하던 홈 시어터를 부모님 몰래 장만해 놓았다. 기분 좋게 캔 맥주 한 모금을 마시고 DVD를 감상하려던 찰나 그는 가슴이 찢어지는 경험을 해야만 했다.

　그가 가장 아끼는 가칭 보물 1호인 DVD 플레이어의 트레이가 박살나 있었던 것이다. 순간 치밀어 오르는 화에 눈앞이 아득했지만 얼마 안 가 그는 범인을 알아내었다. 범인은 바로 자신이었다. 바로 전날 술에 곤드레만드레되어 집에 들어와 정신없이 잠들려 할 때 무언가 발에 밟혀 깨지는 것이 느껴졌는데 아무래도 그것이 DVD 플레이어였던 모양이다. 한영진은 어이없는 표정으로 박살난 트레이와 자신의 발을 번갈아 보았고 이윽고 망치로 자신의 발을 두들겨 버리려는 찰나 전화가 울렸다.

　"여보세요?"

　한영진은 애써 목소리를 가다듬고 전화를 받았다. 그러나 기대했던 대답은 들려오지 않고 오직 정적만이 수화기를 타고 흐르자 가뜩이나 나빠져 버린 기분이 더 더욱 구겨지는 것을 느꼈다.

　"이보쇼! 가뜩이나 열받아 죽겠는데 장난 전화입니까? 발신자 추적

서비스까지 되어 있으니 당신 한번 혼 좀……!"

「영진이냐?」

수화기 저편에서 나직이 흘러나오는 자신의 이름에 한영진의 입에서 튀어나오던 폭언이 순간 멎었다. 자신의 이름을 부른다면 그것은 상대가 자신을 알고 있다는 소리이다. 그러나 한영진은 자신의 이름을 부르는 상대를 도무지 알 수가 없었다. 내심 한국인의 좋지 않은 전화 예절을 욕하며 한영진은 말했다.

"누구십니까?"

한영진은 정중하게 말하는 자신에게 놀라며 보통 '누구냐?' 라고 묻지만 며칠 전 부장에게 '누구냐?' 라고 했다가 곤욕을 치른 적이 있다 다시 한 번 물었다.

"전화 거신 분, 실례지만 누구신지요?"

「나다, 성진.」

한영진은 자신의 귀를 의심할 수밖에 없었다. 성진? 그가 알고 있는 사람 중 성진이라곤 고교 시절의 친우이자 은인밖에 없었다. 하나 그와 연락이 끊긴 지 어언 7년. 한데 지금 이렇게 전화가 오다니? 한영진은 도저히 자신의 귀를 믿을 수 없기에 떨리는 목소리로 되물었다.

"누, 누구?"

「여전하구나, 넌.」

7년 만에 듣는 친우의 목소리에 한영진은 기억 저편에 잠자고 있던 고교 시절의 추억이 깨어나기 시작하였다. 그리고 한영진은 그 기억 속의 목소리와 지금 자신이 듣는 목소리가 일치한다는 사실을 깨달았다.

"진, 성진이구나!"

한영진은 전화기를 붙잡고 앉은 자리에서 벌떡 일어섰다.

「그래, 오랜만이구나.」

수화기를 통해 흘러오는 목소리는 무미건조하기 이를 데 없었지만 한영진은 그 속에 숨은 친구의 반가움을 발견했다. 워낙 감정 표현이 없는 녀석이지만 한영진은 알 수 있었다.

"도대체 얼마 만이냐? 응? 왜 연락하지 않았어? 네 전화번호도, 주소도 바뀌고 7년 동안 널 봤다는 녀석도 없으니."

한영진은 다소 서운했다는 투로 말했다. 그러나 그의 목소리에는 숨길 수 없는 반가움이 배어 있었다.

「그건 그렇고, 우리 만나자.」

그간 쌓였던 안부도 묻지 않고 대뜸 만나자고 하는 친우의 제안에 한영진은 의아함을 느꼈으나 반가운 마음에 바로 승낙하였다.

"그래, 만나자."

"주문하신 비엔나 커피 나왔습니다. 맛있게 드세요."

잠시 어제의 일을 더듬고 있었던 한영진은 아르바이트생의 말에 현실로 돌아오며 눈앞에 놓인 비엔나 커피로 손을 가져갔다. 약속 시간을 맞추느라고 점심을 급하게 먹어서 속이 더부룩했었는데 뜨거운 액체가 넘어가자 좀 가라앉는 듯했다. 한영진은 커피를 홀짝이며 다시 창밖을 보았다.

땡그랑!

한영진이 들어올 때 들었던 예의 종소리가 잔잔한 음악이 흐르는 카페 안에 울려 퍼졌다. 카페의 입구와 앉은 자리는 멀지만 고개만 돌리면 바로 시야가 확보되는 자리였기에 한영진은 종소리가 들리자마자 고개를 돌렸다.

"……!"

까페의 문을 열고 들어온 사람은 가벼운 캐쥬얼 차림의 남자였다. 그 흔한 염색조차 하지 않고 그저 적당히 기른 머리와 단정한 옷차림, 날렵한 몸매, 이십 대 초반으로 보이는 얼굴. 그 얼굴을 보고 한영진은 커피 잔을 놓고 벌떡 일어섰다.

7년 만에 보는 얼굴이지만 분명히 그였다. 많이 바뀌긴 했지만 그 정도도 알아보지 못할 한영진이 아니었다. 한영진은 자신을 향해 걸어오는 성진을 향해 두 팔을 벌려 7년 만에 만난 친우를 껴안았다.

"이 자식아! 오랜만이구나!"

격하게 차 오르는 감정을 이기지 못해 큰 소리로 외친 탓에 카페 안에 있던 모든 사람들이 그들을 돌아보았다. 순간 한영진은 자신들 쪽으로 몰리는 시선을 느끼고는 얼굴을 붉게 물들이며 성진을 껴안았던 팔을 풀어내고 재빨리 자리에 앉았다. 공공 장소에서 고성이라니, 평소 문화인을 자처하는 터라 그 창피함이 더 더욱 컸다. 더군다나 남자를 껴안고 소리를 질렀으니 사람들의 수군거림도 이만저만이 아니었다. 한영진은 쥐구멍에라도 기어들어 가고 싶은 충동에 시달려야만 했다.

붉게 물든 한영진의 얼굴을 본 성진은 나직이 말했다.

"여전하구나, 그 충동적인 성격은."

한영진은 발끈해서 소리치려다 겨우 자제하고는 목소리를 낮추어 말했다.

"너 때문이다!"

카페의 아르바이트생이 와서 주문을 요구하지 않았다면 한영진은 한동안 계속 성진에게 따졌을지도 몰랐다. 적시적지에 나타난 아르바이트생에게 죄는 없지만 한영진은 마치 그녀가 큰 죄를 지은 것마냥 불편한 심기를 드러냈다. '오랜만에 만난 친우를 몰아붙일 좋은 기회를 끊어주어서 고맙수다' 라는 뜻이 담긴 눈빛에 아르바이트생은 난처한 표정을 지으며 성진이 주문했던 카푸치노를 내려놓고 부리나케 사라졌다.

　성진은 탁자 위에 놓인 카푸치노를 들어 한 모금 마신 후 한영진을 보았다.

　"여전하구나, 너는."

　한영진은 장난기 서린 표정으로 그 말을 받았다.

　"벌써 두 번 말했으므로 무효!"

　이제껏 감정이 드러나지 않은 표정에 처음으로 재미있다는 감정이 떠올랐다. 그러나 이내 무표정으로 돌아갔다. 다소 상대방을 무시한다는 생각이 들지도 모르는 표정이었지만 한영진은 그 무뚝뚝한 친우가 속으로 웃고 있다는 사실을 잘 알고 있었다.

　"도대체 몇 년 전 유행어를 지금 써먹지?"

　한영진은 그 특유의 치기 어린 미소를 지었다.

　"그야 써먹는 사람 마음이지. 그나저나 너는 여전히 나무토막이구나. 뭐, 예전부터 그랬으니 어쩔 수 없다 치고 이 몸이 이해해 주지. 그건 그렇고, 그동안 어떻게 지냈기에 연락도 없었어? 네놈은 이 몸이 그렇게 미웠냐?"

　성진은 조용히 카푸치노를 마셨다. 여전히 무표정이지만 뭔가 심상치 않음을 느낀 한영진은 자신도 손을 뻗어 비엔나 커피를 들었다. 커피는 어느새 서늘하게 식어 있었다.

"부모님이 돌아가셨어, 오 년 전."

"뭐?!"

한영진은 크게 놀라 외쳤다. 그 바람에 다시 주위의 시선을 끌어야 했지만 한영진은 개의치 않았다.

"도대체 무슨 일로?"

이해가 되지 않는다. 그 무엇이 친우의 부모님을 앗아갔을까? 한영진이 알고 있는 이 친구는 보통 사람이 아니었다. 비범한, 아니, 비범하다는 단어로는 표현할 수 없을 정도의 인간이었다. 그 옛날 고교 시절 잠시 엿보기는 했지만 7년이 지난 지금도 한영진은 잊을 수 없었다. 그때 그 기억을. 인간의 능력에 한계란 없다는 것을 유감없이 보여준 그때를.

혹여 노환이나 병이라면 절대 불가능하다. 친우의 힘이라면 그런 병 따위 씻은 듯 고쳤을 테니 말이다. 노환이라 해도 말이 안 된다. 그러기에는 두 분이 너무 젊었다.

"사고였지. 두 분만의 여행을 끝내고 귀가 도중이었어. 탈선한 화물 트럭이 두 분이 탄 승용차를 덮쳤어."

"으음……."

한영진은 미약한 신음만 토할 수밖에 없었다. 인재(人災)인가? 아니면 천재(天災)인가? 손쓸 수 없는 사고로 지인을 떠나보내는 것은 이 친구나 보통 사람이나 같구나 하고 생각했다. 한영진은 침중한 표정으로 말없이 차갑게 식어버린 커피를 마셨다. 한영진은 비엔나 커피의 향긋함 대신 쓸쓸함만 느낀 채 성진을 곁눈질해 보았다. 뭐라고 말해야 할까. 딱히 할 말은 없다. 유감이니 조의를 표한다느니 하는 말은 저 친구에게 통하지 않는다. 다만 진실만을 보여줘야 한다. 그것이 친구를 위한 길일 테니 말이다.

"많이 괴로웠겠구나."

"나가자."

성진은 자리에 일어서며 말했다. 전혀 생각지 못한 반응이기에 한영진은 허둥지둥대며 커피를 마저 마셔 버리고 성진을 따라 카페 밖으로 나갔다.

토요일 오후. 점심이 막 지난 시점이라 거리는 행인으로 붐비기 시작했다. 거리는 서로의 목적지를 향해 걷는 사람으로 가득 찼고 저마다 무표정한 얼굴로, 기쁜 얼굴로, 슬픈 얼굴로 콘크리트로 만들어진 도시 속을 걷는다. 한영진은 친우의 등을 보며 말없이 걸었다. 막 친우의 불행한 소식을 들은 탓인지 한영진은 가슴이 답답해지는 것을 느꼈다. 고의는 아니지만 오래된 친구의 상처를 강제로 헤집어 버린 터라 그 정도가 더하다.

한영진은 거리의 사람들 틈에서 답답함을 느꼈고 콘크리트의 도시에서 죽음을 느꼈으며 퀴퀴한 도시의 매연 속에서 절망을 맡았다. 그 지독한 향기 속에 한영진은 왜인지 몰라도 문득 이런 생각을 떠올렸다.

'어쩌면 저 친구는 어떤 사연을 털어놓기 위해 나를 찾은 것일지도……. 다른 사람에게는 말하지 못할 사연을 털어놓으려는 것인가?'

한영진은 내심 자신에 대해 가치있음을 느꼈다. 어떤 사람이 7년이나 연락이 끊겨 버린 친우를 찾아 내심을 털어놓으려 할까. 세상에 그 누가 그럴쏘냐. 한영진은 자신에 대해 뿌듯해했고 성진에게 고마웠다.

그리고 또 한편으로는 이 갑갑한 도시 어디서 남몰래 사연을 자연스럽게 털어놓을 수 있을까 싶었다. 한영진은 절대 도시 내에는 그럴 장소가 없다는 것을 확신했다. 사방에는 귀들이 깔려 있다. 그의 친우는 비밀스러운 사람이었고 때문에 귀들을 싫어했다.

그렇다면 어디가 좋을까? 인적이 없는 곳, 심신이 편안해질 수 있는 곳, 자연에 가장 가까운 곳, 사람마다 다를지 몰라도 그 모습에, 그 향기에 감동받을 수 있는 곳.

한영진은 문득 생각했다.

'바다라면 괜찮겠군.'

그 순간 앞서 걷고 있던 성진이 걸음을 멈추고 그를 돌아보았다.

"바다가 보고 싶어?"

한영진은 숨이 막히는 것을 느꼈다. 그러면서 그는 무의식적으로 고개를 끄덕였다. 어떻게 생각을 읽은 것인가? '그냥 한 말인가?' 라는 의문이 떠오르기도 전에 한영진은 친우의 손에 이끌려 빌딩과 빌딩이 만들어놓은 도시의 작은 틈바구니로 들어갔다. 숨 막히는, 죽은 향기가 잔뜩 서린 골목길 틈에서 성진은 걸음을 멈췄다. 뭐라고 채 묻기도 전에 성진이 말했다.

"눈을 감아라."

한영진은 눈을 감았다.

"눈을 떠."

곧바로 이어지는 친우의 말에 한영진은 눈을 떴다. 그리고 심장이 멎는 충격을 느꼈다.

눈앞에 바다가 펼쳐져 있었다. 발 밑에는 하얀 모래가 깔려 있었다. 한영진은 자기도 모르게 허리를 숙여 설탕처럼 하얗게 깔린 모래를 움켜쥐었다.

따뜻했다. 한낮의 태양광이 달군 모래는 그 열을 머금고는 뿜어냈다. 그 온화함에 한영진은 손을 펴 손바닥 위에 놓인 모래를 보았다. 작은 돌 조각이 부서져 이뤄진 모래. 해변에 가면 흔히 볼 수 있는 모래라지만 한영진은 알 수 없는 전율에 가슴이 꽉 막히는 것 같은 착각에 빠졌다. 방금 전까지만 해도 숨 막히는 콘크리트 도시 속에 있었는데…….

"생각하지 마. 그냥 받아들여라."

'네놈 같으면 이게 받아들일 상황이냐?' 라고 소리치고 싶었지만 한영진은 그 말을 속으로 삼켰다. 그리고는 성진이 앉아 있는 바로 옆에 앉았다.

시야를 가득 채우는 넓은 백사장에는 단지 성진과 한영진 둘밖에 없었다. 인기척이라고는 전혀 없는 하얀 백사장에서 머리 위로는 태양 볕이 쏟아지고 눈앞으로는 파도가 춤을 추고 있다. 파도가 이루는 하얀 포말이 해변에 부서지는 모습. 그것이 단지 바닷물이 이루는 거품이라는 것을 알고 있지만 한영진은 감동해 버렸다. 전혀 뜻밖의 상황에 직면해서일까, 아니면 소원이 이루어져서일까. 한영진은 가슴이 편안해지는 것을 느꼈다.

"도대체 이게 어찌 된 일이냐?"

한동안 파도를 말없이 바라보던 한영진은 지루해져 성진에게 물었다. 그러고 보니 더웠다. 한영진은 양복 상의를 벗어서 잘 개어 무릎 위에 올려놓았다. 갑갑한 발을 억압하는 구두도 벗어버렸다. 백사장 모래의 부드러움을 느끼기 위해 양말도 벗어버렸다. 한영진은 편안함을 느끼며 천천히 몸의 긴장을 풀어 나갔다.

"전라남도에 수없이 흩어진 섬 중 무인도, 그중 가장 멋진 백사장을 가진 곳이지."

그러나 그것은 한영진이 원하는 대답이 아니었다. 아니, 어쩌면 자신도 생각지 못한 장소에 대한 의문을 풀어준 것일지도 몰랐다. 한영진은 애써 내심을 숨기고 어처구니없다는 듯 말했다.

"내가 원하는 대답이 아니잖아. 도대체 어떻게 우리가 바다에 있냐고 물은 거잖아."

한영진은 고개를 모로 돌려 성진을 보았다. 성진은 웃고 있었다.

"네가 생각한 그대로를 이루었다. 너는 생각했고 나는 이루었다. 그것에 무슨 의문이 필요할까?"

한영진은 헛웃음을 터뜨렸다.

"하! 그래, 그게 맞겠군. 뭐, 대답해 주기 싫다면 내 묻지는 않으마. 그래, 네놈이 하고 싶은 말이나 해봐."

한영진은 투덜거리며 모래를 집어 옆으로 뿌렸다. 모래 알갱이가 팍하고 터져 나간다. 하필이면 바람의 방향이 한영진이 앉은 쪽으로 불어오는 터라 한영진은 고스란히 그 모래를 맞아야 했다. 이것을 보고 하늘 보고 침 뱉기라고 해야 하나? 한영진은 투덜거리며 머리에 떨어진 모래 알갱이를 털어냈다.

"나… 떠난다."

한영진은 모래를 털던 손을 멈췄다. 그러나 이내 다시 모래를 털기 시작하였다.

"그래, 이민 가는구나? 어디로 가냐? 미국? 영국?"

"아니, 다른 세상으로."

"……!'

한영진은 벌떡 일어섰다. 그리고는 목에 핏대를 세우고 외쳤다.

"미친놈! 자살할 작정이냐?"

"아니, 다른 세계로 간다. 이 세계가 아닌 이계(異界)로."

한영진은 무언가 자신을 강타하는 것을 느꼈다. 이계? 분명 잘못 들었을 것이다. 그러나 그의 귀는 아쉽게도 상당히 밝았다. 헛소리를 들을 리는 없다. 한영진은 어처구니없다는 듯 중얼거렸다.

"노, 농담이지?"

성진은 시선을 돌려 한영진을 올려다보았다. 그의 눈빛은 투명했다. 아무런 감정도 나타나 있지 않았다. 깊고 어두운 갈색 홍채 위에 자리 잡은 투명한 눈빛. 너무도 투명했기에 한영진은 온몸에 소름이 돋는 것을 느꼈다.

"일단 앉아라. 그리고 내 이야기를 들어줘."

그 말에 한영진은 저도 모르게 다시 자리에 앉았다. 방금 전에 끓어올랐던 분노는 온데간데없고 그 대신 기이한 한기만이 한영진의 몸을 어루만지고 있었다. 피부로 느껴지는 기온은 분명히 따스한데 등골을 타고 오르는 한기는 무어란 말인가? 한영진은 숨을 들이켰다.

"세상에는 누구도 알지 못하는 일들이 있다. 그래, 기인(奇人)이나 이사(異事) 같은 일들이 세상 곳곳에서 은밀히 나타나지. 너도 알고 있을 거다. 그 예전, 경험했던 일을."

성진의 말에 한영진은 저도 모르게 그때를 떠올렸다. 절대 존재하지 않을 것이라 생각했던 일이 실현됐던 그 순간을.

발을 헛디뎌 절벽에서 떨어져 두 다리가 부러지는 바람에 이제는 죽었구나 생각했던 그 절망적인 순간에 환상처럼 나타난 성진의 모습. 성진이 그를 업고 맨손으로 절벽을 기어오르던 그때를 어찌 잊는단 말인가? 절벽에서 떨어지지 않으려 맨손으로 바위 절벽에 구멍을 뚫었을 때 한영진은 놀라 성진의 목에 둘렀던 손을 풀 뻔했지 않은가. 손이,

사람의 손이 진흙처럼 바위를 파고들었을 때의 그 놀람. 아마도 그곳에 가면 아직도 성진의 손가락 구멍이 남아 있을 것이다.

성진은 계속 말을 이었다.

"그래, 넌 전에 나에게 물은 적이 있다. 그런 힘을 도대체 어떻게 얻은 것이냐고. 난 말했지. 세상에는 알아도 될 것과 알지 말아야 할 것이 있노라고. 넌 그 일을 한 번도 말하지 않았다. 그게 너와 나의 인연의 시작이었지. 그래, 인연. 얼마나 질긴 운명의 끈이냐."

성진은 천천히 몸을 일으켰다.

"이제부터 너는 알려지지 말아야 할 일을 듣게 돼. 그것이 너의 운명이자 나와 이어진 인연에 대한 사명이다. 이제 이 순간부터 난 화자(話者)이고 넌 청자(聽者)이자 내 이야기를 기록하는 사람이 된다. 받아들이겠나?"

휘잉

강한 해풍이 불어온다. 백사장의 모래가 날려 사방으로 비산되고 그 가운데 섞여 있는 금속 결정들이 빛에 반사되어 금싸라기 같은 광채를 뿌린다. 한영진은 얼굴에 부딪치는 모래 알갱이를 느끼며 눈을 질끈 감았다. 본능적인 자기 보호. 눈 안으로 모래가 들어가는 것을 피하기 위함이라고 한영진은 생각했지만 그것은 듣고 싶지 않은 친우의 이야기에 대한 무언의 시위였다. 한영진은 듣기 싫다고 말하기 위해 입을 열었다.

"받아들이겠다."

이율배반(二律背反)이라는 고사성어가 이럴 때 쓰는 것인가? 한영진은 부지중에 튀어나온 말에 소스라치게 놀랐다. 막상 아니라고 다시 말하려는 찰나 성진은 무심하게도 이야기를 시작해 버렸다.

"이 세상의 보이지 않는 저편에는 허공록(虛空錄)이라는 것이 있다. 영어로 번역하자면 아카식 레코드(Akashic Record)라 불리는 전 우주적인 메커니즘이지. 세상의 모든 사건이 그곳에 기록되어 있다. 과거, 현재, 하물며 미래까지."

한영진은 그의 친우가 판타지에 관한 이야기를 한다고 생각했다. 그러나 한영진은 이내 자신의 생각을 비웃었다. 그의 친우는 너무나도 냉철하고 이성적이었다.

"에드가 케이시인가?"

한영진은 기억 저편에서 아카식 레코드에 관한 이야기를 떠올렸다. 미국의 잠자는 현인이라 불리는 에드가 케이시.

신문사의 문예부에 근무하는 한영진에게는 많은 자료를 접할 기회가 주어진다. 그가 읽었던 아메리카 대륙이 침몰한다는 말도 안 되는 글이 실려 있는 잡지에서 에드가 케이시가 언급되었었다. 그 잡지의 글은 신빙성을 높이기 위해 유명한 예언가이자 점술가인 에드가 케이시의 말을 인용했다. 한영진은 에드가 케이시의 사료를 찾아보았고 그가 주장하는 아카식 레코드에 매우 깊은 인상을 받았다. 그런데 그것을 지금 다시 들을 줄이야.

"그래, 네가 생각하는 것이 옳다. 에드가 케이시는 틀리지 않았다. 그의 말이 옳았다. 내가 그 증인이고 증거이니."

이제는 마음까지 읽는 것인가? 한영진은 어처구니없다는 듯 성진을 올려다보았다.

"관심법(觀心法)이냐?"

한영진은 언젠가 들었던 불가의 수행 중 하나인 관심법을 떠올렸다. 자신의 내면을 관찰하여 수행하는 방법. 그 정도가 깊어지면 타인의 마음을 들여다볼 수 있다고 하던데 성진이 딱 그 꼴이었다.

"관심법이라……. 그것일 수도 있지. 구체적으로 말한다면 네가 생각하는 감정과 생각이 흘러 들어온다. 그것으로 널 읽을 수 있는 것이다."

성진은 눈으로는 여전히 바다를 보며 한영진의 말에 착실히 대답하였다. 그러나 한영진은 그의 대답에 기분이 나빠졌다.

"그래, 알았다. 네가 관심법을 알고 있다고 치자. 그런데 웬 허공록을 들먹이는 거야? 그것이 너와 그리고 내가 들을 이야기와 무슨 상관이란 말이냐?"

한영진은 알 수 없는 느낌에 모래를 강하게 움켜쥐며 말했다. 그 순간 바다를 보던 성진의 눈이 한영진을 향했다. 성진은 천천히 무릎을 굽혔다. 성진의 시선과 한영진의 시선이 같아졌을 때 성진은 천천히 오른 손바닥을 한영진의 앞으로 내밀었다. 아무것도 없는 빈 손바닥. 한영진은 의문이 가득 담긴 눈빛으로 성진을 보았다. 실없는 짓을 할 친구가 아니니 무슨 뜻이 있을 것이다. 그리고 성진은 한영진의 기대를 전혀 뜻밖의 것으로 보답하였다.

빛이 모여들고 있었다. 대낮에 빛이라는 표현은 어정쩡하기 이를 데 없지만 그것은 빛으로밖에 표현할 수 없었다. 작고 조그마한 빛무리가 성진의 손바닥 위로 나타나기 시작한 것이다.

그 광경에 한영진은 숨을 쉴 수가 없었다. 그리고 연이어 벌어지는 광경은 한영진을 더 더욱 심한 호흡 곤란으로 몰고 갔다.

성진의 손바닥 위로 모여든 빛무리가 천천히 회전하기 시작한 것이다. 불규칙적으로 이리저리 움직이던 빛무리들은 점차 규칙적으로 무리를 짓기 시작하더니 회오리처럼 성진의 손바닥 위를 돌기 시작하였다. 빛무리는 빛의 소용돌이가 되어 소리없는 광풍(光風)을 만들었고 그 광풍 속에 빛무리들이 하나둘씩 결합해 커져 가기 시작하였다.

셀 수도 없이 많은 빛무리들이 하나둘씩 결합되고 커져 점차 그 몸집을 불려 나갔다. 살아 움직이는 생명처럼 유동하며, 박동하며 점차 커져 나가던 빛무리들은 점차 어떤 형상을 만들어내더니 이윽고 하나의 결정이 되었다.

한영진은 눈을 부릅뜨고 말했다. 눈에 보이는 그것에 정신이 나가버린 한영진의 귓가에 성진이 속삭이는 음성이 스쳤다.

"이 모든 것의 시작이니까."

성진의 손바닥 위에는 싯누런 금덩이가 올려져 있었다.

그리고 그의 이야기가 시작되었다.

*　　　　*　　　　*

우리가 사는 세상에는 수많은 사람이 있다. 그리고 수많은 삶이 있다. 그중에서 나는 내 삶이 가장 특이했노라고 단언한다.

내 생은 어릴 적에 바뀌기 시작하였다.

사고. 갓 6살밖에 되지 않은 작은 아이는 머리가 부서지는 사고를 안고 죽음 직전까지 갔다. 다른 아이들이 뛰놀고 부모님께 떼를 쓰고 온 동네를 휘젓고 다닐 동안 나는 호흡기에 의지하여 부모님의 노고와 눈물로 이 년을 보냈다.

뇌가 부서지는 사고. 어린아이에게 치명적인 사고였다. 그러나 어린 시절의 뇌는 복원된다고 한다. 치명적인 것이라도 그에 합당한 노력과 신약으로 나는 살아났다. 이 년 만에. 그리고 내가 눈을 떴을 때 내 어머니께서는 눈물로 나를 맞이하였다.

의사들은 내가 무의식 속에 이 년을 보냈다고 진단했지만 나는 달랐다.

나는 잠들어 있었던 것이 아니었다. 잠시 육체와 괴리되어 내 정신이 다른 곳으로 갔던 것이다. 사후 세계 따위는 아니었다. 만일 사후 세계였다면, 그랬었다면 내 육신이 살아봤자 뇌사 상태이고 얼마 못 버티고 죽어버렸을 것이다.

내 정신은 존재해 있되 존재하지 않은 곳, 그렇게밖에 표현할 수 없는 곳에 가 있었다. 그곳에 산재된 엄청난, 아니, 무한하다고 표현해야 할 만큼의 지식을 보았다. 그리고 외웠다. 오갈 데 없는 내 영혼은 그곳에 장장 2년이라는 시간을 머물렀다.

미치도록 외로웠다. 심심했다. 그래서 손댔다. 여섯 살에 불과한 아이의 무료함을 달래기 위해 무엇이 필요할 것인가? 이곳에는 지식밖에 없었다. 그래서 내 왕성한 호기심은 무료한 공간에서 하나둘씩 익혀지는 지식으로 쏠렸다. 난 그것이 지식인지도 몰랐다. 그것이 무엇인지 알고 싶지도 않았다. 그것은 나에게 있어 그저 무료함을 달래줄 수 있는 것일 뿐. 난 홀로 놀았다. 외우고 외웠다. 엄청나게 쌓여 있던 지식은 내 놀이 도구가 되었다.

지식은 단순히 문자만이 아니었다. 영상과 소리, 그리고 다양한 경험이었다. 그렇기에 어린아이도 질리지 않았다. 오히려 많은 자극을 맛보기 위해 수많은 지식을 헤집고 다녔다. 그중에서는 무서운 것도 있어 그 충격에 한동안 크게 앓았었다. 그러던 어느 날 나의 정신이 육체의 존재를 느꼈고 난 깨어났다.

어떻게 갓 8살 먹은 아이가 그런 것을 전부 기억할 수 있을까 하는 의문이 떠오를 수밖에 없다. 그리고 어떻게 그런 곳에 도달할 수 있었을까 하는 의문을 제기할 것이다.

모든 원인은 바로 사고였다. 머리가 부서지는 충격으로 말미암아 나는 뇌가 가지는 잠재력을 사용할 수 있게 되었다. 흔히들 말한다. 인간은 뇌의 1할과 2할만을 사용할 수 있다고. 인간의 뇌는 무한한 창고이고 우리가 사용할 수 있는 부분은 빗장으로 잠겨지지 않은 작은 부분에 불과하다고.

그렇다. 나는 사고로 뇌문(腦門)이라고 표현할 수 있는 '빗장'이 열려 버린 것이다. 빗장이 단단히 잠긴 거대한 창고가 자물쇠를 벗어버린 것이었다. 뚫린 뇌문으로 말미암아 뛰어난 기억력이 생겼다. 어린아이의 호기심은 이윽고 그 모든 것을 기억했다. 쌓인 지식은 지성을 낳고 지성은 지혜와 통찰력을 낳았다. 계속적으로 쌓여가는 지식이 뇌를 확장시키고 개발해 갔다.

잠들어 있던 이 년 동안에 쌓인 지식은 나에게 몇 년간에 걸쳐 현명한 사고를 가져다 주었다. 그리고 깨어난 후 일 년이 지난 아홉 살 되던 해 처음으로 내 의지에 따라 '그곳'으로 명상을 통하여 들어갔다.

그렇게 몇 년 동안 지식을 익히며 나는 '그곳'에 대해 알고자 노력하였다. '그곳'은 모든 지식이 산재되어 있지만 그 지식이 산재되어 있는 '그곳'에 대한 지식은 정작 발견하기 힘들었다. 그러나 나는 포기하지 않았다. 나는 결국 '그곳'에 대한 것을 알게 되었다.

허공록(虛空錄). 영문으로는 아카식 레코드(Akashic Record).

그것이 내가 지내고 있는 곳의 명칭이었다. 어떤 메커니즘으로 작용하는지는 모르겠지만 이곳은 이 지구가 포함된 비교적 광대한 규모의 우주에 대한 지식이 모여져 있었다. 그곳에는 아무도 없었고 오직 나만이 그곳에 있었다. 거대한 도서관을 홀로 사용하다니. 나는 그때 내가 거머쥔 행운을 절실히 느꼈다.

그리고 13세가 되던 해. 나는 내가 죽어간다는 것을 깨달았다. 도대체 왜 그럴까 하고 고민하자 이내 해답이 나왔다.

뇌문이 열려 버린 부작용. 뇌의 왕성한 활동이 내 육신을 점차 죽여 버리는 것이었다. 작은 기름 등잔에 굵은 심지를 꽂아 커다란 불꽃을 피워내는 것처럼 나는 내 생명력을 기름 삼아 타오르고 있었다.

하지만 나는 죽고 싶지 않았다. 아직 알고 싶은 것이 너무도 많았다. 어떻게 할 것인가? 나는 미친 듯이 허공록에서 방법을 찾았다. 그리고 발견하였다.

기(氣)라는 것. 육체와 정신의 조화로 말미암아 생명력을 극대화하여 신비한 힘을 끌어내는 것. 고대의 법은 내 삶의 희망이 되었다. 그리고 나는 미친 듯이 육신을 단련하기 시작하였다.

격투기 도장을 다니며 몸을 단련시켰고 기공법을 통해 내공을 길렀다. 꺼져 가는 생명력에 다시 불을 지피기 위해 최선을 다했다. 그리고 마침내 나는 내공이라는 또 하나의 선물과 함께 삶의 연장이라는 값진 결과를 얻어냈다.

나는 내 비범함을 드러내지 않았다. 철저히 일반인과 같이 학교를 다녔고 대학에 입학했다. 대한민국의 모든 남성이 그렇듯 나도 군 복무를 마쳤다.

평범하고도 평범하지 않은 삶을 살아온 지 23년이 되던 해. 나의 인생 중 가장 절망적인 순간이 찾아왔다. 나를 지켜주시고 바라봐 주신 나의 수호자이신 부모님께서 불의의 사고로 목숨을 잃게 된 것이다. 세상에서 유일하게 나를 이해해 준, 나에게 제2의 생명을 선물해 준,

나에게 사랑이란 무엇인가를 깨닫게 해준, 내 생명 다음으로 소중하고 사랑스러운 분들께서 나를 떠난 것이다. 하늘이 무너지는 기분을 맛보며 절망하였다.

나는 절망에 가득 찬 상태로 허공록으로 들어갔다. 그리고 나 스스로 이해하지 못할 감정으로 위험천만하기 짝이 없는 금단의 지식에 손을 대었다.

창생력(蒼生力).

물체를 창조할 수 있는 능력이었다. 무로써 유를 창조할 수 있는 능력. 그것은 신의 능력이었다. 그것은 '죽음으로써 얻는다' 라는 조건이 붙을 만큼 가질 수 없는 것이었다. 그러나 나는 절망에 이성을 잃어 그 창생력을 손댔다. 지금 생각해 보면 그것은 죽음이 다가오는 것을 알지 못한 채 불에 뛰어드는 나방과 같은 몸짓이었다.

그리고 나에게 죽음이 찾아왔다. 아니, 죽음에 비견될 만큼 아득한 고통이 찾아왔다. 고통은 시련. 일주일간 계속된, 그러나 나에게는 억겁(億劫)의 시간이었다. 시련의 고통은 정신의 시간을 억겁과 맞먹게 늘렸다. 엄청난 고통, 정신이 분쇄되어 가닥가닥 나뉘어 우주를 떠도는 고통. 처절하리만치 미칠 것 같은 외로움. 온갖 감정이 뒤섞여 무엇을 표현해야 할지 모르는 괴로움이 상상하지도 못할 고통이 되어 나의 정신과 육체를 덮쳤다.

말도 안 되는 기나긴 시간의 고통을 견디어내자 나는 비로소 그 위대한 힘을 손에 넣게 되었다. 창생(蒼生)의 인(印). 위대한 힘이 하나로 응축되어 빛나는 그 증표가 내 영혼 속에 각인되었다.

창생력은 위대한 힘이었다. 모든 것의 기원이 되는 힘.

우주 이전에는 아무것도 없었다. 우주도 없었고, 시간도 없었다. 공간도 없었다. 그러던 것에 어느 순간이라고 표현하기 모호한 때 지성을 가진 거대한 의지, '태초의 의지'가 나타났다.

'태초의 의지'는 그 자신을 인지한 순간 빅뱅(Big Bang)을 일으켜 우주를 만들었다. 우주를 만든 다음 그 모든 것을 만들었다. 그때 '태초의 의지'가 사용한 것, 그것이 바로 창생력이었다.

나는 그 위대한 힘을 얻음으로써 인간의 한계를 벗어나는 지고한 것을 얻었으며 내가 23년을 살아오며 느꼈던 모든 감정을 잃었다.

위대한 힘을 얻은 대가는 너무도 컸다. 감정은 사라졌고 나의 기억 속에서 빛을 바랬다. 나는 희로애락(喜怒哀樂)을 잃었다. 인간으로서, 인간으로 존재하기 위해 가져야 할 감정을 잃어버린 나는 더 이상 인간이 아니었다.

처음에는 알지 못했다. 그저 해방감만이 나의 마음을 지배했을 뿐이었다. 그러던 어느 날 나는 부모님의 사진을 발견했다. 두 분과 더불어 웃고 있는 나의 모습.

슬프지 않았다. 그저 사진이라는 생각을 했을 뿐. 그러다 문득 생각했다. 왜 슬픔이 일지 않을까? 언제부터 아무렇지도 않게 되었을까? 그렇게 하늘이 무너지는 슬픔을 맛보았었는데.

처음에는 망각이라고 생각했다. 하나 그것이 아니었다. 우습게도 그 순간 나는 나 자신을 분석하고 있었다. 그리고는 깨달았다. 나는 감정을 잃어버린 것이다. 부모님을 보내 버린 슬픔을 잊은 것이다. 나는 그 위대한 힘을 얻고 잃어버린 것이 얼마나 큰 것인지 깨닫고는 감정을 되찾기 위해 노력하였다. 하나 노력의 대가는 엉뚱한 것. 창생력은 나의 이성과 역겁을 거치며 단련된 정신력으로 나날이 발전하였다. 그에 비례해 감성은 죽어갔다.

악순환의 반복이었다. 감정을 찾는 길은 요원해져 갔다. 결국 나는 이성적으로 웃어보았다. 그러나 감정이 사라지니 그것은 웃음이 아니었다. 그저 근육의 움직임일 뿐.

창생력이 커질수록 나의 영적인 깊이도 더욱 깊어졌다. 사물을 보고 사색을 하였고 물을 보고 흐름을 느꼈다. 그리고 어느 날 '인연'을 느꼈다.

*   *   *

이윽고 그의 이야기가 끝났다. 그의 입에서 나온 이야기는 뭐라고 표현할 수 없었다.

"거짓말!"

모든 이야기를 들은 한영진의 첫마디였다. 믿을 수 없었다. 그러나 믿을 수밖에 없었다. 한영진의 머리 속은 폭풍처럼 휘몰아치고 있었다. 이제껏 알고 있었던 모든 상식, 관념이 깨져 나가는 이야기였기에 그 충격이 더 더욱 컸을지도 모른다. 믿지 않으려, 말도 안 되는 지어낸 이야기라고 치부할 수도 없는 이유는 지금 자신의 눈앞에 놓인 한 덩이의 금과 반으로 쪼개진 돌 때문이었다.

"그러니까 창생력(蒼生力)이라고? 그래, 허공록이라는 게 있다고 치자. 그 창생력이라는 것은 또 뭐냐? 그 말도 안 되는 힘은? 내가 비록 보기는 했지만 도저히 믿을 수 없다. 아니, 믿고 싶지 않아. 그 이야기가 퍼져 나가면 지금껏 인류가 쌓아놓은 모든 종교적 업적이 완전히 무너진다는 것은 알고 있냐?"

따지는 듯한 말투였지만 그 속에는 체념이 서려 있었다. 눈으로 보았지 않는가? 아무것도 놓여 있지 않은 성진의 손바닥에서 빛무리가 휘몰아치면서 금(Gold)이 만들어지는 장면을. 마술이라고는, 눈속임이라고는 도저히 생각할 수 없는 장면이었다. 그래서 한영진은 더 더욱 혼란스러웠다.

"눈에 보이는 것만이 진실은 아니다. 그래, 세상은 거대한 인과율에 의해 돌아가지. 너도 그렇고 나도 그렇다. 다만 넌 나라는 인연에 의해 세상에서 유일무이한 이야기를 듣는 것이지."

"빌어먹을, 행운도 가지가지군."

온몸에 힘이 쭉 빠져 버린 한영진은 백사장에 드러눕고 말았다. 머리 위로는 한가롭게 구름이 지나가고 귓가로는 연신 파도 부서지는 소리가 들린다. 한영진은 그 고요한 소리를 들으며 천천히 머리를 식혀갔다.

창생력(蒼生力). 물질을 창조할 수 있는 능력. 믿고 싶지 않은, 그러나 믿을 수밖에 없는 신의 능력. 한영진은 히죽 웃고 말았다. 친우에게 신의 능력이라니? 그것도 무(無)에서 유(有)를 창조할 수 있는 능력이라니? 정말이지, 어처구니가 없었다. 한영진은 망연히 중얼거렸다.

"넌 두 번의 우연으로 인생이 뒤바뀌는구나. 첫 번째 우연으로 죽을 고비에서 허공록이라는 말도 안 되는 곳에 접속하고, 두 번째 우연으로 인간이라는 굴레를 벗어버리다니. 정말이지……."

한영진은 말끝을 흐리고 말았다. 인간의 생에 있어 그 누가 저런 경험을 할까? 아니, 그런 경험담을 듣는 사람도 없을 것이다. 그러고 보니 나란 녀석도 대단하군. 한영진은 내심 생각하며 웃고 말았다. 한동안 미친 듯이 웃던 한영진은 성진을 쳐다보았다. 벌써 몇 시간째 바다만 바라보고 있다. 그 모습에 한영진은 어쩌면 저러한 끈기와 집념이 저 친구의 운명을 개척한 것인지도 모르겠다고 생각했다.

이야기를 듣던 중 어이가 없어 한영진이 혹여 그것이 성경에서 언급하는 '하나님'이냐고 물었을 때 성진은 대답하였다.

"'그분'은 그러한 존재하고는 비교할 수 없어. 아니, '그분'이라는 단어조차 어울리지 않군. 우주가 탄생될 때 처음 탄생된 의지이니 신이란 단어보다 더 위대하지."

"……"

잠시 머리가 텅 비워져 버린 것 같다고 느낀 한영진은 머리를 흔들어 넓은 해변을 바라보았다. 이미 모든 것을 초월해 버린 친구가 불쌍하기까지 느껴졌다. 부모를 잃었으며 감정을 잃었다. 인간이 아닌 존재가 되어버렸거늘…… 그는 태연했다.

그 무상함에, 그 허무함에 어느 순간 자신에게 주어진 인연을 읽었다고 했다. 다른 차원, 다른 세상에서의 인연. 지구상에 엮어진 그 어떠한 인연보다 강렬한 인연. 한영진으로서는 받아들이기, 상상하기 곤란한 사실이었지만 친우에게는 큰 자극인 것이었다. 그리고 다른 하나는 바로 한영진 자신. 그 이계로 넘어가기 위한 필수적인 인연. 성진은 인과율의 오묘함에 감탄하였고 이 세상을 완전히 벗어나기 위해, 이 세상과의 인과율을 정리하기 자신을 만나러 온 것이다.

두 시간에 걸쳐 성진이 풀어놓은 장대한 이야기를 전부 늘어놓기에는 무리가 있지만 간략하게 간추리자면 이런 것이었다. 한영진은 자신이 정리해 놓은 이야기에 만족하며 한편으로는 놀라웠다.

"진아, 네가 만약 증거를 보여주지 않았다면 난 내가 들은 이야기를 네놈이 쓴 영화 시나리오로밖에 생각하지 않았을 것이야."

한영진은 바다를 바라보는 성진의 등 뒤에 대고 중얼거렸다. 일반인이라면 도저히 들을 수 없는 거리에서 너무나 작게 말한 것이지만 성진은 한영진의 기대에 어긋나지 않고 대답하였다.

"그래, 네가 믿기에는 무리가 있지. 하지만 그것이 진실이다."

성진은 천천히 몸을 돌렸다. 어느덧 세상은 노을로 물들어 있었다. 거대한 태양이 끝도 보이지 않는 수평선 너머로 가라앉고 있었다. 새파란 수면이 태양의 빛을 머금어 붉은 노을로 물들어가는 광경, 주위로 색이 번져 나가 점차 눈에 보이는 모든 것이 주황빛으로 물들어가는 광경은 정말 장관이었다. 그 장엄한, 낮의 종료를 증명하는 태양의 불타오르는 붉은 노을을 머금은 성진의 눈은 한영진을 바라보고 있었다.

"이제 돌아갈 시간이구나."

한영진은 자신을 보며 말하는 성진의 모습에 가슴이 탁 막히는 것을 느꼈다. 그의 이야기를 들으며 느껴 버린 것이다. 깨달은 것이다. 이것이 자신의 친우 성진을 볼 수 있는 마지막 시간이라는 것을. 비단 그뿐이 아니다. 한영진 자신과의 인연이 끝난다면 천지간에 그의 진실된 모습을 기억하는 사람은 오직 한영진 그뿐이라는 사실까지도.

하늘 아래 홀로 남겨진 기분이 어떠할까. 한영진은 그 미어지는 느낌에 코끝이 찡해지며 눈앞이 흔들리는 것을 느꼈다. 눈에 보이는 시야 밑에서 차 오르는 출렁거림이 보이는 것 전체로 번져 나갔다. 눈 밑이 화끈거리고 목이 미어진다. 한영진은 목소리를 떨며 말했다.

"이게 마지막이냐? 이제 다시는 널 볼 수 없는 거냐?"

그의 눈에 비치는 일그러진 모습의 성진은 고개를 끄덕이고 있었다. 한영진은 자기도 모르게 욕지기를 내뱉었다.

"젠장, 빌어먹을……."

"눈을 감아라."

한영진은 애써 눈물을 참으며 양복 상의를 도로 입고 발에 붙은 모래를 털어내고는 양말을 신었다. 빨리 할 수도 있었지만 한영진은 되도록 천천히, 천천히 모든 일을 하였다. 그리고 마지막으로 그가 구두를 신었을 때 한영진은 성진의 얼굴을 보지 않았다. 아니, 보고 싶지 않았다. 본다면 진짜 울지도 몰랐다. 한영진은 애써 친구의 얼굴을 외면하며 눈을 감았다.

시간이 지났다. 이번에는 눈을 뜨라는 말도 들리지 않았다. 약간의 시간이 지난 뒤 한영진은 살짝 실눈을 떴다. 익숙한 광경이 보였다. 한영진은 눈을 크게 떴다.

그의 집 앞이었다. 그의 가족이 사는 집. 한영진은 저도 모르게 집 앞으로 걸어가 초인종을 눌렀다.

띵동!

전자음으로 만들어진 인공적인 벨 소리가 그의 귀를 파고들었다. 그 날카로움에 한영진은 저도 모르게 주먹을 쥐었다.

「누구세요?」

스피커 폰을 통해 목소리가 들려왔다. 가느다란 여성의 목소리. 그의 동생 한다혜였다. 이제 대학교 4학년인 녀석. 취업 준비를 위해 한창 바쁠 때였다. 한영진은 떨리는 목소리로 더듬더듬 말했다.

"나, 나야. 오빠야."

「어머! 오빠?」

놀란 동생의 목소리가 스피커 폰을 통해 터져 나오더니 이윽고 '끼익' 하는 소리를 내며 철제 문이 열렸다. 익숙한 집 안의 향기가 코를 찌르며 23년 동안 봐왔던 동생 다혜가 모습을 드러냈다.

"오빠, 연락도 없이 집에 웬일이야. 어라? 짠 내음이 나네? 오빠, 바닷가에 갔다 왔어?"

동생의 물음에 그 순간 한영진의 머리 속에서 어떤 소리가 울려 퍼졌다. 그것은 엄밀히 따지면 소리가 아닌 의지였다. 한영진을 위해 성진이 남긴 마지막 말인 것이다.

머리 속을 타고 흐르는 성진의 마지막 말에 주체할 수 없는 감정이 저 밑바닥으로부터 터져 나와 한영진의 마음을 뒤흔들었다. 눈앞에 그의 누이 다혜가 보였다. 뿌연 장막이 일어나 순간 앞을 가렸다. 한영진은 저도 모르게 눈앞에 선 다혜를 끌어안고 말았다. 한영진의 갑작스런 행동에 다혜는 당황하여 소리쳤다.

"오빠, 왜 이래? 미쳤어? 이거 놔!"

동생의 목소리에, 동생의 향기에, 동생의 운명과 성진의 모습이 피고 졌다. 그의 목소리가, 그의 향기가 그의 운명에 대해. 엇갈려 버린 인연에 대해. 한영진은 결국 절규하듯 소리쳤다.

"이럴 줄 알았다면 마지막 모습이라도 볼 것을! 이 빌어먹을 자식아! 으흑흑!"

다혜를 끌어안은 한영진의 두 눈에서는 굵은 눈물이 끊임없이 흘러내렸다. 한영진의 머리 속에는 끊임없이 성진의 마지막 말이 떠돌고 있었다. 쓸쓸한 음색이 가득 서려 있는 그 마지막 말은 끊임없이 한영진의 가슴을 헤집어놓고 있었다.

"한영진. 네가 왜 내 친구가 되었는지 아느냐? 네 동생 다혜 말이다. 실은… 그 애가 이 세상에서 내 아내가 될 인연이었다. 내가 창생력을 손에 넣지만 않았어도 난 네 가족이 되었을 테지. 그러니 부디… 안부라도 전해주렴. 그럼 안녕이다. 친구야, 아니… 처형."

한영진은 동생 다혜를 끌어안고는 하염없이 울었다.

*　　　　　*　　　　　*

나는 친우 한영진의 만남을 끝으로 모든 인연이 종료되었음을 느꼈다. 내가 한영진에게 털어놓은 진실, 그것이 모든 인과율을 끊는 매개체가 된 것이다. 이제 홀가분해졌다. 남은 인연이 없기에, 남겨진 것도 없기에 이제 더 이상의 망설임은 없었다. 얼마 후 이계로 갈 통로가 이 지구에 열릴 때에 맞춰 나는 모든 것을 준비하기 시작하였다.

우선 내가 그곳에서 사용할 생필품을 모아야 했다. 비누나 샴푸, 비상 식량 등을 사 모으기 시작하였다. 혼자서 충분히 10년 동안 먹을 수 있는 엄청난 양의 통조림과 비상 식량 등을 내가 창조한 공간에 집어넣었다.

그리고 조리할 수 있는 취사 기구나 고체 연료 등을 사 모았다. 또한 부모님의 유산을 처분하여 그곳에서 통용될 수 있는 귀금속류로 교환하였다. 일일이 열거하기는 힘들지만 내가 취미 붙이고 있는 것이나 좋아하는 먹을거리 등을 모조리 공간 속에 집어넣었다. 비록 그로 인해 부모님의 유산 중 대부분을 써버렸지만 상관없었다. 내가 창조한 공간은 시간이 배제된 공간이기에 그 속에 들어가 있는 것은 그 어떠한 것이라도 원상태를 유지할 수 있다. 그렇게 두 달 동안 차근차근 모든 것을 점검하며 시간을 보냈다.

어느덧 그때가 다가왔다.

나는 작은 어선 한 척을 구입해 동해에 띄웠다. 이계로의 통로가 발현되는 장소는 동해의 어느 지점이었던 것이다. 몇 시간 동안 배를 몰고 나가자 하늘 한편에 작게 왜곡된 무언가가 보였다. 그것은 신경 쓰고 관찰하지 않는 한 찾을 수 없는 미세한 징조였다.

나는 내 밑에 공간을 이동시켜 공중에 몸을 띄웠다. 나는 천천히 공중으로 치솟았다. 미세한 통로는 이제 거의 닫히기 일보 직전이어서 서둘러 또 다른 공간을 불러내어 통로에 쑤셔 박았다. 그리고 공간을 키웠다. 급격히 커진 공간은 통로를 잡아 찢어서 내 몸이 통과할 만한 크기를 만들어내었다. 통로가 줄어들려는 압력은 대단한지라 나는 내가 떠나는 정든 세계와 작별할 만한 시간도 갖지 못한 채 서둘러 통로로 몸을 밀어넣었다.

내 몸은, 내 정신은 물결치는 공간을 통과하고 있었다. 순간적으로 몰아치는 압력이 나를 압사시키기 위해 사력을 다했다. 온몸이 부서질 것 같은 고통을 견디기 위해 힘을 개방하였다. 내 힘은 나를 짓누르는 압력을 밀어내었고 나를 고통으로부터 해방시켰다. 일차적인 위협이 사라지자 나는 주위를 돌아보았다. 뜻밖에도 그것은 꽤나 볼 만한 광경이었다.

회색으로 물결치는 공간 한쪽에서는 거대한 초신성의 빛이 일그러져 비쳤고 또 한쪽에는 은하가 아름다운 나선형 팔을 휘두르며 천천히 회전하였다. 그것은 참으로 신비롭고 환상적인 광경이기에 정신없이 구경하였다. 어느 순간 커져 가는 빛과 폭발하는 항성(恒星), 퍼져 가는 별들의 잔존물과 새로 태어나는 어린 항성, 어떤 행성을 통째로 빨아들이는 블랙홀과 엄청난 양의 빛을 한꺼번에 토해내는 화이트 홀을 보면서 나는 우주가 가져다 주는 신비감을 즐겼다.

덕분에 시간 가는 줄 몰랐고 갑자기 통로가 끝이 나자 나는 한순간 커다란 호수 위에 있었다. 우주를 즐기던 나는 순간적으로 바뀐 배경으로 인해 잠시 어리둥절하였다. 그러나 코끝에 스치는 달콤한 공기의 냄새로 나는 깨달았다. 드디어 이계로 온 것이다.

이곳은 새로운 곳이었다. 개방되어 흘러넘치는 힘은 이곳에서는 그대로 통용되었다. 천지에 퍼져 나가는 힘은 그 세계에 내가 방문한 것을 알렸다. 통로는 내가 통과하자 기괴한 소음을 내며 닫히기 시작하였다. 이곳에 도착해 느끼기 시작한 자연의 기운, 지구에 비해 그 양이 서너 배는 족히 많을 것 같은 막대한 양의 기운은 뒤틀려서 퍼져 나갔다. 내 힘은 이곳에 적응하였다. 말하자면 지구에 있을 때 내 힘이 폭주하여 터져 나가려고 한 것에 비해 이 이계에서는 그것이 안정되어 내 육체에 머물렀다.

나는 비로소 자유라는 것을 느꼈다. 나를 억압하고 짓눌렀던, 어떨 때는 창생력을 얻었던 것을 후회했을 만큼 고통스러웠고 강했던 힘은 이 이계에서는 나에게 쾌감을 안겨주었다. 그렇게 기분 좋은 느낌을 즐길 무렵 나는 강대한 힘을 느꼈다. 그것은 하나가 아닌 여럿, 비슷한 동질의 힘들이었다. 그것들은 아주 먼 곳에서 느껴지다가 어느덧 내 주위로 나타나게 되었다.

그들이 내 주위에 나타났을 때 '천지(天地)는 울었다' 라는 표현이 옳을 것이다. 자연의 기운은 내가 처음 이계에 도착했을 때보다 더욱 미쳐 날뛰었고 대기는 비틀림을 이기다 못해 이윽고 폭풍으로 변해갔다. 하늘이 미친 듯이 울고 있을 때 대지 또한 그와 같은 신열을 치르고 있었다. 자연의 날뛰는 기운은 대지를 진동시켰다. 저 밑에 느껴지는 마그마는 미친 듯이 활성화되어 땅거죽을 뚫고 올라오려는 듯 기괴한 신음을 질러댔다. 사방에서 전자들이 땅으로 돌진하려 했고 전위차로 인해 엄청난 양의 번개가 대지에 작렬했다.

미쳐 날뛰는 이 광경에 나는 진저리를 쳤다. 내 주위에 일어난 반경 10km 정도에서 일어난 일이었다. 내가 나타났던 거대한 호수에서는 소용돌이가 발생하여 호수의 물을 하늘로 끌어 올리고 번개는 대지로 떨어져 내리다 저항이 상대적으로 적은 물을 빨아들이는 소용돌이 쪽으로 작렬하였다.

그들은 내 앞에 나타났다. 그렇게 자연에 치명적인 악영향을 미치는 강대한 힘을 감추지도 않은 채 나를 바라보았다. 찬란한 빛줄기로 몸을 감싼 그들은 다섯 명이었다. 모습은 빛에 싸여 표현을 못하겠지만 그것은 휴머노이드였다. 그들 중 한 명이 앞으로 나와 나에게 물었다.

—그대는 누구인가.

사방에 울리는 소음. 그와 함께 나의 뇌리에 울리는 한 가닥 음성. 대기가 진동하여 나의 고막을 때렸다. 100데시벨을 초과하는 그 고음에 나는 얼굴을 찌푸렸고 나는 나의 힘으로 그것들을 차단했다. 그것은 의지를 파동으로 보내는 이치인 것 같았다. 말로써 설명하기는 어렵지만 그와 같은 것은 나도 익히 알고 있기 때문에 대화에 어려움은 없을 것이다. 다만… 왜 저렇게 오만한가. 그들은 예의를 모르는가? 예의상의 인사 따위는 생략한 채 흡사 죄인에게 캐묻는 듯한 저 음색. 기분 나빴다. 그 같은 기분은 내 대답에서 그대로 드러났다.

—그렇게 묻는 당신들은 누구인가? 상대방의 정체를 캐물을 때는 응당 자신을 먼저 밝혀야 하는 게 아닌가?

앞에 나왔던 자줏빛 인간은 나의 대답에 기분 나쁜지 발끈했고 연이어 주황빛 인간이 나와서 나에게 말했다.

—인간 주제에 신의 말에 말대답인가?

신이라……. 저렇게 실체화된 신은 처음이다. 허공록에서도 신에 대한 언급은 최상급 지식에 속했다. 최상급 지식은 그 어떤 존재도 알아서는 안 되는 우주 탄생의 비밀이나 생명의 비밀 같은 금단의 영역이었다. 내가 얻은 창생력 또한 최상급 지식이었지만 그것의 습득은 우연이었고 다시는 최상급 지식에 접근할 수가 없었다.

─신인가? 이 세계는 신도 존재하는군. 그대가 신이라면 나에게 무례하게 굴어도 좋은가? 나는 엄연히 따져 그대들로 인해 탄생된 존재가 아니다. 나는 이계에서 왔다.

그들은 나의 대답에 술렁이는 기색을 보였다. 이계로의 이동은 엄격히 금지되어 있었다. 아니, 금지보다는 불가능에 가까웠다. 내가 허공록에서 본 이계로의 통로도 다만 그 출연 시기와 위치만 표시되었을 뿐 이계로 갔다는 언급은 없었다. 이론적으로 따져서 이계로의 이동은 우주를 창조할 수 있을 만큼의 막대한 에너지나 태고의 힘인 '창생력'이 필요하였다. 그래야만 이계로의 이동 도중 계속되는 압력으로부터 자신을 보호하고 나아가 바늘구멍같이 작은 차원의 균열을 찢어서 열 수 있으니까 말이다. 영광스럽게도 나는 그 최초의 성공자였다.

─이계인? 놀랍군. 그 금지된 힘을 얻은 자가 이계인이었다니…….

─금지된 힘? 창생력 말인가?

나는 약간 놀란 어조로 말했다.

─그 위대한 이름을 언급하지 말라. 그대의 존재만으로도 소멸이 마땅하거늘 하찮은 존재가 그 위대한 힘을 얻다니.

그들은 분노하였다, 내가 그 힘을 얻은 것에 대해. 아마도 몹시 나를 질투하는 것 같았다. 그들은 마치 어린아이가 자신의 뜻대로 되지 않는 일에 대하여 투정 부리듯이 격렬하게 반응하였다. 나를 죽이려고 작정했는지 주황빛과 자줏빛은 힘을 집중하기 시작하였다. 나는 목이

탔다. 솔직히 그들을 당해낼 수 없었다.

그들에게서 느끼지는 힘은 아찔하리만치 강력하여 나는 등 뒤로 식은땀이 쉴 새 없이 흐르기 시작하였다. 우리 셋 사이에 심각한 기류가 흐르기 시작하자 그 뒤에 대기하고 있던 세 존재가 그들을 만류하기 시작하였다. 내가 들을 수 없는 그들만의 능력으로 대화하는지 의견이 분분해 보였다. 그들의 감정은 그 빛으로 표현되었다. 때로는 휘감고 표출되며 뭉쳐서 떠돌아다녔다. 이윽고 결론이 났는지 주황빛에 둘러싸인 존재가 나에게 말했다.

—좋다. 인정하겠다. 그 위대한 힘을 이은 자가 그대라는 것을. 어차피 '전설'에서는 그대의 출현을 예고했었으니까. 하지만 그대를 이 세상의 일원으로 인정하기에는 그 힘이 너무 막강하다. 그대는 느낄지 모르겠지만 그 정도 힘이면 데미 갓(Demi God) 정도니까. 때문에 우리는 그대를 잠재워 사후 처리를 논하도록 하겠다.

기분 나쁜 감정이 울컥 솟아났다. 기껏 이계로 와서 신이라는 강대한 존재한테 휘둘리게 되다니. 이럴 수는 없다. 내 의지가 아닌 타인에 의해 나의 운명이 농락당하는 것은 참을 수 없었다. 내 앞에 커져 가는 막대한 힘에 나는 저항하기로 결심하였다.

그러나 저들은 내가 당해낼 수 없는 상대. 우선은 피해야 했다. 창생력의 운용법을 채 3할도 익히지 못한 내가 저들과 정면 승부한다는 것 자체가 우스갯소리에 불과하였다. 도망친다는 것. 분명 불명예일 것이다. 하나 감정에 이끌려 무모한 승부를 벌일 정도로 나는 그리 무르지 않다.

창생력으로 거대한 에너지덩어리를 생성시켰다. 순간적으로 생성되는 에너지덩어리 안에 다시 진공을 형성하고 그 안에 내 창생력의 상당한 힘을 이용하여 반물질을 만들어내었다. 적은 분량이었다. 그러나 저들에게 충격을 주고 내가 잠적할 수 있을 정도의 양이었다. 반물질을 만들어냄으로 인해 나는 기진맥진하게 되었고 내 이런 상태를 본 신들은 내 속셈을 아는지 모르는지 주황빛 존재가 코웃음을 치며 나를 경멸스럽게 바라보았다.

　ー우습도다. 신에게 저항하는가? 그 미약한 수준의 힘으로 무얼 하려는 게냐? 그 정도의 힘을 만들어내고 지치다니……. 데미 갓은커녕 인간들의 최고 수준보다도 떨어지는구나.

　그와 함께 나를 덮쳐 오는 거대한 힘에 나는 내가 형성시켜 놓은 에너지 탄을 던져 넣었다. 그리고는 그를 비웃어주었다.

　ー힘만 가득 찬 어울리지 않는 지적 능력을 갖춘 멍청이. 그대의 만용이 그대를 곤경에 빠뜨릴 것이다.

　나는 창생력으로 재빨리 주위의 공간을 왜곡시켜 주의를 둘러쌌다.

　ー뭐라고! 이 하찮은 인간… 아니!!

　거대한 힘과 내 에너지 탄이 격돌하면서 뿜어내는 힘의 파동에 그가 밀려나면서 경악하였다. 반물질과 물질은 서로의 존재를 질시하며 부딪쳤고 소멸로 인해 형성된 막대한 에너지는 순식간에 신의 거대한 힘을 압도하여 그들을 덮쳤다. $E=MC^2$라는 물리 법칙에 따라 소멸된 질량에서 생성된 에너지는 엄청난 결과를 낳았다. 인지할 수 있는 소음의 한계를 벗어난 충격파는 엄청난 속도로 사방으로 퍼져 나갔다. 대지에 부딪친 충격파는 땅거죽을 찢어버렸다. 몇백 톤(ton)이나 될지 모르는 토사가 충격파의 진행 방향으로 밀려 나갔다. 몇백 년을 버텨낸 커다란 거목들은 사정없이 뽑혀 날아갔다. 사방으로 퍼져 나가는 충격파의 일부분은 호수에 도달하였고 호수의 물은 초진동으로 인해 안개가 되고 다시 해일이 되어 호수 주변의 숲을 덮쳤다.

천재(天災). 이렇게 표현해야 마땅한 일이 벌어졌다. 충격파가 대기를 밀어붙이자 진공이 형성되었다. 충격파 발생 지점의 대기압이 영이 되자 대지의 바위들은 부서져 가루가 되어갔고 상당량의 토사가 공중으로 치솟았다. 대지 밑에 고고히 흐르던 지하수도 굉장한 기세로 뿜어져 나왔다. 순식간에 호수를 비롯하여 끝이 보이지 않을 정도로 광대한 숲의 삼 분지 일이 초토화되었다. 내 고막은 이미 파열되어 버렸기에 다행히도 그런 소음은 몸으로 느끼는 수준이었다. 그래도 그 수준이 엄청난지라 온몸이 파열될 것처럼 진동하였다. 분명히 공간 차단막으로 몸을 감쌌는데도 말이다.

여기까지는 내 예상대로 진행되었다. 나는 재빨리 내 힘에 봉인을 가했다. 봉인은 내 힘을 억제하여 그들 신으로 하여금 나의 존재를 눈치 채지 못하게 만들 것이다. 그러나 충돌로 인해 형성된 충격파가 예상외로 강했다. 왜곡된 공간을 뚫고 충격파가 나를 덮쳤다. 나는 그 힘에 떠밀려 호수로 떨어졌다. 내 육신은 엄청난 타격을 입고 거의 걸레가 되었다. 육신은 창생력을 담는 그릇. 그 그릇이 깨지자 찢겨진 육신을 통해 창생력이 유출되기 시작하였다. 이미 나의 정신은 상당한 피로를 얻은지라 유출되는 창생력을 도로 거둬들이는 데 실패하고 말았다.

육체에 큰 변고가 일어나자 파장은 영혼에까지 미쳤고 내 영혼에 각인되었던 창생의 인이 도로 유형화되어 내 몸을 탈출하였다. 스스로의 의지를 가진 창생의 인은 자기 보존 본능에 따라 자신을 찾을 수 있는 미약한 신호를 나에게 남긴 채 공간 너머로 사라졌다. 나는 다시 봉인을 풀고는 자기 치유에 들어갔다.

호수 깊숙한 곳까지 떨어진 나는 나를 덮치는 거대한 수면 욕구에 내 몸을 맡기고 잠을 청했다. 아마도 내가 깨어나면 내 육신은 고스란히 치유되어 있을 것이다. 그때까지 그들, 오만한 족속에게 발각되지 않기를 바라면서 나는 잠을 청했다.

1장 하이 엘프의 숲

제1장 하이 엘프의 숲

수많은 아인종(亞人種) 가운데 특출한 것이 바로 엘프와 드워프일 것이다. 그중 이번 페이지는 엘프. 그들 중 '라디아' 엘프 족에 대해 서술하겠다.

　라디아 엘프 족의 특성은 바로 '고요'라고 할 수 있다. 그래서인지 이들의 별명은 '숲의 주시자'이다. 이러한 라디아 엘프 족의 특성은 태초의 거대한 나무 '세계수'의 암꽃에서 탄생되었다는 그들의 탄생 신화에서 찾을 수 있다.

　라디아 엘프 족에서 가장 뛰어난 전사는 여성에서 나온다. 이 엘프 족의 주 무기는 활이며 그들의 활 제작술은 대륙 최고라고 알려져 있다. 그들은 빼어난 미모와 오랜 수명을 가지고 있으며 어떠한 일에도 관여하지 않는 '숲의 주시자'라는 명칭에 걸맞은 생활을 한다.

　　　창세력 제2기 7831년. 카밀 왕국 국립 아카데미 도서관 소장본
　　　　　　　　현자 카르반 저서 '종의 특성' 중 발췌.

제1장   하이 엘프의 숲

자신을 알고, 자신을 죽이며, 자신을 살리면 비로소 얻으리라.

《라프디아 숲 외곽 오랜 고목에 새겨진 의미 모를 글귀》

거대한 호수가 있다. 한가운데 들어서면 끝이 보이지 않을 정도로 광활한 물이 출렁거린다. 몇 미터 아래까지 보일 정도로 깨끗한 물이 호수를 가득 메우고 있다. 햇빛은 호숫물에 반사되어 눈을 마비시킬 정도로 부시고 이따금 바람에 이는 잔잔한 물결에 의해 햇빛이 아름답게 부서진다. 수면 밑을 헤엄치는 이름 모를 물고기의 비늘은 물을 뚫고 들어오는 빛에 오색으로 반짝이고 호수 밑에서 은은하게 올라오는 노란색 광채는 이 광대한 호수를 더욱 신비하게 만들었다.

호수 주변에 자리 잡은 나무는 그 널따란 잎을 활짝 펼쳐 태양이 가져다 주는 은혜를 받아들이며 물이 가져다 주는 쾌적함을 즐기려 굵직한 뿌리를 드러내고 호숫물을 적극적으로 빨아들인다. 흙이 가져다 주는 영광 따위는 필요없다는 듯 뿌리는 물에 잠겨 있고 그나마 몸체를 지탱하려는 듯 마지못해 뿌리 끝 부분만 호수 밑바닥에 박혀 있다. 그리고 그 너머로 보이는 끝이 보이지 않을 정도로 광대한 숲. 가히 수해(樹海)라는 표현이 적당할 만큼의 나무들이 갈색 땅덩이를 드러내지 않고 빽빽이 자리 잡고 있다.

숲의 부근에 자리 잡은 호수는 이 광대한 숲의 젖줄 역할을 담당하고 있었다. 호수 한쪽에 난 길로 호수의 풍부한 물들이 흘러서 숲의 중심을 관통하고 있었다. 덕분에 그 어떤 가뭄이라도 숲은 굳건히 이겨 냈다. 숲에 있어서 호수는 자신의 어머니요 생명을 유지시키는 중요한 또 하나의 심장이었다.

그런 호수 가운데 이질적인 존재가 있었다. 수면에 떠 있는 그 물체는 사람의 형상을 하고 있었다. 바람에 휘날리는 검은색 머리칼은 윤기있게 반짝였고 그 밑에 자리 잡은 두 눈은 짙은 갈색 동공으로 세상의 광경을 보고 있었다. 비교적 하얀 피부는, 그러나 호수의 배경에 묻혀 그다지 튀어 보이지 않는다. 그 밑으로 드러난 코는 약간 오똑한 모양을 갖추었다. 조금 붉은 입술은 그의 성품을 나타내려는 듯 굳게 닫혀 있었다. 얼굴 선은 비교적 굵어 전체적으로 유약해 보이지 않는 단단한 남자다운 인상을 품었다.

성진은 이 모든 광경을 호수 가운데 수면을 딛고 서서 고고히 바라보았다. 자신이 온 세계에서는 결코 볼 수 없는, 인간의 손길이 미치지 않는 태고의 자연이 가져다 주는 아름다움을 그는 말없이 즐겼다. 이따금 불어오는 바람은 그의 검은 머리를 보드랍게 어르고 저편으로 날아간다. 그것이 안겨주는 편안함에 성진은 안도감을 느껴 시간의 흐름에 몸을 맡기고 자연을 관조하며 즐겼다.

성진은 오른손을 들어 올렸다. 살짝 퍼지는 손바닥으로 호숫물이 튀어 올라 구체를 형성하였다. 태양 빛은 성진의 손에 머무른 물이 만들어놓은 구체에 산란되어 아름답게 반짝였다. 성진은 살짝 미소를 머금고 그것을 이리저리 움직이며 가지고 놀았다. 감각의 기쁨. 성진은 지금 그것을 즐기고 있었다.

그는 100년 만에 몸이 회복되어 이제야 깨어났다. 그의 의식은 암흑 속에 묻혀 100년이라는 긴 시간을 기다렸던 것이다. 성진의 두뇌에 자리 잡은 방대한 양의 지식은 100년이라는 시간 동안 꽤나 많은 양이 유실되었고 성진의 의식은 그런 두뇌에 접근하지 못하고 잠이라는 안식을 즐기지 못한 채 100년이라는 시간을 원초적인 고독과 싸워야 했다. 생각할 수도, 움직일 수도 없는 그저 느껴야만 하는 원초적인 고독. 그것은 창생력을 얻은 후 억겁의 세월 동안 단련된 성진의 의지를 끊임없이 시험하였다. 보통 사람이라면 며칠 견디지 못하고 '허무' 라는 절대적인 강자에게 묻히고 말 것이나 성진의 의지는 이미 신의 의지를 초월한 태초의 '창생의 힘' 을 깨달은 '창생의 의지' 에 가깝게 도달하여 그러한 시련을 통과하였다. 물론 그런 성진도 고독을 모르는 것은 아니기에 100년 만에 느껴보는 감각이라는 유희를 즐기고 있었다.

냄새를 맡고 맛을 보며 눈으로 즐긴다. 피부로 느끼며 귀로 듣는다. 이 오감(五感)이 가져다 주는 쾌락은 실로 대단한 것이었다. 성진은 이 다섯 가지 감각을 실로 오랜만에 느껴보는지라 그 하나하나에 전해오는 세세한 느낌에 온 정신이 팔려 있었다. 오감이 가져다 주는 정보를 하나도 놓치지 않고 처리했으며 그로 인해 그의 오감은 지난날에 비해 그 짧은 시간에 극도로 발달하였다. 그런 변화를 눈치 못 챌 성진이 아니었다. 극도로 발달한 오감은 두뇌에 과부하를 일으킬 수 있으나 이미 두뇌의 거의 모든 능력을 사용할 수 있는 성진으로서는 그 정도의 부담쯤은 능히 소화시킬 수 있었다. 단지 그것만이 변한 것은 아니었다.

그의 육신은 총체적으로 변화하였다. 100년 전에 받은 충격은 그의 육신의 40% 이상을 소실시켰다. 성진은 육신을 복구시키기 위해 창생력을 사용하였고 창생력은 그의 육신을 예전보다 더욱 발달시킴으로써 그 역할을 훌륭히 완수하였다. 이제 그의 육신은 어느 정도의 창생력이 발휘할 때의 부담을 소화시킬 수 있는 훌륭한 그릇이 된 것이다. 비록 100년이라는 시간이 걸렸지만 성진에게는 그 100년의 시간이 별 부담 되지 않았기에 이 난데없는 선물을 느긋하게 즐겼다. 그는 이 세계의 일원이 아니었다. 성진은 100년 전 잠시 이 세계의 공기를 맛보고, 대지를 보고, 바람을 느꼈던 자이다. 그에게 100년 전은 아무런 연관도 없는 것이다. 그의 시간은 지금부터였다.

성진은 숲 속을 걸었다. 태고의 숨결을 고이 간직한 것처럼 꾸며진 자연은 성진의 마음을 즐겁게 하였다. 이 숲은 참으로 묘했다. 오직 지구의, 그것도 대한민국의 조림만 보아온 성진으로서 비교하는 것은 참으로 그릇된 것이나 묘하다는 것은 감출 수 없었다. 이 숲엔 묘한 공기가 흘렀다. 말하자면 대기 중에 무언가가 흐르고 있었다. 그것은 성진의 기분을 거스르지 않는, 도리어 기분 좋게 하는 엔돌핀 같은 역할을 하고 있었기에 성진은 그 공기를 마음껏 즐겼다.

이 묘한 공기 때문인지는 몰라도 숲은 거목들로 구성되었다. 끝을 알 수 없을 만큼 높이 뻗은 나무는 성진의 머리 위로 빽빽이 들어서 있었다. 햇빛을 흡수하기 위해 넓게 퍼진 나뭇잎은 푸른 하늘과 하얀 태양 광선을 모조리 차단하였다. 그렇다고 주위가 어두운 건 아니었다. 도리어 환상적이었다. 이곳 나무의 나뭇잎은 잎 두께가 얇은 모양인지 꽤 많은 양의 태양 광선을 그대로 투과하고 있었다. 덕분에 성진이 걷고 있는 대지에는 거의 모두가 초록색으로 치장되어 있었다. 마치 눈앞에 초록색 셀로판 종이를 가져다 댄 것처럼 말이다.

숲에 흐르는 공기와 주위가 가져다 주는 몽환적인 분위기에 취해 성진은 정신없이 걸었다. 성진은 낙엽을 밟고 거목의 뿌리를 넘어 앞으로 앞으로 나아갔다. 그렇게 숲의 중심부로 들어갔을 때였다. 어느 순간, 본래의 명료한 사고력을 되찾은 성진은 중요한 사실을 깨달았다.

'이곳은 파괴됐었다' 라는 사실이었다. 백 년 전 이곳의 상공에서 벌어졌던 신들과 성진의 전투는 숲의 삼 분지 일을 초토화시켰다. 성진이 기억하는 분명한 사실은 이곳은 토사가 공중으로 치솟고 용암이 대지를 뚫고 올라와 땅을 불살랐다는 것이었다. 성진은 다시금 주위를 돌아보았다. 분명히 거목이었다. 그것도 대지에 뿌리박은 지 수백 년이 넘어 보이는 아름드리라는 단어로도 표현하지 못할 거목이었다. 성진은 자신이 가지고 있는 기억과 이 광경에 대해 묘한 괴리감을 느꼈다. 도저히 이해가 되지 않았다. 어떻게 백 년 만에 나무가 저렇게 자랄 수 있을까? 이곳의 나무가 특별히 빨리 자라거나 누군가 인위적인 조작을 하지 않는 한 불가능한 일이다.

"인위적인 조작이라……."

성진은 중얼거렸다. 어느덧 턱을 괴고 생각에 잠긴 성진은 이 현상에 대해 묘한 호기심이 발동하였다. 언뜻 보아서는 도저히 이해하지 못할 성질의 것. 그는 이해할 수 없는 것에는 강한 호기심을 보였다. 이번에도 역시 그 호기심을 억누르지 못하고 자리에 멈춰 서서 생각에 잠긴 것이다.

그렇게 생각에 잠겨 있을 때였다. 갑자기 묘한 살기가 그를 덮쳐 왔다. 성진은 서둘러 생각에서 깨어나 살기가 치솟은 곳을 돌아보았다. 성진이 고개를 돌려 그곳을 쳐다보자 갑자기 그 살기가 폭발하듯이 커지더니 무언가가 성진을 향해 빠르게 쏘아졌다. 빠르게 쏘아져 오는 그 물체는 화살이었다. 성진의 진화된 육체는 성진에게 무서울만치 뛰어난 동체 시력을 제공하였다. 그 시력은 성진에게 화살의 진행 방향이 어디인지를 명료하게 가르쳐 주어 성진은 고개를 옆으로 살짝 움직이는 것만으로도 화살을 피해냈다.

콰악!

화살은 성진의 오른쪽 볼을 스치고 땅으로 파고들었다. 강력한 힘이 실렸는지 화살의 몸체가 땅으로 완전히 파고들어 가 단지 꼬리 깃만이 살짝 보이는 정도였다. 성진은 오른쪽 볼에서 약간의 아픔을 느꼈다. 손으로 훔쳐 보니 피가 흐르고 있었다. 분명히 화살은 피했건만 거기서 파생된 충격이 대기의 칼날이 되어 성진의 볼에 생채기를 낸 것이다. 화살이 지니고 있던 운동 에너지가 얼마나 강한지 느낄 수 있는 순간이었다.

"크라다! 이츠 카나 로카 다 라프디아 수네 디 고르!"

전혀 이해할 수 없는 언어가 화살이 날아온 방향에서 터져 나왔다. 역시나 언어는 확연히 달랐다.

"역시 이계인가?"

성진은 살짝 웃음을 띠며 입을 열었다. 숲의 보이지 않는 구석에서 흘러나오는 살기는 하나가 아닌 여럿이 되어 있었다. 그새 동료들이 온 모양이었다. 그들은 자신들을 주시하고 있는 성진의 감각을 혼란시킬 작정이었는지 나무 사이를 빠르게 움직였다. 그러나 성진은 이미 그들을 눈으로 쫓는 것이 아닌 기운으로 느끼고 있었기 때문에 그들 중 가장 작게 살기를 내뿜는 존재를 주시하였다. 살기란 본디 잘 단련 된 사람일수록 그 양을 조절할 수 있었다. 때문에 가장 살기를 작게 흘 리는 자는 고도의 훈련으로 그것을 조절하는 법을 깨달았거나 타인보 다 월등한 실력을 갖추었다는 이야기가 되는 것이다.

성진의 눈이 그들 중 가장 실력이 뛰어난 자를 계속 따라가자 그들 은 곧 그 행동이 부질없다는 것을 깨달았는지 이동을 멈추었다. 그리 고는 성진이 알아들을 수 없는 언어로 그들끼리 상의하기 시작하였다. 어느새 결론이 났는지 그들은 굵은 나뭇가지 위에 모습을 드러냈다.

"아……."

성진은 작은 탄성을 질렀다. 그것은 놀라움과 놀라움이었다. 앞의 놀라움은 이 이계에서도 인간의 모습을 꼭 닮은 존재가 있다는 것이었 다. 그리고 뒤의 놀라움은 그들의 모습이 빼어나게 아름답다는 것이었 다.

가장 앞에 선 자는 방금 성진이 눈으로 쫓았던 자였다. 한눈으로 보 기에도 여성이었다. 그것도 대단한 미인이었다. 수려한 초록색 빛깔의 머리칼이 허리까지 늘어뜨려져 있었다. 백지장을 붙인 듯한 하얀 피부 와 지구에서는 좀처럼 볼 수 없는 큰 눈은 이색적인 아름다움을 제공 하였다. 오똑한 콧날과 얇은 주홍 빛깔의 작은 입술이 얼굴의 오밀조 밀함을 더욱 아름답게 만들었다. 그리고 무엇보다도 특이한 것은 귀였 다. 길게 늘어뜨린 머리칼 사이로 길게 빠진 귀가 불쑥 튀어나와 있는 것이다. 성진은 맨 처음 그게 귀인 줄 몰랐다. 그러나 그들과 이야기하 면서 무언가 듣는 듯한 인상을 줄 때 그 물체가 움직이는 것을 보고 깨달았다.

　그 뒤에 나타난 자들은 세 명으로 남성들이었다. 그들은 수려하게 생긴 미남들이었고 그들 앞에 선 여자보다 작은 귀를 가지고 있었다. 작다고는 하지만 인간들의 그것에 비해 월등히 컸으므로 작다는 표현은 어색한 감이 있었다. 앞에 선 여인은 검신이 얇고 좁은 소검을 꺼내 성진을 겨누더니 아까와 같은 말을 되풀이하였다.

　"이츠 카나 로카 다 라프디아 수네 디 고르! 다 라프테 수네 카프라 고르!"

　성진은 알 수 없다는 표정을 지었다. 여인은 성진의 어리둥절한 표정을 보자 잠시 얼굴을 굳히더니 다시금 활을 들었다. 성진은 여자가 지닌 활을 보았다. 그것은 엄청난 크기의 활이었다. 성진은 중세 영국에서 쓰였다던 장궁이 떠올랐다. 그러나 그것보다 더욱 강해 보였다. 여자의 작은 손으로 겨우 쥔 손잡이 부분을 중심으로 굵은 나무가 연결되어 있었다. 한눈에도 억세게 보이는 그 활은 놀랍게도 가늘디가는 초록색 활시위에 의해 모양이 유지되고 있었다.

　성진의 호기심 어린 표정에 여자는 더욱 표정을 굳히고는 뒤로 물러나 나무 위로 점프하였다. 5, 6m가량을 솟구친 그녀는 화살을 재어 성진을 겨냥하였다. 놀라운 능력이었다. 인간을 훨씬 초월한 점프력과 엄청난 힘을 필요로 할 것 같은 활을 한 손으로 가볍게 재는 모습을 보고 성진은 경탄하였다. 가능하다면 그들의 근육 세포가 어떤 구조로 되어 있는지 알고 싶어졌다.

　"놀랍군! 엄청난 육체 능력이야!"

　성진이 경탄하며 외치자 여자는 싸늘하다 못해 차가운 표정으로 눈 하나 깜짝하지 않고 화살을 날렸다. 먼젓번보다 더욱 빠른 속도와 힘을 갖추고 화살은 성진을 향해 돌진하였다. 성진은 그 정도 화살이라면 충분히 피할 정도로 훌륭한 동체 시력과 반사 신경을 갖추고 있었다. 거기에다 화살은 성진의 귓가를 아슬아슬하게 스치고 지나가는 궤도를 그리고 있었다. 그러나 이런 문명의 충돌은 흔히들 무력으로 사태가 진정되기 마련이었다. 역사가 증명하듯 월등한 무력을 과시하면 상대는 자신의 상대를 재인식하게 되고 좀 더 신중한 자세를 취하게 된다.

성진은 날아오는 화살을 손으로 낚아챘다. 물론 손이 다치지 않게 공력으로 손을 보호하였다. 이때쯤 성진의 몸에 쌓인 내력은 이 갑자를 넘어서고 있었다. 이 갑자 정도면 지구상에서도 거의 이룩하지 못한 절정의 수준이었다. 이 갑자의 내력이 성진의 손을 타고 흐르자 성진의 손은 그 어떤 금속보다도 더욱 단단하게 변하였다.

성진이 날아오는 화살을 낚아채는 신위를 발휘하자 그들은 깜짝 놀랐다. 화살을 날린 장본인이었던 여자는 경악으로 입이 벌어졌고 지상에 내려왔던 남자들도 전혀 예상치 못했는지 당황하였다. 제일 먼저 충격에서 벗어난 여자가 뭐라고 외치자 남자들도 그제야 정신을 차리고 허둥지둥 소검(小劍)을 빼 들고는 기합성과 함께 성진을 향해 돌진하였다.

"하얍!"

그는 느긋이 그들이 다가오는 것을 보았다. 맨 처음 당도한 사내가 소검을 성진의 가슴을 향해 휘둘렀다. 그 뒤를 이어 두 명이 빠른 속도로 달려왔다. 성진은 가슴을 향해 날아오는 소검의 검면을 공력이 집중된 손으로 후려쳤다. 엄청난 경력(勁力)이 검을 타고 사내의 몸속으로 파고들었다. 엄청난 둔기로 몸을 후려치는 듯한 통증을 느낀 남자는 외마디 비명을 지르며 나가떨어졌다.

그 뒤를 이어 두 명의 사내가 다시 소검을 성진의 얼굴과 허벅지를 향해 휘둘렀다. 성진은 먼저 얼굴을 향해 오는 소검을 손가락으로 잡아챘다. 그리고는 공력을 불어넣어 사내의 손에서 검을 빼앗았다. 손아귀가 찢어지는 고통을 느끼며 사내는 검을 놓치고 말았다. 아니, 그보다는 성진이 자신의 검을 가볍게 빼앗자 황당해하는 표정이었다.

"허억!"

검을 다시 뒤집어 허벅지를 향해 휘두르는 남자에게 던지려고 하자 예리한 파공음이 대기를 가르는 소리가 들렸다. 어느새 나무 위에 있던 여자가 화살을 재고 쏘았던 것이다. 성진은 고개를 젖혀서 화살을 피해내고 오른손에 들고 있던 소검을 여자를 향해 던졌다.

'쉬익' 하는 바람을 가르는 날카로운 소리를 뿜으며 검이 날아갔다. 날아간 소검은 미처 방어 동작을 취하지 못한 여인의 활에 박혔고 활시위의 엄청난 장력과 궁체(弓體)가 지닌 탄성력의 아슬아슬한 조화가 깨지자 활은 균열된 곳을 기점으로 부러지고 말았다.

다시 성진은 왼쪽 허벅지로 날아오는 검을 피하기 위해 몸을 회전시켰다. 왼발을 축으로 오른발을 구르자 성진은 회전하였고 그 반탄력을 이용하여 오른발로 사내의 얼굴을 후려쳤다. 강력한 일격에 사내의 몸이 활짝 벌어지자 성진은 그의 몸 깊숙이 파고들었다.

성진은 공력을 집중하여 다시 발을 굴렀다. 땅에서 오는 반탄력은 곧바로 성진의 팔에 도달하였고 몸의 곳곳에서 생기는 회전으로 그 힘은 더욱 증대되었다. 축적된 힘은 어깨를 거쳐 손으로 전달되었다. 그리고 최고점에 도달하자 그 힘을 터뜨렸다.

투웅!

발경(發經). 무(武)를 행하는 자라면 누구나 그리워하는 경지의 기술이었다. 그 고도의 기법은 사내의 배에 폭발하였고 그것은 '펑' 하는 소음과 함께 엄청난 충격으로 사내를 후려쳤다. 사내는 전신이 으스러지는 충격에 검을 놓치고는 굉장한 기세로 튕겨 나가 거목에 몸을 부딪쳐 그대로 주저앉았다. 성진은 떨어지는 소검을 낚아채고 아까 성진의 공력으로 몸에 강한 충격을 받아 잠시 멍한 상태에 빠진 남자의 목덜미에 검을 갖다 대었다.

"후우……."

성진은 숨을 골랐다. 순식간에 일어난 일이었다. 시간으로 따지면 6초도 되지 않는 매우 짧은 시간이어서 당한 사람들은 자신들이 무슨 일을 겪었는지 몰라 어리둥절하였다. 그러나 피해는 확실하여 무기 파손 한 명에 전투 불능 두 명, 전의 상실 한 명이라는 결과를 가져왔다.

"스프라이……."

목덜미에 검이 겨누어진 남자가 떨리는 목소리로 말했다. 무슨 뜻인지는 모르겠으나 그의 눈빛으로 보아 아마도 '강하다'라는 뜻이 아닌가 싶었다. 성진은 쓰게 웃었다. 결국 자신도 지구의 역사와 같이 다른 문명과의 만남에서 무력을 사용하고 만 것이다. 무력을 행하여 얻은 이권이란 단지 적대와 분노만이라는 것을 잘 알기에 성진은 검을 땅에 떨어뜨렸다. 몸을 움찔거리는 남자의 반응에 성진은 천천히 뒤로 물러섰다.

성진이 뒤로 물러나자 그들은 어리둥절한 표정을 지었다. 그리고 성진이 싸우지 않겠다는 뜻을 표하자 그들은 안도의 표정을 지었다. 아마도 성진의 무력에 당황한 모양이었다. 그들은 쓰러진 동료를 추스르려다 성진의 눈치를 살폈고 성진은 다시 한 발짝 뒤로 물러나며 공격하지 않는다는 뜻을 표했다. 뒤로 대여섯 걸음 물러난 성진은 이 세계에 와서 최초로 사용했던 대화법, '의지의 전달'을 사용하기로 결심하였다.

　─왜 그대들은 나를 공격하는 것인가?

　"아! 사나 디 고르!!"

　"다 라프 엘디어!!"

　'의지의 전달'인 전의법(傳意法)이 사용되자 동료를 추스르던 여자와 남자는 당황과 경악이 물든 목소리로 크게 소리쳤다. 그들은 쓰러져 있던 동료를 재빨리 부축하고는 빠르게 뒤로 물러섰다. 여자는 정신을 차리고 있던 남자에게 입을 열었다.

　"……!"

　성진은 상당히 놀랐다. 그것은 전혀 새로운 형태의 언어였다. 지금까지의 성대에서 나오는 음을 입 모양이나 혀로 조절하여 의사를 표현하는 방식과는 전혀 다른 종류였다. 그것은 마치 자연이었다. 샘물이 흐르는 소리 같기도 하고 나뭇잎이 떨리는 소리 같기도 하였다. 그것은 재잘거리기도, 소곤거리기도 하는, 듣기에 따라서는 기품있고 낭만적이며 귀 간지러운 예술적인 언어였다.

　그제야 성진은 깨달았다. 저들은 두 종류의 언어를 습득하고 있는 것이다. 한 가지는 대외적으로 들어오는 타인과 교류하기 위해 쓰이는 언어와 그들 내에서 통용되는 언어. 아마도 성진을 공격한 건 그들이 대외적으로 사용하는 언어로 성진에게 대화를 청했건만 성진이 무시한다고 생각해서 취한 행동인 듯했다.

　성진은 자신의 실책을 인정하였다. 자신이 그 언어를 사용하지 못한다는 사실을 그들에게 주지시켰다면 그와 같은 무력 충돌은 발생하지 않았을 것이다. 성진이 실책을 인정하고 자책하는 사이 그들은 그들끼리의 대화를 마치고는 성진을 돌아보았다.

여성은 아랫입술을 지그시 깨물고는 결연한 표정을 지었다. 그녀는 천천히 두 손을 들어 올렸다. 서서히 숨을 고르더니 그녀는 두 눈을 감았다. 그러더니 그녀는 나직이 입을 떼었다. 아까와 같은 언어가 그녀의 입에서 흘러나왔다. 그러나 아까와는 다른 스타일이었다. 노래 같은 그 언어는 숲의 공기를 타고 고루고루 흘러갔다.

그는 이해할 수 없었다. 그녀의 행동은 마치 의식 같았다. 그러나 그런 행동을 왜 지금 취하는 것인가? 다만 알 수 있는 것은 저 미묘한 노랫소리가 이 숲의 묘한 공기를 조종한다는 것이었다.

성진은 대기의 흐름을 느꼈다. 서서히 흐르던 그것은 조금 전부터 급격한 기류로 바뀌더니 의식을 행하는 여성 앞으로 몰리기 시작하였다. 무엇인지는 몰라도 성진은 대비해야겠다고 생각하였다.

성진은 서서히 공력을 돌리기 시작하였다. 그리고는 발경을 사용할 준비를 하였다. 조금 전 남자에게 사용한 발경은 공력이 거의 들어가지 않은 근육만의 힘이었다. 만약 성진이 공력을 집중하여 사용했다면 단순히 충격만으로는 끝나지 않았을 것이다.

성진이 공력을 돌리자 기류의 흐름은 더욱 급격해지기 시작하였다. 여자의 노랫소리는 점차 고음으로 빠르게 번져 나갔다. 거기에 대자연의 기운까지 몰리기 시작하였다. 사태가 심상치 않음을 느낀 성진은 공력을 모조리 이끌어내어 오른쪽 주먹에 집중하기 시작하였다.

급격히 모여들던 기류는 형태를 취하기 시작하였다. 공간상에 나타난 그것은 미묘한 빛의 굴절을 만들어내며 서서히 사람의 형상을 갖춰 나갔다. 이미 인간의 청음 영역을 벗어난 노랫소리는 절정에 달하였고 창백한 얼굴로 노래를 부르던 여자는 진땀을 흘리기 시작하였다. 그 뒤에서 숨을 죽이며 지켜보던 남자들은 어느 순간 기류가 형태를 갖추고 안정되자 환희의 탄성을 질렀다.

성진은 숨을 죽였다. 저것은 아마도 정령(精靈) 같았다. 지구에서도 정령은 존재하였다. 그것은 미약한 힘을 갖추고 생긴, 말하자면 자연의 사념과 같은 것이었다. 하지만 성진의 눈앞에 나타난 저것은 달랐다. 언뜻 느끼기에도 의지를 갖추고 막강한 힘을 보유한 듯하였다.

성진은 주먹을 불끈 쥐었다. 이미 오른 주먹에는 이 갑자의 공력이 집중되어 우윳빛 광채를 내뿜기 시작하였다. 거기에 내재된 파괴력은 범인의 머리 속에서는 도저히 계산이 불가능한 수준이었다.

그의 눈앞에 나타난 정령은 자신을 부른 여성과 이야기를 나누는 듯했다. 어차피 알아듣지도 못할 성진은 먼저 공격해야 할지를 고민하였다.

어느새 여자와 이야기를 마친 정령은 이해하겠다는 듯 고개를 끄덕이고는 성진을 돌아보았다. 그것은 거인이었다. 형체는 알 수 없었지만 무언가 희뿌연 것이 끊임없이 움직였고 어느 순간 성진은 그것이 남성의 형상을 취하고 있다는 것을 깨달았다. 구체적인 형상은 확립되어 있지 않아 약간 당황스러웠다.

성진을 이미 모든 준비를 갖추고 있었다. 다만 아까 여자가 의식을 행할 때 미리 기절시켜 버리지 않은 자신의 경솔함을 자책할 뿐이었다.

성진이 서서히 주먹을 들자 우윳빛 광채는 대기 중에 파동을 내뿜기 시작하였다. 정령은 그것을 아는지 모르는지 성진에게 천천히 다가왔다. 모든 것을 무력으로 행하면 결과가 좋을 리 없다는 사실을 잘 아는 성진은 정령이 취할 행동을 보고 반응하기로 결심하였다. 그 바람의 의중이 전해졌는지는 몰라도 정령은 성진의 예상에서 벗어난 행동을 취했다. 그것은 전혀 예상 밖의 반응이어서 성진은 황당한 기분을 느끼며 공력을 풀고 주먹을 내렸다.

―내 말에 귀를 기울여 주시오.

귓가에 메아리치는 누군가의 간절한 목소리. 정령이… '말'을 한 것이다.

태고의 자연이 숨 쉬는 이곳. 울창한 삼림(森林)은 하늘을 꿰뚫는다. 거대한 나무가 하늘 끝까지 뻗어 있고 거대한 몸체 중간중간에는 구멍이 몇 개씩 뚫려 있다. 인위적인 것이 아닌 자연적으로 생긴 것처럼 보이는 그것은 아무런 흠도 없었고 그저 자연스러웠다. 그러나 이런 이상한 나무는 그것 하나만이 아니었다. 빛이 쏟아지는 거대한 광장을 그러한 나무가 빽빽이 둘러싸고 있었다. 성진은 그러한 광경을 보고는 묘한 감동을 느꼈다.

성진은 앞을 바라보았다. 자신과 처음 조우했던 네 명의 '엘프'라는 종족들은 그의 앞에서 그를 인도하고 있었다.

맨 처음 성진에게 말을, 정확히 말하자면 '의지'를 전달한 정령은 바람의 정령 '라미실드'였다. 라미실드는 여성 엘프에 의해 소환되어 성진에게 자신들을 따라와 달라는 간곡한 부탁을 전달했다. 그들로서는 도저히 뜻을 전할 수 없기에 사념을 통해 대화를 나눌 수 있는 정령을 이용한 것이다. 만약 성진이 참지 않고 무력으로 대응했더라면 크나큰 참사가 벌어졌으리라.

성진은 주위를 돌아보았다. 이제 이 거대한, 아니, 장엄한 공간의 중심부로 들어온 듯하였다. 주위는 따스하고 포근한 빛들이 가득 차 있었고 곳곳에는 알 수 없는 향기로운 냄새와 그리고 생기(生氣)가 가득하였다.

　'여기가 중국 고전에 나오는 피안의 세계 '무릉도원' 일까?'

　성진은 자신도 모르게 그런 생각을 떠올렸다. 실로 아름다운 공간이다. 그는 손을 휘둘렀다. 그의 손끝에서 뻗어 나온 빛이 주위를 잠식하였다. 그것은 성진의 의지요, 힘이었다. 성진은 창생력을 사용하여 무속성의 에너지를 창조하여 뿜어낸 것이다. 앞서 걸어가던 네 명의 엘프는 그것을 느꼈는지 뒤를 돌아보았고 역시나 놀란 표정으로 성진의 얼굴을 바라보았다. 성진의 손끝에서 뻗어 나온 빛은 허공을 떠돌다가 돌연 주위에 동화되어 조용히 사라졌다. 성진은 그것을 보고는 눈에 이채를 띠었다.

　―그대들은 조화의 종족이군요.

　성진은 그들의 특성을 시험해 본 것이었다. 성진은 무속성의 힘을 뿜음으로써 그 힘이 주위에 어떤 식으로 동화되는지를 알아보고자 한 것이다. 놀랍게도 에너지는 주위에 자연스럽게 동화되더니 자연의 일부분으로 소리없이 사라졌다. 이곳에 스며든 이들 종족의 사념은 '진실로 하나 되다' 라는 문장으로 표현해야 할 만큼 놀라웠다. 성진이 그렇게 뜻을 전하자 엘프들은 성진에게 편안한 미소를 보내더니 오른손을 놀려 조그마한 원을 그려 보였다. 그것은 큰 뜻이 함축된 제스처였다. 원이라 함은 끊이지 않음이요 또한 어느 한쪽으로도 기울이지 않는 공평함, 모가 없는 부드러움을 갖추고 있는 도형이었다. 실로 이들 종족의 특성에 딱 맞는지라 성진은 절로 고개를 끄덕였다.

　성진이 그들이 보인 제스처의 참뜻을 알아채자 그들은 탄성을 터뜨렸다. 그들은 진실로 현자를 만난 것이다. 이들 종족에서 상위 측에 속한 전사 넷을 순식간에 제압한 실력과 현학적인 뜻이 함축된 제스처를 알아보는 뛰어난 인간은 그들로서는 처음 보았다.

성진은 빙그레 웃었다. 이들 종족은 참으로 순진하고 깨끗하였다. 가식없이 자신의 모자람이나 타인의 능력을 있는 그대로 인정하는 모습은 인간에게서는 찾아볼 수 없는 점이었다.

거기에다……

'정령을 부리다니…….'

그것은 참으로 특별한 경험이었다. 작은 사념이 그의 머리 속에 재잘대는 것이 꼭 회오리 속에서 울려 퍼지는 소음 같았다. 그것은 때로 꿀벌의 앵앵거림 같기도 했고 폭풍의 외침 같기도 했다. 분명히 뜻은 가지고 있으나 알아듣지 못하는 경험은 성진으로서는 처음 있는 일이었다. 아마도 성진이 아닌 보통 인간의 수준이었다면 그것을 단지 '바람 소리'로 치부하였을 만한 것이기 때문이었다. 그렇게 상념에 젖어 있을 때 머리 속에서 한 가지 울림이 퍼졌다.

─대단하구려, 그 뜻을 한순간에 알아내다니. 과연 '엘디어'이군.

전의법. 어디선가 성진의 머리에 전달되는 의지였다. 성진은 호기심을 억누르고 뒤를 돌아보았다. 전의법이라는 것은 의지를 집약하여 보낼 수 있는 고도의 정신력을 요하기 때문이었다. 고도의 정신력이라 함은 곧 지성의 높음이요 격조 높은 영혼을 갖추고 있다는 소리였기 때문이다. 이런 연유로 성진은 이렇게 전의법을 사용할 수 있는 존재는 신과 자신을 제외하고 처음이었기 때문에 자연 호기심이 일 수밖에 없었던 것이다. 성진이 뒤를 돌아보자 그곳에는 한 노인이 있었다.

노파(老婆). 곱게 늙은 여인이었다. 그녀의 하얗게 센 머리카락은 허리까지 늘어져 있었다. 그러나 노년기에 흔히 나타나는 푸석푸석한 백발이 아닌 햇빛에 의해 은색으로 반짝이는 윤기나는 백발이었다. 세월에 의해 노화된 육신을 나타내듯 그녀의 얼굴에는 곳곳에 검버섯이 피어 있었지만 그것을 빼고는 피부에 별 잡티가 보이지 않았다. 은은한 푸른색이 깃든 로브는 그녀의 몸을 감싸고 잔디로 뒤덮인 광장에 살며시 펼쳐져 있었다.

　ー내가 그렇게 아름답게 보이시오? 이 노구는 심히 부끄럽구려.

　미미한 웃음기를 머금고 노파는 장난스럽게 말했다. 성진은 자신의 실책을 깨닫고 낯을 살짝 붉히고는 재빨리 고개를 돌렸다. 하지만 그와 같은 연륜과 격조와 고도의 지성을 가진 존재가 농조로 자신을 놀리니 미묘한 감정이 치솟았다.

　성진은 매사에 진지하였다. 냉철한 정신력과 날카로운 판단력으로 사건을 파헤치고 분석해 왔다. 그에게 있어서 삶이란 배움의 연속이요 자신이 익힌 것을 사용해 보는 이른바 '실습'과 같았다. 이와 같이 무미건조하다고 표현할 수 있는 성진의 삶과 달리 노파는 그야말로 자신을 즐길 줄 아는 삶을 가진 듯했다.

　노파는 성진의 그러한 심정을 이해한 듯 한마디 덧붙였다. 그것은 마치 성진과 같은 지혜와 고도의 지성을 지닌 선구자가 먼저 간 길을 뒤쫓아오는 후배에게 그 방향을 제시해 주는 것과 같았다. 노파는 이 세계에서는 최상위에 속하는 연륜과 지성, 지혜를 겸비한 인물인 것이다.

　ー삶이란 축복이네. 자네와 같이 익힌 것을 사용하며 보내는 삶도 알차지만 이 늙은이와 같이 적절한 유희를 섞는다면 그거야말로 즐겁지 않겠는가? 자신이 선택한 삶이 어떤 것이든 후회하지 않는다면 그거야말로 좋겠지만 기왕이면 즐겁게 사는 것이 좋지 않겠나? 격조란 무엇이며 연륜이란 또 무어란 말인가? 고도의 지성은 또 무엇에 쓸 것인가? 매사에 그 사물을 파악하며 높은 자의 위치에서 낮은 것을 바라보는 시각을 버리지 못한다면 자네의 삶은 언젠가 그 지루함을 이기지 못해 스스로 스러져 버릴 걸세.

하나의 지혜를 가르쳐 주는 노파의 말에 성진은 깊은 감명을 받았다.

무엇이 지성이며 무엇이 격조의 높음인가?

그와 같이 찾아온 하나의 깨달음은 성진의 마음 어딘가 숨어 있던 응어리를 풀어냈다. 그것은 어딘가 오만하고 도도했으며 자만했던 성진의 마음을 다스렸다. 성진은 미소 지었다. 그리고 깊은 감사의 말을 건넸다.

—감사합니다. 우매한 자에게 당신의 커다란 지혜를 나누어 주신 점 거듭 감사드립니다. 제 이름은 성진이라고 합니다. 실례지만 성함을 여쭈어도 되겠습니까?

성진의 뜻은 퍼져 나갔고 그 뜻은 노파에게 전달되었다. 노파는 마치 싱그러운 젊은 날의 청춘을 떠올리는 미소를 지으며 성진을 반겼다.

—반갑네, 이계에서 온 여행자여! 이 늙은이는 어머니의 숲이라 불리는 라프디아 숲의 '라디아' 엘프 족의 족장 아르피아라고 하네. 우리의 고향에 온 걸 환영하네.

라프디아 숲. 거대한 크로노인 대륙을 절반으로 가르는 드리오닌 산맥 혹은 중앙대간이라 불리는 거대한 산줄기 남단에 자리 잡은 이 숲은 실로 그 크기가 광대하여 대륙 전체 크기의 오 분지 일가량을 차지하는 방대한 수해(樹海)이다. 태고에 있었던 엄청난 전쟁의 주요 격전지가 바로 이 라프디아라는 지역이었는데 그 당시만 해도 이곳은 거대한 평원 지역이었다. 그러던 것이 전쟁으로 인해 시체가 산을 이루고 대지를 뒤덮자 시체에서 나오는 어마어마한 시독(屍毒)이 대지를 죽음으로 몰아넣었다고 한다. 이에 슬픔에 잠긴 대지의 여신 사미아가 그 권능으로 이 라프디아 지역에 광대한 숲을 만든 것이다. 전쟁으로 인해 보금자리를 잃은 라디아 엘프 족은 이 신천지로 대거 이주해 오늘날에 이르렀다.

—어떤가? 재미있는 역사가 아닌가?

—그렇군요. 패배자의 주검 위에 세운 승리자의 거주지라······.

성진은 고개를 끄덕였다. 아무리 여신의 권능으로 숲이 형성되었다고는 하지만 숲이 빨아들이는 엄청난 양분은 죄다 마족들의 주검에서 나온 것이었다. 주검 위에 세운 집이라니······. 조금은 찝찝하지만 이렇게 아름다운 곳을 형성할 수 있었던 것은 이곳을 보금자리로 정한 라디아 엘프 족의 노력의 대가이리라.

—마족들은 그 자체가 내뿜는 엄청난 마기로 인해 모든 것들이 물들어가네. 비록 여신의 축복을 받은 신목(神木)이 있었다지만 초창기에는 기가 질릴 정도의 엄청난 마기로 인해 말라 죽는 지경에 이르렀네. 이렇게 가꾼 것도 이 위대한 라디아 엘프 족 때문이 아니겠나?

자화자찬이지만 그리 밉지 않았다. 인정할 것은 인정해야 한다. 그것이 성진의 평소 생각이고 실천 이론 중 한 가지였다.

—그렇군요.

성진은 빙긋 웃었다. 그리고 한마디 덧붙였다.

—그건 그렇고, 저를 이리로 불러들인 저의를 알고 싶군요.

나무 컵에 담겨져 나온 따뜻한 허브 차를 들이키던 아르피아는 성진의 말에 움찔했다. 그리고 컵을 내려놓으며 어색한 웃음을 띠었다.

　—헛, 자네는 너무 잘나서 사람을 곤란하게 만드는군.

　성진은 조용히 나무 컵을 들었다. 허브 향이 성진의 코로 스며들었다. '이건 꼭 녹차 같군' 이란 생각은 호박빛 액체가 혀끝에 닿으며 날아가 버렸다. 아릿하니 느껴져 오는 달콤함과 뭐라고 형용할 수 없는 맛은 이계에서 처음 먹어보는 것임에도 불구하고 상당히, 아니, 흡족할 만치 좋았다.

　—이건 상당히… '좋군요'.

　어휘에서 곤란을 느낀 성진은 단지 '좋다' 라는 느낌을 사념에 섞어 아르피아에게 보냈다. 그녀는 컵을 내려놓으며 살며시 웃었다. 말로 표현하지는 않았지만 자신과 동등한 수준의 지성체에게 칭찬받는 것이 유쾌한 것이다. 아르피아 정도의 지성과 힘이면 크로노인 대륙을 통틀어 다섯 손가락 안에 들 정도로 높은 것이었다. 신에 가까울 정도로 발달한 지성과 힘, 아니, 힘이 아니더라도 지성만 따져서 아르피아는 이천 년이라는 지고한 세월을 통에 '데미 갓' 정도의 경지를 이룩했다. 괜히 한 종족의 수장이 된 것이 아니었다.

　하나 성진도 만만치 않았다. 오히려 아르피아가 주도권을 잡기 위해 뱅뱅 돌려 이야기를 진행하려 했지만 성진은 시기 적절한 한마디로 맥을 끊고는 판을 뒤집어엎었다. 잠시나마 사실을 망각한 대가가 약간의 망신에 불과하다는데 안도감을 느낀 아르피아는 본격적인 이야기를 진행하기로 마음먹었다.

2장 폭풍이 불어오는 곳

제2장 폭풍이 불어오는 곳

아르피아 족장 이후 최고의 전사, 라프디아의 첫 번째 활, 고귀한 혈족 하이 엘프의 마지막 후예, 바람의 정령 라미실드의 소환자.

이것이 나를 칭하는 호칭들이었다. 나는 자신감에 찼고 교만해졌다. 조화와 균형을 사랑하는 라디아 엘프가.

나는 당혹했었다. 그리고 그 열망을 숨겼다. 마음속 깊숙이.

그러나 불길을 꺼지지 않았다.

오히려 불길은 더 더욱 불타올라 혼돈의 종족이라 불리는 인간의 수준에 이르렀다.

부수고, 파괴하며, 죽여서 자신의 강함을 증명하고 싶었다.

나는 나를 죽였다. 하이 엘프의 피가 저주받아 날뛰었다는 오명을 듣지 않기 위해 나를 죽여갔다. 염화는 차갑고 두꺼운 빙벽 안에 갇히게 되었다.

그러던 어느 날 그를…… 만났다.

작자 미상. 연대 미상
로 톤 메히루가 발견한 수필 중 발췌

제2장 폭풍이 불어오는 곳

숲의 주시자는 언제나 너를 보고 있다. 그러니까… 아무 데서나 소변을 보지 마라.
⟨라프디아 숲 벌목꾼들의 오래된 격언⟩

    수많은 거목에서 뻗어 나온 가지에 잔뜩 드리워진 나뭇잎 사이를 살짝 뚫고 나온 빛은 대지를 비췄다. 두 텁게 깔린 낙엽은 갈색으로 변해 지면을 감싸 안았고 군데군데 최근에 떨어진 것이라고 여겨지는 초록빛 잎 사귀가 수를 놓았다. 작은 새는 아침의 광영을 노래하고 벌레들은 자신들의 천적인 이 저승사자를 피해 황급히 도망친다. 그중에 도망치다가 운 나쁘게 육식 곤충에게 걸린 놈도 있고 개미들에게 사지를 난도당해 장렬히 산화하는 것들도 있다.

    언제나 같은 일상이었다. 그러나 자세히 들여다보면 그 속에는 태어나고 자라서 죽음을 맞이하는 일생(一生)이 있다. 비교적 긴 생을 살아가는 옅은 보랏빛의 깃

털을 가진 새는 네모난 나무판자 위에 앉아 생명을 노래한다. 그리고 새의 눈에 한 명의 엘프가 보이기 시작하였다.

숲 속에 조용히 떠도는 엷은 바람에 가는 초록빛 머리칼이 바람에 흩날린다. 머리칼을 뚫고 솟아오른 귀는 가는 초록색 실들 사이를 가르고 눈처럼 흰 피부는 숲 속의 빛을 받아 초록색으로 물들었다. 엷은 남색의 옷감은 호리호리한 몸을 보다 풍성하게 만들었다. 한 손에는 정교하게 세공된 활이 들렸고 등에는 화살 몇 대가 담겨 있는 통이 메어져 흔들린다.

숲의 반려자이자 파수꾼, 숲의 주시자.

숲의 생명에게 그들은 수호자이자 친구이며 연인이었다. 새는 엘프를 노래하였다. 그러나 감미로운 세레나데를 들은 엘프는 천천히 활을 들어 올렸다. 목청껏 노래 부르던 이 조그만 새는 자신에게 와 닿는 예리한 기운에 화들짝 놀랐다. 그 시퍼런 서슬에 놀란 새는 황급히 날개를 펴고 날아올랐다.

표로롱!

팅!

시위가 가볍게 팅겨지자 화살은 날았다. 과녁을 향해 날아간 화살은 과녁에 부딪치며 팅겨져 오른다. 화살촉이 없는 것이었다. 다만 무게를 맞추기 위해 화살촉 부분에 둥그스름한 무언가가 달려 있었다. 화살은 맥없이 팅겨져 땅에 떨어졌다. 당연한 이치였다. 촉이 없으니 과녁에 꽂힐 이유가 없는 것이다.

세르피아는 망연히 땅에 뒹구는 화살을 보았다. 갈색 낙엽이 두텁게 깔려 있는 대지에는 과녁을 벗어난 화살만이 덩그러니 놓여 있었다. 세르피아는 눈을 감았다. 아직도 선명히 떠오르는 그의 무위. 그것은 그녀의 자존심과 명예를 한 번에 깨뜨린 악몽이었다.

찰나를 지배하는 그의 무위. 숨 몇 번 내쉴 그 짧은 시간에 그는 그 많은 동작을 한 번에 해냈다. 그녀와 동행했던, 마찬가지로 전사인 그들을 주먹질 한 방에 무력화시키고 한 명의 목에 칼이 드리워졌다. 그리고 그녀의 생명인 활이 부러졌다.

활이…….

전사의 자긍심이자 제2의 생명. 그 활이 부러졌다는 것은 전사로서 이미 죽었다는 의미였다. 더군다나 그것은 최강의 전사라 불리는 아르피아의 오른팔이었던 아버지가 전해준 유품이었다. 그의 명예가 꺾인 것이다.

생명과 명예를 잃었다.

모두가 위로하였다. 엘디어와 겨루어 그 정도면 잘한 것이라고, 벽을 넘어서 역대 엘프 족 최강이라는 아르피아 족장에 견줄 만한 인물에게 그 정도면 잘한 것이라고.

'아니야!'

그녀는 내심 외쳤다. 잘한 것이 아니야! 그들은 평소 그녀가 품고 있던 생각을 모른다. 아니, 알 턱이 없다. 그녀는 자신의 실력에 확신을 가졌고 그렇게 처참한 패배를 맞볼 수 있으리라 생각하지 못했다. 거기다가 그 상황은 압도적이었다. 모든 정황으로 볼 때 자신들이 이미 주도권을 가지고 있었고 패배하리라는 것은 의심의 여지가 없었다. 비겁하게 암습한 것도, 치졸한 수법도 아니었다.

그러나 졌다. 완패(完敗). 아무리 방심했다고 하지만 그래도 졌다는 사실은 변함없었다. 그는 강했다. 육안으로 확인하기 어려울 정도로 빠르게 움직인 그의 신형은 간결했고, 부드러웠으며 인정하기 싫지만… 아름다웠다.

'그래, 그것은……'

그것은 매우 아름다웠어.

세르피아는 천천히 눈을 돌려 족장의 집무실이 자리 잡은 고목을 바라보았다. 손아귀에 들린 활을 손에 핏기가 가실 정도로 꽉 쥐었다.

성진은 난처한 입장에 처했다. 두 가지의 상반된 입장 속에 어느 한쪽을 택하지 않으면 안 될 상황에 이른 것이다. 하나는 그 자신이 고수하고자 하는 '관조자'로서의 길이었고 한쪽은… 묵묵히 찻잔을 기울이며 그녀의 뜻을 받아들이라는 아르피아가 버티고 있다.

라프디아 숲은 지금 방대한 결계로 둘러싸여 있었다. 결계 안, 즉 숲의 시간으로는 100년 전, 결계 밖의 시간으로는 200년 전 성진과 이세계 신들과의 전투로 인해 크로노인 대륙의 남단, 정확히 서술하자면 라프디아 숲 상공에서 일어난 일은 숲을 초토화시키고 세계의 기후를 잠시나마 바꾸어 버린 것이다. 엘프들의 방어력이 떨어지자 그 틈을 노린 엘프 사냥꾼들이 기승을 부렸고, 엘프 종족 보존과 인간들과의 마찰을 피하기 위해 결계를 쳤다. 라디아 엘프 족의 장로들은 한곳에 집합하였고 결계를 만들기 위해 마력—그러나 성진은 이 힘을 이해하지 못했다—을 움직였다. 하나로 뭉쳐진 마력은 숲을 둘러싸기 시작하였고 모든 일은 순조롭게 돼가는 듯하였다.

그러나 예기치 않는 일이 벌어졌다. 알 수 없는 힘이 개입하여 결계의 힘은 경이적으로 강해졌고 엘디어라고 불리는 족장인 아르피아의 힘마저 초월한 결계가 숲을 뒤덮어 버렸다. 결계의 본래 목적인 공간 단절 이외에도 시간의 단절이라는 결과가 나온 것이다. 숲의 시간은 본래의 시간에서 이탈하여 두 배가량 늦어졌고 이제는 바깥 세상과 100년이라는 차이가 벌어져 버린 것이다.

―알 수 없는 힘이라…….

찻잔을 기울이며 생각하는 성진의 뇌리에 아르피아의 뜻이 전달됐다. 성진은 쓴웃음을 지었다. 알 수 없는 힘이라는 것은 성진의 몸에서 유출되어 버린 '창생의 인(印)'이었다. 창생의 인은 본래 의지를 가진 힘이다. 비록 성진에게 종속되어 있지만 신의 의지를 뛰어넘는 자라면 조금이나마 그 힘을 사용할 수 있다. 결계를 이루고자 하는 장로들과 아르피아의 의지가 어느 순간 신을 초월하였고 성진의 몸에서 유출되어 그 부근을 떠돌고 있었던 '창생의 인'은 그 의지에 개입하여 이루고자 하는 힘을 몇십 배, 아니, 몇백 배 증폭시켜 버린 것이다.

성진이 아닌 자가 창생의 인을 사용한다면 단순히 힘의 증폭에 지나지 않지만 그것만으로도 상상할 수 없는 결과를 낳을 수 있었다. 지금 라디아 엘프 족은 그 대표적인 피해자이고 힘의 주인인 성진은 그것을 책임질 의무가 있었다. 강한 힘에는 그에 따른 책임이 있으므로.

아르피아는 힘의 주인 된 자로서 이 예기치 않은 사태의 수습을 요구하였다. 여러모로 따져 보아도 성진이 책임질 일이 마땅하고 그만이 결계를 해체할 수 있기에 성진은 고개를 끄덕였다. 숲은 100년 만에 그들을 수호하는 대지와 엘프의 여신인 '그랑디아'의 전언마저 끊어 버린 저 저주받은 결계의 해체라는 대당의 엔딩을 맞이하게 되었다. 아르피아의 주름진 얼굴에서 환한 미소가 번져 나갔다.

성진이 라디아 엘프 족 마을에 발을 들여놓은 지 셋째 날. 성진은 처음으로 외출을 감행하였다. 거주하고 있는 방은 지면으로부터 20m 정도의 높이에 위치해 있었다. 거대한 거목의 일부분이 안쪽으로 말려들어 가 형성된 방이었다. 성진은 방의 입구에 섰다.

수백, 수천 그루의 거목이 그의 시야에 **빽빽이** 잡혔다. 어른 몇 명이 팔을 이어도 다 안지 못할 아름드리 나무 수백 그루가 하늘을 찌를 듯이 솟아 있는 광경을 보는 것은 상당히 감명 깊은 것이었다. 이른 아침임에도 불구하고 무성한 나뭇잎 사이로 거목 사이에 연결된 나무 덩굴로 만들어진 다리 위로 꽤 많은 수의 엘프들이 뛰어다니는 모습이 보였다. 성진은 입구에서 훌쩍 뛰어내렸다.

이윽고 중력의 법칙에 따라 그의 신형은 추락하기 시작하였고 성진은 이러한 낙하의 느낌을 꽤나 즐겁게 받아들였다. 이미 며칠이나 경험한 이 숲의 생활은 성진으로 하여금 이 숲에 눌러 살고픈 욕망을 불러일으켰다. 이를 눈치 챈 아르피아는 끊임없이 성진을 자극하여 조속한 결계 해체를 유도하였다. 그래 봤자 성진에게는 씨알도 안 먹히는 행동이기에 아르피아는 그만 낙담하고 말았다.

지면에 두텁게 깔린 낙엽 덕분에 별다른 충격 없이 성진은 착지하였다. 그는 깊게 숨을 들이쉬었다. 싱그러운 숲의 공기가 그의 폐부 깊숙이 빨려 들어왔다. 공기는 한국에서 느꼈던 어느 공기보다 맑고 깨끗하였다.

태고의 자연, 그 위대한 힘이 숨 쉬는 이곳 라프디아 숲은 파괴된 자연과 고도로 발달된 과학 문명의 요람에서 길러진 성진에게 묘한 활력을 불어넣었다. 그에게 있어서 이곳에서의 호흡은 작은 기쁨이었다.

처음 산책하면서 느낀 것은 이곳 라프디아 숲 깊은 곳에 형성된 엘프들의 마을은 그 모든 구성이 자연에 조화되어 있다는 것이었다. 마을에 길 같은 것은 아예 있지도 않거니와 땅에 쌓인 낙엽 같은 것은 치우지 않고 그대로 썩도록 내버려 두었다. 더군다나 엘프들은 이동할 때 땅을 걸어다니는 것이 아니라 나뭇가지를 밟고 넝쿨 다리로 나무 사이를 뛰어다녔다. 그들의 놀라운 점프 능력은 아마도 그 같은 이동 방법에서 기인한 듯하였다.

성진은 걸음을 멈췄다.

몸속에 기이하게 돌아다니는 기운은 성진을 흥분시켰다. 이곳에서 느껴지는 기운은 지구에서 느끼는 기운보다 몇 배나 진하며 강렬하였다. 이내 그것은 성진의 세포 구석구석까지 전달되어 기이한 흥분 상태에 도달하게 만들었다. 활력이란 좋은 것이지만 너무 쌓이면 그것을 밖으로 내뿜을 줄도 알아야 한다. 성진 또한 이러한 이치를 잘 아는 탓에 깨어난 이래 처음으로 몸을 풀기로 하였다.

천천히 숨을 들이마시고 다시 내뿜는다. 완만한 리듬을 타고 내식을 조절하면서 서서히 손을 내뻗는다. 땅을 기는 듯한 다리의 움직임으로 몸을 완만히 움직인다. 손은 원을 그리고 다시 펴져서 이제는 구를 그리기 시작한다. 다리는 모아졌다 펴지면서 다시 하나로 합쳐 간다. 이 묘한 움직임은 성진이 깨닫고 있는 권법의 정수, 말하자면 오의(奧義)였다. 이것은 태극권, 번자권, 팔극권, 선무도, 택견, 태권도 등등 각종 체술과 무예를 연마하다가 느낀 점이 있어 하나로 합한 무예였다. 이 무예는 완만하며 빠르고 현란하면서도 무거웠다. 20여 년도 안 되는 짧은 시간 내에 이 같은 경지를 이룩한 사람은 거의 없었다.

성진은 차차 무아지경에 빠져들었다. 움직임은 계속되고 이제는 더욱 느려지기 시작하였다.

느낄 수 없다. 하나 느낄 수 있다. 내 몸속에 그 모두가 조화된다.

성진은 숨을 내뱉었다. 손이 나아가는 투로(套路)는 때로는 산을 닮아 있었고 비와 같았으며 나무와도 비슷하였다. 그것은 하늘이며 땅이며 생명이었다. 그 모든 것들이 성진의 움직임에 녹아 있었다. 아무런 공력도 내뿜지 않고 손을 쓰는 성진의 이 같은 움직임은 주위의 환경에 자연히 동화되어 갔다.

성진의 주변에 있던 엘프들도 그의 이 기이한 행동에 흥미를 느끼고 다가왔다. 하나 그들은 이내 넋을 잃고 말았다. 어느덧 수많은 엘프들은 한 이방인이 펼치는 무예를 경이적인 시선으로 바라보기 시작하였다. 그들로서는 한낱 움직임으로 자연의 섭리가 펼쳐질 줄은 꿈에도 몰랐던 것이다.

성진은 점점 흥에 겨웠다. 때로는 뛰고 돌며 눈에 보이지 않는 속도로 움직였다. 이것은 무아지경 속에서 이루어졌고 모든 권법의 오의(奧義)가 이 순간 정리되어 갔다.

나를 잊고 너를 잊는다. 그러나 모두는 하나다.

기세는 대기를 타고 퍼져 나갔다. 그것은 나무를 통과하고 집을 뚫고 엘프들을 휘감으며 멀리 퍼져 갔다. 이것은 집 안에서 문서를 정리하던 족장 아르피아에게까지 흘러들었다.

그녀는 고개를 들었다. 무언가 장엄한 기세가 이 엘프 마을을 휘감고 있었다. 평소 느끼고 있던 자연과의 교감이 극대화되어 온몸을 타고 흐르는 느낌. 세포 하나하나가 자연과 교감하여 숨 쉬는 느낌은 아르피아의 2,000년이라는 장구한 일생 동안 손가락에 꼽을 정도밖에 경험해 보지 못한 것이었다. 보통 이 같은 느낌은 깨달음을 통해서 오곤 했는데 이것은 개인이 경험하는 정도에 불과하였다. 그것도 그녀와 같은 고(古) 엘프나 하이 엘프(High Eelf)라고 일컬어지는 '고귀한 핏줄'의 후손, 아니면 간혹 나오는 일반 엘프 중 천재적인 재능을 가진 자에

국한된 것이었다.

"오, 맙소사……."

아르피아는 자신도 모르게 중얼거렸다. 집무실 주위를 둘러보니 어린 엘프들이 난생처음 경험하는, 아마도 그들의 일생이 끝날 때까지 경험하지 못할 느낌이 덮치자 넋이 나간 듯 보였다.

평소 그녀가 귀여워하던 한 엘프는 손에 든 펜이 떨어져 종이 위를 더럽히는 줄도 모르고 눈이 풀려서 허공을 바라보고 있었다. 비단 그녀뿐만이 아니었다. 어떤 엘프는 이미 극대화된 교감에 의해 이성이 마비되어 버린 듯하였다. 아르피아는 자리에서 일어섰다. 그녀가 이 느낌이 퍼져 나오는 심장부로 가고자 마음 먹자 어느덧 성진이 있는 곳으로 이동되었다.

이미 성진의 움직임은 극에 달해 있었다. 대자연과 교감되어 무예를 펼치는 탓에 그를 중심으로 자연에 민감하게 반응하는 정령력들이 몽땅 몰려들어 있었다.

바람을 관장하는 정령 라미실드는 이미 실체화되어 아르피아의 눈앞을 어지럽히고 있었다. 낙엽을 동반한 바람은 미친 듯이 휘몰아쳐 공터를 휘젓고 있었다. 성진은 그 한가운데서 움직이고 있었고 그 모든 흐름은 성진을 중심으로 사방으로 뻗어 나가고 있었다. 아르피아는 자신의 생애를 통틀어 이러한 광경은 본 적이 없었기 때문에 매우 놀랐다. 그녀는 주위를 둘러보았다.

"으음……."

그녀는 가느다란 신음을 흘렸다. 그녀는 피부에 느껴지는 대기에 가득 찬 정령력에 가볍게 몸을 떨었다. 그리고는 경의가 담긴 눈빛으로 성진을 보았다. 아마도 가볍게 한다는 것이 이 성지 라프디아 숲의 영향을 받아 어느 경지에 도달해 버린 듯했다.

그건 그렇다고 해도…

그 누가 이렇게 할 수 있으랴.

대자연에 골고루 퍼져 있는 기운이 모두 몰려 그 가운데 정령력이 압축되어 아무런 촉매 없이 정령이 실체화되고, 엘프들의 교감을 극대화시켜 일종의 해탈(解脫) 상태로 만들어놓다니……. 이 세계를 주름잡는 신이라도 자연의 법칙을 거스르지 않은 가운데 이러한 이적을 행할 수는 없으리라.

마냥 감탄만 하고 있을 수는 없었다. 잘못하면 일족 전체가 커다란 정신적 쇼크 상태에 빠져들지도 모르기 때문이었다. 이러한 자연과의 극대 교감 현상은 좋은 것이지만 아무런 마음의 방비도 없이 경험하다가는 정신의 균열이 발생할 것이었다. 과거 그녀와 절친했던 친구도 그런 식으로 잃은 적이 있었다.

'아아… 정말 골치 아픈 일만 생기는군.'

속으로 투절거린 아르피아는 그 늙은 두 손을 마주 올려 힘을 모으기 시작하였다. 아쉽지만 저 경이적인 행위는 이만 끝을 맺어야 했다. 계속 놔두어 그 끝을 보고자 하는 마음은 간절했지만 그랬다가는 유구한 전통을 자랑하는 라디아 엘프 족의 씨가 말릴 가능성이 있었다.

종족 보존은 족장의 가장 큰 행동 강령 중 하나이기에 그녀는 권능을 발휘하였다. 그녀가 얻은 깨달음 중 라디아 엘프 족의 권능이라 할수 있는 능력.

Idleness. 무위(無爲).

—라프 쉬아 카!

뜻은 공간을 타고 멀리 퍼져 나갔다. 아르피아의 손 안에 떠돌던 구체 또한 폭발하여 그 힘을 퍼뜨리기 시작하였다. 그녀의 몸 주위에 형성된 노란색의 파장은 공간을 타고 멀리 퍼져 나갔다. 모든 것을 되돌린다는 그 뜻답게 비정상적으로 집중되어 있는 기운을 다시 원상 복귀시키기 시작하였다. 뭉쳐 있던 가닥은 그녀의 힘에 의해 하나하나 풀려 제자리를 찾고 정령들은 이성을 되찾아 바람 속으로 녹아들었다. 파장이 지나친 곳의 엘프들은 극대화된 교감 작용에서 풀려났고 그중 일부는 교감 작용에의 후유증 탓인지 그 자리에 주저앉기도 하였다.

무(武)란 그렇게 단순한 것이 아니었다. 우연한 기회에, 아주 우연한 기회에 무아지경 속에 빠져들어 그 모든 것이 하나로 합쳐질 때가 있다. 지금 성진이 겪은 현상이 바로 그것이었다.

성진은 멍하니 장내에 서 있었다. 머리 속에 미친 듯이 휘몰아치는 생각. 수많은 잔상과 생각, 깨달음이 온통 휘몰아쳐 정신을 차릴 수가 없었다. 그것은 성진이 무예의 정수이자 더 높은 경지를 바라볼 수 있음에도 방해받아 놓쳐 버린 아쉬움이었다.

'창생력과 합일된 무예를……'

성진은 자기도 모르게 중얼거렸다. 무척이나 아쉬웠다. 그렇게나 원하고 갈망했던 경지를 놓쳐 버린 것이다.

〈인연이 없음을 한탄할지어라.〉

문득 머리 속에 스치는 구절. 어디서 읽었는지는 몰라도 지금 이 상황에 그것은 꼭 들어맞았다. 막 경지를 넘으려던 찰나 무언지 모를 힘이 그를 감싸 무념무상의 합일 경지에서 정신을 강제로 분리시켜 버린 것이다.

'그것만으로도 얼마나 큰 소득인가.'

이미 지나간 일을 한탄할 만큼 성진은 어리석지 않았다. 다만 아쉬울 뿐이었다. 그나마 위안이 된다면 약간이나마 맛본 그 경지가 앞으로 성진이 나아갈 길을 제시해 준 것이다. 어두운 암흑 속에 자그마한 촛불 빛이 그에게 생긴 것이다. 거기에 또 하나의 수확이 있다면 아르피아가 사용한 모든 것을 무위로 만들어 버린 힘이라는 힘의 또 다른 운용법이라는 뜻밖의 소득을 본 것이다. 멍하니 정신이 나가 있던 성진은 누군가 자신을 보는 시선을 느끼고는 고개를 돌렸다.

2,000년이나 산 늙은 엘프가 권능을 사용하는 일은 무척 드물다. 권능이란 그 자체로도 지고할뿐더러 남발했다가는 그 반발력이 고스란히 자신에게 오기 때문에 오랜만에 권능을 사용한 아르피아는 힘이 쭉 빠지고 말았다. 가늘게 떨리는 주름진 피부 사이사이로 땀이 맺혔다.

'이게 다 자네 탓이네' 라는 뜻이 강렬하게 각인된 아르피아의 눈을 보자 성진은 왠지 가슴이 뜨끔해지는 것을 느꼈다.

*   *   *

세르피아는 무릎을 꿇었다. 방금 전 자신을 덮친 그 느낌은 정말 강렬했다. 무언지 모를 느낌이 온몸을 감싸 안았고 그녀의 정신은 공중으로 분열되는 것 같았다.

"하악!"

뜨거운 숨결을 토해내는 얼굴은 붉게 달구어졌다. 온몸을 타고 흐르는 피는 그녀의 육신을 끊임없이 자극하였고 몸에서 솟아오르는 땀은 옷을 적셨다. 이마에서 송골송골 맺힌 땀이 후드득 떨어진다. 그녀는 몸을 일으켰다. 아직도 활을 쥐고 있는 손이 떨린다. 아니, 손만이 아니었다. 전신이… 근육은 끊임없이 경련했고 그녀의 몸속에서 용솟음치는 힘이 온몸으로 번진다. 아직도 그의 모습이 메아리치듯 그녀의 머리 속을 끊임없이 휘저었다.

손동작과 발의 움직임, 그가 내뱉는 호흡은 그녀가 평소에 찾던 이상적인 모습이었다.

그녀는 고개를 들었다. 아르피아 족장의 어깨를 살짝 부축한 채 어색한 웃음을 띤 그가 걸어가고 있다. 세르피아는 아르피아가 전에 그녀에게 했던 부탁을 떠올렸다.

'이제 더 이상의 고민은 할 필요가 없어. 이미 답이 나왔잖아?'

머리 속으로 모종의 결심을 한 세르피아는 아랫입술을 질끈 깨물었다.

—이제 어쩔 텐가?

그거야 당연하지 않습니까? 성진은 속으로 중얼거렸지만 차마 그것을 아르피아에게 전하지는 못했다. 꿀 먹은 벙어리가 돼버린 성진은 묵묵히 자신의 손에 들린 컵을 들이켰다. 고소하게 우려진 찻물이 넘어가는 감미로운 느낌을 잠시나마 즐겨보려 했던 성진은 계속 자신의 머리를 전의법으로 두들기는 아르피아로 인해 그 즐거움을 포기하고 말았다.

—거목 이상 성장으로 인한 가옥 파손 34건, 강제 교감으로 인한 정신 충격자 134명, 마찬가지로 강제 교감으로 인한 혼수 상태 32명…….

성진의 머리 속에 끊임없이 흘러 들어오는 아르피아의 피해 집계는 그의 마음을 끊임없이 헤집었고 억겁의 시간 속에 단련된 성진의 정신은 무너지려 하였다. 저렇게 집요하게 구는 이유를 파악하고 있던 성진은 그녀가 원하는 대답을 내놓을 수밖에 없었다.

―뜻대로 하죠.

단 한 마디. 그러나 그것은 끊임없이 성진의 정신을 두들겼던 아르피아의 뜻을 별안간 뚝 끊기게 만들었다. 아르피아는 눈을 반짝였다.

'이렇게 쉽게 항복을 받아내리라 예상치 못했는데, 무언가 변했군.'

속으로 중얼거린 아르피아는 성진의 눈을 쳐다보았다. 습관적으로 눈을 보던 그녀는 시선을 돌려 컵 속에 담긴 호박색 액체를 보았다. 들여다보았자 보이겠나? 혼자 의문을 던진 그녀는 찻물을 홀짝였다. 흠, 그래도 감정이 조금은 살아난 것 같군.

'엘디아'에 도달한, 아니, 넘어선 그녀는 상대의 마음을 들여다볼 수 있는 이른바 마인드 리더(Mind Reader) 능력을 보유하고 있었다. 상대의 의중을 알아보려 눈을 들여다보는 오랜 습관을 자신도 모르게 행했던 아르피아는 내심 쓴웃음을 지었다.

성진에게는 비록 통하지 않았지만 오랜 시간 동안 갈고닦은 그녀의 통찰력은 이내 변화의 내용을 알아냈다. 아마도 저 청년이 벌였던 일이 그의 정신을 새롭게 다듬은 모양이다. 예전과는 다르게 감정이 묻어나는 것이 느껴지니.

―그럼 어떻게 해야 이 사태를 수습하는지 알겠군.

―…그렇죠.

결계를 풀어준다는 조건으로 이 살기 좋은 곳에 계속 눌러 살까 하는 성진의 생각을 일격에 부숴 버린 아르피아는 회심의 미소를 지었다.

　—거기에 한 가지 더 해줄 일이 있는데…….

　성진은 그저 묵묵히 차만 홀짝였다.

　결계는 두꺼웠다. 그냥 두껍기만 한 게 아니라 그 힘이 막강하여 공간은 물론 시간까지 차단하였다. 파랗고 하얀 빛이 엉켜서 흐르는 막이 숲 전체를 감쌌다. 숲 바깥의 광경도 미묘하게 일그러져 있다. 하늘의 구름이 어느 한곳을 기점으로 갈라져서 사방으로 흩어지고 다시 합쳐지는 것은 기이하다 못해 전율스럽기까지 하였다. 시간의 괴리라는 자못 흥미로운 소재에 이모저모 살펴보던 성진은 이것을 단시간 내에 깨뜨릴 수 없다는 결론을 내렸다. 좀 더 시간을 가지고 충분히 연구하고 싶었으나 그의 뒤를 버티고 있는 존재 때문에 그럴 수 없다는 사실이 안타깝기 그지없었다. 그런 그의 의사가 아르피아에게 전달되자 그녀는 고개를 흔들며 난해하다는 표정을 지었다.

　—어떻게 하겠습니까?

　—글쎄… 분명 한 명은 데리고 나갈 수 있다고 했나?

　성진은 묵묵히 고개를 끄덕였다. 한 명은 데리고 나갈 수 있었다. 결계는 단단한 유리 구와 같았다. 100여 년이라는 시간 차 속에 더욱 단단해지기는 했지만 강대한 힘을 한곳에 집약시켜 뚫는다면 결계는 1년이내에 완전히 해체될 것이 분명하였다. 그리고 그가 가진 힘으로 그 자신 외에 한 명은 같이 갈 수 있었다.

　—만약 한 명을 데리고 나간다면 제 몸속에 남은 창생력은 모조리 소진되어 버리지만요.

　창생의 인은 창생력의 원천이었다. 그것은 마치 샘과 같아서 성진이 사용한 창생력을 끊임없이 채워주는 역할을 하였다. 성진에게서 창생의 인이 튀어나와 이 세계 어딘가에 떨어져 버린 이상 그것을 반드시 회수해야만 했다. 그렇지 않으면 성진은 더 이상 창생력을 사용할 수가 없었다. 물론 공간을 초월하더라도 창생의 인이 존재하기만 한다면 창생력은 서서히 성진의 몸에서 채워졌다. 비록 그 속도가 늦기는 하지만 말이다. 비단 그것만이 아니더라도 신물(神物)을 뛰어넘는 그 힘은 세계에 거대한 파장이 될 것이 분명하였다.

아르피아는 고개를 끄덕였다.

─그러나 자네는 거절할 수 없지. 여기 우리 일족의 최고 전사를 데려가게. 우리 일족을 대표하여 밖에서 해야 할 일이 있으니……. 큰 짐은 되지 않을 것이야.

아르피아가 바라보는 쪽으로 성진이 고개를 돌리자 처음 엘프와의 조우 때 본 여자가 걸어오고 있었다. 그 순간 성진은 가슴속에 무언가가 꿈틀거리는 것을 느꼈다.

*　　　　　*　　　　　*

라프디아 숲 결계 외곽.

오늘도 제프는 도끼를 어깨에 걸쳐 멨다. 방금 일어난 듯 부스스한 갈색 머리는 까치집을 이루었다.

'아! 오늘도 빌어먹을 아침이군!'

기지개를 활짝 켠 제프는 도끼를 들고 힘껏 휘둘렀다.

우드득!

어깨의 관절 풀리는 소리가 몸을 감싼 것을 느낀 제프는 고개를 좌

우로 움직이며 연신 몸을 풀었다. 가까운 개울에 가 세면이라도 해야 할 만큼 지저분한 상황이었지만 보는 눈이 없으니 그만 귀찮아 몸만 푸는 중이었다. 아내라도 있었으면 더럽다고 타박이라도 할 것이지만 이도저도 없는 그에게 이렇게 몸 푸는 행위는 세안의 효과를 주는 듯했다. 변명이지만 말이다.

"이 지겨운 노총각 신세도 올해는 면해야 할 텐데……."

올해 31살. 이미 자신의 또래 친구들은 장가가서 두꺼비 같은 아들이 있다지만 자신은 긴긴 밤을 손가락 벗 삼아 지새우는 것이다.

"젠장! 퉤!"

누런 가랫덩어리가 땅바닥에 떨어진 것을 본 제프는 그것을 거칠게 발로 비볐다. 신경질적으로 가랫덩어리를 비비던 제프는 이윽고 나무를 하기 위해 발걸음을 옮겼다.

예로부터 라프디아 숲은 좋은 목재가 많기로 소문이 났다. 넓고 광활한 대륙에 형성된 숲 중에 라프디아 숲의 나무처럼 단단하고 곧게 자라난 곳은 몇 없었다. 풍부한 일조량과 숲의 지하를 관통하는 엄청난 양의 지하수는 가뭄에도 나무를 잘 자라게 했고 이러한 천혜의 조건은 이 숲을 더욱 푸르고 울창하게 키워 나갔다. 때문에 좋은 목재가 탐난 인간들은 숲으로 모여들기 시작하였고 숲에 거주하고 있던 엘프들과의 마찰이 일어나기 시작하였다.

목재를 탐내는 인간과 고향을 사수하려는 엘프.

필연적으로 이들은 충돌하였고 이윽고 수많은 사상자가 발생하였다. 얼마 안 가 숲 주변에 영토를 이루던 왕국에서 병력을 파견하였고 엘프들과의 전투가 벌어졌다. 숲에서의 엘프는 놀라운 능력을 발휘하였다. 한 명의 엘프가 수십 명의 잘 훈련된 병사들과 기사들을 도륙하는 것은 오만한 인간들에게 대단한 충격으로 다가왔다.

그 당시 국왕은 다행히도 현명한 군주였고 군주의 용단은 더 이상의 피해를 없앴다. 이윽고 조약이 채결되었다. 왕국은 그들의 숲에 인간들이 함부로 침입하는 것을 막고 외적의 침입으로부터 보호해 주기를 약속했고 엘프들은 왕국이 위험할 시 병력 파견과 숲의 목재 일부를 제공하기로 합의했다.

왕국에서는 목재를 벨 인원을 모집하였고 수백 대 일의 경쟁률 속에 불과 몇십 명이 벌목 자격을 획득하였다. 라프디아 목재는 그 탁월한 품질로 인해 목공예품이나 아니면 귀족들이 사용할 원목이 되었다. 벌목의 자격은 대를 이어서 계승되었고 어느덧 몇 대를 이어 숲 외곽에 거주하면서 나무를 베게 되었다. 숲의 목재는 숲의 중앙으로 다가갈수록 점점 질이 좋았다. 몇백 년 동안 자라난 거목은 하늘을 찌를 듯 서 있었고 이제 몇십 년밖에 되지 않은 나무조차 높은 품질을 자랑하였다. 엘프들은 숲이 더욱 건강하게 자랄 수 있게끔 솎아주기를 원했고 벌목꾼들은 그런 엘프들의 청탁을 흔쾌히 받아들였다. 솎아낸 목재는 공예품이나 가구의 원목으로 최고 품질을 인정받았다. 이런 공생 관계가 어느 정도 정착되던 어느 날.

200년 전 어느 날……

천재(天災)가 일어났다. 엄청난 광풍과 폭우, 그리고 우레. 땅은 울부짖었고 하늘은 절규하였다. 라프디아 숲 상공에서 일어난 재앙은 당연히 벌목꾼들의 마을에도 커다란 영향을 미쳤다. 아니, 그뿐만 아니라 중앙대간 남단 지역은 전부 영향을 받았다. 엄청난 힘의 파장이 휩쓸고 갔는지 바다의 물고기가 돌연 해안으로 올라오고 강 하구에서는 해수(海水)가 역류하여 엄청난 염해가 일어났다.

밀의 이삭은 여물지 않았고 보리도 피기도 전에 말라 죽었다. 한여름에 눈이 내리고 겨울에는 더웠다. 검은 하늘 아래로 물고기가 떨어졌고 모래가 쏟아졌다. 이 같은 현상이 10년 동안 대륙을 휩쓸었다. 사람들은 이것을 '신의 분노'라고 불렀다.

진원지인 라프디아 숲은 그 광대한 지역의 삼 분지 일이 초토화되었으며 나머지 삼 분지 이도 무사하지 못했다. 수많은 사람들이 죽어갔고 살기 위해 잔혹해졌다. 민심은 흉흉해졌고 내란이 일어나기 시작하였다. 대륙에 재앙이 내린 지 10년 동안은 그야말로 암흑 천지였다. 다행히 벌목꾼들의 마을은 중앙에서 멀리 떨어져 있어 내란의 피해를 입지 않았고 난민 또한 찾아오지 않았다. 재앙이 일어난 근원지 부근이기에 사람들도 발길이 내키지 않은 것이다.

10년 동안 어지러웠지만 재앙이 멈추자 다시 잠잠해졌다. 재앙이 멈춘 첫해, 천운인지 대풍년을 맞게 되었다. 사람들은 다시 웃었으며 상냥해졌다. 벌목꾼들의 마을 또한 다시 재건되어 일을 하기 시작하였다. 내란 도중에도 목재 수요는 여전하였기에 입에 풀칠은 하고 살았지만 내란이 끝나자 귀족들의 허영심이 폭발했는지 목재 수요가 폭주한 것이다.

다행히 숲은 여신의 가호를 받았다는 말이 빈말이 아니었는지 믿을 수 없을 정도로 빠르게 복구되었다. 하루가 다르게 숲은 살찌고 푸르게 변했다. 도끼를 들고 숲을 향하는 이의 발걸음은 경쾌했다.

엘프 사냥꾼과의 마찰도 심했지만 사람들은 합심하여 그들을 내쫓았다. 그러나 그것도 오래 가지 않았다. 숲은 돌연 미쳐 버렸다. 짙은 안개로 잠식되었고 차츰 어두워졌다. 전혀 보지도 못했던 맹수가 출현했고 포악한 몬스터들이 나타나 벌목꾼들을 습격하였다. 왕국에서는 이 사태를 파악하기 위해 조사단을 파견하였으나 그들은 숲에 들어가 다시는 돌아오지 못했다. 몇십 명, 몇백 명, 나중에는 수천 명이 숲을 탐험하겠다고 들어갔으나 그 누구도 돌아오지 못했다. 숲을 누구보다도 잘 안다고 자부하던 이들은 어깨에 도끼를 메고 호기롭게 발걸음을 옮겼으나 역시 마찬가지였다. 모두가 떠나 버렸다. 수십 명의 벌목꾼들은 증표를 던져 버리고 하나둘씩 발걸음을 돌렸다.

"아, 오늘은 꽤 좋은 목재를 얻어야 할 텐데……."

목재의 선별은 제프 몫이었다. 아직도 떠나지 않은 가업을 잇는 이들 중에서 제프만큼 타고난 눈을 가진 사람은 없었다. 선별한 나무를 제프와 다른 이들이 베고 그들과 동업한 상인들은 인부를 고용하여 나무를 강까지 운반한다. 이 같은 작업은 꽤나 속도가 빨라 어느덧 그들에게 큰 부를 안겨주었다.

"이제 조금만 돈이 더 모이면……."

제프는 함박웃음을 지었다. 아랫마을에 사는 포목점 집 딸 사라. 아, 내 사랑! 날 기다려 주오! 이미 31살이나 먹은 노총각이었지만 사라 또한 25살로 마찬가지 노처녀였다. 우락부락한 근육과 삐죽 솟은 수염 덕분에 산적이라는 별명을 가진 제프지만 그 덩치에 어울리지 않게 내성적인 그는 그만 첫눈에 사라에게 반한 것이다.

"제프! 고백해 버려! 너 같은 남자도 없잖아!!"

그의 친구들은 이렇게 부추겼고 순진하기 짝이 없던 제프는 마을 광장에서 괴성을 질렀다. 양손에는 꽃을 한 아름 들고.

"사랑합니다, 사라 씨!! 저와 결혼해 주십시오!!"

마을 사람 전체가 지켜보던 가운데 그의 일생 중 가장 감동(?)적인 프로포즈는 결국 성공했다. 맑고 파랗던 눈에 눈물이 그렁그렁한 채 고개를 끄덕이던 그녀의 모습이 얼마나 아름답던지…….

순간적인 충동으로 제프는 사라를 꼭 껴안고 말았다. 자신의 예쁜 딸을 껴안은 산적의 모습에 눈이 돌아버린 사라의 아버지는 제프의 머리를 몽둥이로 사정없이 어루만져(?) 주었다. 머리가 깨져 피가 줄줄 흐르는 모습에 사라가 비명을 질렀지만 그 순간만큼은 너무도 행복했던 제프였다. 훗날 친구들이 너의 그 모습은 엽기적이었다고 놀려댔지만 말이다.

과거의 일을 떠올린 제프는 오늘 좋은 목재를 낚아 사라에게 액세서리를 사주기로 마음먹었다. 응? 꽤 좋은데? 마음속으로 중얼거린 제프는 자신의 몇 발자국 앞에 떨어져 있는 나무를 유심히 쳐다보고는 고개를 저었다.

"이건 안 되겠어."

오늘은 반드시 좋은 거 하나만 낚는 거다! 콧김을 씩씩거리며 그는 더 좋은 목재를 찾아 숲 속 깊숙이 발걸음을 옮겼다. 한 걸음 한 걸음 조심스럽게 옮기던 제프는 순간 서늘한 느낌을 받았다. 기분 나쁜 느낌이 뒷골을 간질이는 게 꽤나 불안하다.

"엥? 뭐, 뭐야?!"

어느덧 안개는 그의 주위를 둘러쌌고 제프는 속으로 비명을 질렀다. 젠장! 제프의 얼굴에는 낭패스러운 표정이 역력했다. 걸음을 돌리기에는 너무 깊이 들어온 듯했다. 괴기스러운 주위 분위기에 제프는 자신도 모르게 침을 꿀걱 삼켰다. 다른 곳으로 신경을 분산시키기 위해 정신없이 주변을 둘러보았다.

"허! 이렇게 좋은 물건이 이런 곳에 있다니!"

올곧게 솟은 나무는 족히 백 년은 더 묵은 듯했다. 이 정도면! 천생 나무꾼인 제프는 좋은 목재를 보자 정신을 차리지 못했다. 어느덧 욕심이 공포를 밀어내 버린 제프는 도끼를 들었다. 단단한 참나무로 만든 도끼 자루는 제프의 잘 단련된 손아귀에 굳게 쥐어졌고 힘이 잔뜩 들어간 팔뚝은 터질 듯한 근육으로 부풀었다. 후읍! 좋았어! 숨을 깊게 들이마신 제프는 도끼를 힘껏 들어 올려 찍었다.

투웅!

인지할 수 없는 파동이 숲 전체에 퍼져 나갔다. 인간도 느낄 수 있을 만큼 강렬한 파동이 사방으로 퍼져 나갔다. 인간이 느낄 정도인데 하물며 예민한 동물이 느끼지 못할 리가 없었다. 가장 먼저 반응하는 것은 조류였다. 자기장에도 반응할 만큼 민감한 새들은 이 파동에 화들짝 놀라 일제히 하늘로 날아올랐다.

푸아아아!

수천, 수만 마리의 새가 홰를 치자 무시 못할 소음이 숲 전체를 강타했다. 안개를 뚫고 날아오른 새들로 인해 하늘은 삽시간에 검게 물들었다. 수만 마리가 뒤엉켜 울부짖고 물어뜯으며 날개를 쳐댔다. 이 엄청난 광기는 그대로 숲을 덮쳤다. 새끼를 데리고 한가로이 풀을 뜯던 사슴들은 화들짝 놀라 뒷발로 새끼를 차버렸고 멧돼지는 미친 듯이 날뛰었다. 맹수들 또한 공포에 질려 미친 듯이 내달리기 시작하였다. 갖가지 동물들이 울부짖는 소리는 숲의 방음 효과를 간단히 뚫으며 멀리 메아리쳤다. 자신의 천적들이 미친 듯이 울부짖자 파악조차 할 수 없을 만큼 다양한 동물들이 생존 본능에 따라 떼를 지어 내달리기 시작하였다. 비단 동물뿐만이 아니었다. 이 숲의 먹이 사슬 중에 최상위급을 차지하던 오거(Orge)나 트롤(Troll), 오크(Orc)들 또한 희미하게 남아 있던 이성은 파동으로 인해 날아가 버리고 서로를 물어뜯거나 밟고 동물 떼를 따라 달리기 시작하였다.

이 엄청난 무리는 몇 갈래로 나뉘어 안전하다고 여겨지는 숲의 외곽으로 빠져나가기 시작하였다. 동물들의 발에 밟힌 잡초는 그 뿌리까지 뽑히고 나무는 꺾여져 나갔다. 대지를 울리는 굉음은 그들 스스로를 더욱 미치게 만들었고 빨갛게 번들거리는 광기는 동물 떼 전체를 덮쳤다. 그들이 지나가는 자리는 나무뿌리조차 뽑혀 대지에 그 앙상한 자태를 드러냈다. 다리가 짧거나 속도가 느린 일부 동물들은 뒤따라오는 무리에게 밟혀서 완전히 으깨어졌다.

파동이 숲을 덮치고 몇 초 지나지 않아서 이번에는 엄청난 빛이 숲을 감쌌다. 울부짖는 숲을 포근히 감싸 안은 빛은 반구 형태로 라프디아 숲 전체를 뒤덮었다. 머리 위로 떨어지는 광채에 나무들은 손을 벌렸고 새들은 홰를 쳤으며 동물들은 멍하니 광채를 바라보았다. 너무도 크고 밝은지라 수백 킬로미터 떨어진 마을에서조차 그 형태를 알아보았고 사람들은 하늘 한 귀퉁이에서 또 다른 태양이 떠올랐다는 착각에 빠졌다. 사람들은 공포에 떨었고 마법사들은 경악했으며 신관들은 경배하였다.

이윽고 바람이 불었다.

라프디아 숲을 감싼 빛 한 귀퉁이에서 바람이 불어오기 시작하였다. 따뜻하고 부드러운 바람은 점차 하나로 뭉쳐지며 몸집을 불려 나갔다. 웅혼하고 포근한 바람은 대지를 쓸고 나무를 어루만지며 동물을 감싸 안았다. 대지를 내달리는 바람은 숲을 지나고 파랗게 싹트는 밀밭을 지나 강을 건너고 나무가 우거진 산을 넘어서 널리 퍼졌다.

*　　　　*　　　　*

크라인 왕국 수도 쉬스만.

휘라인 교단의 교황인 시라이 4세는 오늘도 아침 예배를 끝마치고 잔을 들었다. 이미 40년이나 넘게 몸에 밴 습관은 그에게 평온을 제공하였다. 언제나처럼 찻잔을 들고 차 향을 느끼면서 한 모금 한 모금 마시는 찻물에 마음까지 시원해지는 듯하였다. 따사로운 햇빛을 받으며 흔들의자에 몸을 기댄 그는 조용히 차 향에 빠져들었다. 탐스러운 은빛 수염을 가슴까지 늘어뜨리고 머리가 다 벗겨져 번들거리는 대머리지만 잔잔한 주름이 져 있는 얼굴과 묘하게 어울려 그의 인상을 더욱 푸근하게 만들었다. 가끔씩 몸에 반동을 줘 흔들거리는 묘한 리듬을 즐기는 모습은 자못 진지해 보인다. 이 모습을 10년이나 지켜본 타키안은 그 모습 그대로 따라 하였다.

아직 사춘기가 끝나지 않은 치기 어린 얼굴에는 주근깨가 피어 있었고 가끔씩 불어오는 바람에 찰랑이는 붉은 머리칼은 그가 장난기 많은 소년이라는 인상을 주었다. 160㎝가 조금 넘는 아담한 체구의 소년이 의자에 기대어 시라이 4세를 흉내 내며 차를 즐기는 모습은 우스워 보였다.

자신과 닮은 폼으로 차를 마시는, 이제는 16살 소년의 모습을 시라이 4세는 훈훈한 웃음을 띠며 지켜보았다. 비상한 아이였다. 빈민굴을 지나다가 시궁창 속에 처박혀 멍하니 자신을 쳐다보던 그 눈빛이 어찌나 슬프던지 자신도 모르게 이 아이를 신전으로 데리고 왔었다. 그가 손수 씻기고 입혀주어 같이 웃고 슬퍼하며 잠자리를 함께한 지 어언 10년. 이제는 아들 같은 이 아이가 그렇게 자랑스러울 수가 없었다. 지극히 난해한 휘라인님의 경전을 독파하고 술식을 깨닫고 제어하며 발동시키는 재능은 그 누구도 따라올 수 없었다.

"으음……?"

시라이 4세는 미약한 신음을 냈다. 티타임 도중 소음이라고는 일체 내어본 적이 없는 시라이 4세기에 타키안은 왕방울만한 눈으로 그를 쳐다보았다. 시라이 4세는 천천히 몸을 일으켰다. 타키안은 그러한 시라이 4세의 시선을 따라갔다. 남서쪽으로 뚫려 있는 창으로 파란 하늘이 보였다. 하얀 뭉게구름과 포근한 바람이 볼에 스친다. 그리고 그 너머로 희미한 빛이 하늘 한 켠을 잠식하였다.

'어라? 빛? 한낮에 무슨 빛이란 말인가?'

시라이 4세는 천천히 창을 향해 걸었다. 타키안도 저도 모르게 그의 뒤를 따랐다. 저 멀리 비치는 반구형 광채에 그는 그만 경악하고 말았다. 신의 재림인가? 아니면? 복잡한 심정에 열심히 머리를 굴리던 그에게 시라이 4세의 잔잔한 목소리가 들렸다.

"타키안, 폭풍이 불어오는구나, 200년 만에……."

타키안은 어리둥절한 표정으로 시라이 4세를 올려다보았다. 타키안의 눈에 비친 시라이 4세의 늙은 노안에는 함박웃음이 맺혀 있었다.

제3장 이정표(1)

생(生)이란 처절한 투쟁과 같은 것이다. 자라면서 보고, 듣고, 깨닫고, 행동하는 것은 그런 투쟁의 연속이다. 혹자들은 승리하며 일부들은 지리보전하고 어떤 자들은 체념한다. 그 모두가 승리할 수는 없다. 의지가 강한 자들은 쟁취하고 약한 자들은 포기한다. 그런 나약한 자들에게도 간혹 이변이 찾아온다. 이것은 자신에게 오는 것이 아닌 자신이 보는 것이다. 느끼는 것이다. 생각하는 것이다.

나 또한 같았다. 나도 방향을 잡지 못한 채 방황하였다. 내 삶이 5년이라는 무의미한 세월 속에 퇴색할 때 더 늦기 전 그를 만나 천만다행이었다. 그의 행동, 그의 판단, 그의 신념은 하나하나가 내 삶의 지표가 되었다. 내가 다시 일어서고 도약해서 쟁취한 것은 모두 그의 덕분이다. 비록 그가 알지 못할지라도……

칼 샤르 마르헨 자서전
'이정표'에서 발췌

제3장 이정표(1)

'삶'이란 때로는 잘못된 이정표를 따라가 옳은 길을 찾은 경우와 같다.
〈명문 메르헨 가의 전래 격언〉

100년이라는 시간의 톱니바퀴가 지체 속에 어그러지고 엇물렸던 것이 비로소 맞물려 돌기 시작하였다. 그것이 비록 순탄한 것이 아닌 막대한 에너지가 전환되어 방출된 것이라도 한 종족이 영원의 감옥에서 탈출한 것에 비하면 싸게 먹힌 것이었다.

기묘한 색깔로 소용돌이치는 주위 배경은 보기만 해도 눈이 돌아갔다. 끊임없이 흔들리는 나무들과 풀들은 그것이 과연 거기 있는가 하는 의문마저 안겨주었다.

가끔씩 지나가는 회색 빛으로 채색된 사람들의 모습에 성진은 그들이 시간의 틈새에 갇혀 있다는 것을 깨달았다. 100년의 괴리 속에 그들은 끊임없이 움직일 것이다. 피곤하지도, 아프지도, 심지어 늙지도 않는다. 온전한 정신 속에 끊임없이 움직일 것이다.

그들은 자각하지 못한다. 그들이 얼마나 많은 시간을 헤맸는지. 그 증거로 수백의 무리에 달하는 그들의 얼굴에는 긴장감이 서려 있었으며 일부는 농담을 건네는 듯 쾌활하게 웃고 있었다. 계속될 것이다, 언제까지나. 바로 곁으로 지나가는 성진을 느끼지 못하는지 그들은 여전히 걸었다.

성진은 몸이 으스러질 것 같았다. 그러나 오감에 초탈한 성진에게 이런 고통은 색달랐기에 즐기고 있었지만 함께한 세르피아는 정신이 혼미할 지경이었다. 혹독한 훈련 속에 익숙해져 있다고 생각했었는데 고통이 이렇게 생소할 수가! 세르피아는 혀끝을 깨물어 정신을 차리려고 애를 썼지만 몸의 맥이 풀리고 발걸음이 엉키는 것을 막을 수는 없었다. 결국 그녀는 자신도 모르게 성진의 어깨에 기대고 말았다. 혼미한 정신 속에서도 은근히 라이벌로 생각하는 그에게 도움을 바란다는 것은 도저히 자존심이 용납하지 않았으나 고통은 어느새 세르피아의 의식을 앗아가 버렸다.

실이 끊긴 마리오네트처럼 축 늘어져 버린 세르피아로 인해 성진은 잠시 난감한 표정을 지었다. 아직 결계를 돌파하기에는 갈 길이 너무 먼 탓이었다. 할 수 없이 세르피아의 겨드랑이에 팔을 집어넣어 부축하였다. 손끝에 느껴지는 느닷없는 부드러운 감촉에 저도 모르게 몸이 움찔하였으나 오감에 초탈해 버린지라 어느새 잊어버리고 발걸음을 재촉하기 시작하였다.

소용돌이치는 시간의 틈새 속에 외부에 흐르는 시간과 성진을 감싼 공간 안의 시간을 맞추기란 지극히 힘들다. 아니, 지극히라는 말로 표현하기가 어려울 정도이다. 두 개의 분리된 시간이 결계 끝 부근에서 하나로 합쳐서 흘러야 하기 때문에 성진은 머리 속으로 끊임없이 계산하였고 발걸음을 조절하였다. 어느 때는 빨리, 혹은 늦게 움직이며 천천히 결계 속을 돌파하였다.

　그녀는 그곳에 서 있었다, 100년 전 일어난 그 악몽 속에. 이것이 꿈이라는 것을 깨닫기도 전에 그녀는 늘 똑같이 이 기억 속의 과거에 몸도, 마음도, 정신도 녹아들고 있었다.

　붉은 이파리가 그녀의 볼을 때렸다. 높게 솟아 있는 거목 사이로 비친 하늘은 그야말로 미쳤다. 엄청난 번개가 하늘을 가로질렀고 태양은 어디로 사라졌는지 온 하늘이 붉게 물들었다. 붉고 붉었다. 50년 동안 익숙했던 푸른색은 더 이상 눈에 띄지 않았다. 어른들의 표정에는 긴장감과 공포, 불안, 당혹 등 갖가지 감정들이 얼룩져 있었다.

　엘프에게 있어서 감정의 표현이란 지극히 드문 경우이기에 그녀는 호기심 어린 표정으로 그것을 바라보았다. 동족들은 부산하게 움직였다. 뭐라고 소리치면서 뛰어다니고 아이를 안고 어디론가 달리기 시작하였다. 시끄러운 소음 속에서 그들은 움직였다. 사방에는 그림자들이 걸어다녔다. 어느 것들은 걸어다니기 지쳤는지 붉은 배경에 어울려 너풀너풀 춤을 춘다. 붉은 이파리가 쏟아지는 하늘 아래로 그림자들은 춤을 춘다. 춤을 춘다. 춤을 춘다. 발갛게 변한 세상을 위해.

　그 광경을 그녀는 넋을 잃고 바라보았다.

　소리가 들렸다. 크게 아우성치는 소리. 절규하는 듯 애가 탄 목소리. 그녀는 어느새 시선을 돌려 소리가 난 쪽을 돌아보았다. 그녀는 함박웃음을 지었다. 그녀의 아버지. 일족의 자랑이자 그녀의 자랑인 아버지였다. 그녀는 팔을 벌리고 안기려는 듯 아버지를 향해 달렸다.

"오지 마!"

그녀는 발걸음을 멈췄다. 왜? 난……. 어린 그녀의 눈에 눈물이 맺히기 시작하였고… 다시 뛰었다.

꽈과광!

벼락이 인근 거목을 때렸고 거기서 파생된 거대한 소음이 그녀의 귀를 덮쳤다. 예민한 엘프의 청각은 그러한 소음을 더욱 잘 잡아내었고 아직 어린 나이인 그녀는 그만 귀를 감싸 쥐고 주저앉았다.

찌잉!

강렬한 통증으로 귀가 얼얼했다. 생전 처음 겪는 고통이기에 그녀의 눈에서는 눈물이 흘렀다. 주저앉고 싶었지만 마음속 한구석에서 누군가가 속삭인다.

아파!

—괜찮아! 죽지 않아!

하지만…….

—일어서서 달려!

설 수가 없어…….

—아니야! 넌 할 수 있어!

정말……?

그녀는 통증을 참고 천천히 일어섰다. 아픈 귀로는 아무것도 들리지 않았지만 그래도 좋았다. 그녀는 이런 고난을 극복했으니까. 자랑스러운 마음에 그녀는 고개를 돌려 아버지를 찾았다. 붉은색이 넘실대는 공간 사이로 아버지는 달리고 있었다. 곧장 그녀에게로 오겠다는 듯 생전 처음 보는 속도로 빠르게 달려오고 있었다. 그녀는 활짝 웃었다. 아버지가 오심으로. 그녀가 세상에서 가장 좋아하는 아버지가.

그러나 거리가 가까워질수록 그녀의 표정은 점점 의문스럽다는 듯 변했다. 그녀의 아버지는 언제나 그녀를 볼 때마다 활짝 웃었다. 언제나 웃고 웃었다.

저렇게 심각하다는 표정, 애타는 듯 절규하는 표정은 짓지 않아. 왜지?

그녀는 고개를 갸우뚱거렸다. 뭐라고 계속 소리치는 듯했으나 들리지 않았다. 방금 전 일어난 소음이 그녀의 청각을 잠시 앗아간 것이다.

뭐라고 말씀하시는 거예요, 아버지?

분명 빠른 속도로 달려오는 것이지만 아버지의 애타는 표정은 그녀의 동공에 또렷이 박혔다. 아버지는 끊임없이 두 글자만을 부르짖었다, 끊임없이. 그녀는 자기도 모르게 천천히 그 입 모양을 흉내 내었다.

"안… 돼……?"

—그곳에 서 있지 마.

마음속의 누군가가 속삭인다. 왜? 뭐가? 그녀는 중얼거렸다. 무엇이 안 돼? 돌연 그녀의 시야가 어두워졌다. 암흑이 그녀를 덮친 것이다. 그녀는 천천히 고개를 들었다. 보인 것은 시커멓게 변한 나무껍질. 거대한 고목이 뿌리째 뽑혀 쓰러지는 것이었다. 빨갛게 변한 나뭇잎이 흩날리고 나뭇가지는 미친 듯이 몸서리쳤다. 그녀의 머리 위로 곧장 쓰러지는 그것은 그녀에게 아무런 위기감도 주지 않았다. 아무런 소리도 들리지 않는 탓에 오히려 비현실적인 감각만이 그녀에게 와 닿았다. 고목은 천천히, 천천히 그녀의 눈에 비친 영상 그대로 쓰러졌다. 그대로 가만있으면 곧장 그녀를 덮칠 것이나 그녀는 바라만 보았다.

—피해, 이 바보야!

마음속의 누군가가 다급한 듯 소리친다. 그러나 생전 처음 보는 광경에 아직 어린 그녀는 호기심 어린 표정으로 바라보았다.

그때 난데없는 충격이 그녀를 덮쳤다. 그녀는 옆으로 튕겨져 나갔다. 가벼운 무게 탓에 제법 먼 거리를 날아간 그녀는 떨어지기 직전 아버지를 찾았다. 아버지는 웃고 있었다. 한 손으로 그녀를 잡을 듯이 내뻗었고 다른 한 손에는 아버지 자신의 영관인 활이 움켜쥐어 있었다. 그 모습이 잔영처럼 그녀의 머리 속에 남았고 마음속의 누군가는 절규하듯 외쳤다.

─아버지! 안 돼!

와드드득!

그 순간 청각이 회복된 그녀의 귀로 소름 끼치는 소리가 들렸다. 거대한 나무는 그녀의 눈앞에서 그녀의 아버지를 덮쳤고 땅에 부딪치는 거대한 소음을 내뱉었지만 엘프의 청각은 그 와중에서도 무거운 물체에 짓눌려 으깨지는 아버지의 소리를 잡아냈다. 여린 살을 뚫고 뼈를 으스러뜨리는 그 소리는 그대로 그녀의 귀에 박혔다.

아직 어린 그녀는 아무런 생각도 할 수 없었다.

무슨 일이지?

그녀는 끊임없이 생각했고 또 생각했다. 정신을 차릴 수가 없었다.

뭐지? 뭐야?

그녀는 쉴 새 없이 의문을 제기하였고 묻고 또 물었다. 문득 그녀가 정신을 차렸을 때 그녀의 눈앞에는 활을 쥐고 있는 아버지의 팔이 보였다. 그녀는 반색하였고 애써 웃음 지으며 그 팔을 붙잡았다. 싸늘하게 느껴지는 손끝으로 불길함을 느꼈지만 아버지의 팔이기에 꼬옥 쥐고 잡아당겼다.

─흐윽… 하지 마……. 싫어.

스윽!

땅을 스치는 미세한 소음 사이로 팔 한쪽만 덩그러니 그녀의 힘에 딸려왔다. 그 끝으로는 아무것도 없었다. 아버지의 포근한 가슴과 향기로운 머릿결, 그리고 보드라운 피부, 달콤한 살 내음도 없었다. 단지 땅에 끌리면서 찢겨진 살점과 그 사이로 보이는 하얀 뼈, 그리고 끊임없이 뿜어지는 붉은 피만이 세르피아의 동공에 자리 잡았다. 그리고 마음속의 그녀는 절망 어린 어조로 슬픈 듯이 속삭였다.

―니가… 아버지를 죽였어…….

"하악!"

거친 숨을 몰아쉬며 그녀는 눈을 떴다. 파란 하늘이 눈에 들어왔다. 숲 속에서 늘 보던 아지랑이가 일그러져 보이는 하늘이 아니었다. 장막처럼 쳐진 나뭇가지 사이로 하얀 솜털 같은 구름이 뭉게뭉게 피어났고 시원한 바람이 볼을 스쳤다.

"하아아……."

세르피아는 천천히 숨을 토해냈다. 그녀의 몸속 깊숙이 자리 잡았던 공포는 천천히 숨을 타고 대기로 흩어졌다. 볼 수는 없지만 느껴졌다. 몸속 깊숙이 숨어 있던 검은 물체가 태양이라는 광영(光榮)을 맞아 사라지는 것을……. 온몸으로 느껴지는 풀의 부드러운 감촉에 세르피아는 묘한 안도감을 느꼈다. 등을 통해 느껴지는 서늘하지만 포근한 감촉은 그녀의 심성을 어루만졌다. 세르피아가 오른팔을 살짝 움직이자 익숙한 감촉이 손에 와 닿았다. 그녀의 무기인 활이 함께 놓여 있었다.

"깨… 어… 났… 는… 가……?"

어디선가 낯선 음성이 들렸다. 생전 처음 말하는 듯한 어색하기 그지없는 음성은 그녀의 정신에 일침을 가했다. 반쯤 몸을 일으켰던 그녀는 화들짝 놀라 몸을 튕겼다. 아무리 정신을 잃고 있었다지만 그녀의 감각으로 적이 이렇게 가까이 있다는 사실을 몰랐다는 것은 도무지 납득할 수가 없었다. 몸을 굴리고 일으켜 방어 자세를 취한 그녀의 손에는 어느새 활이 쥐어져 있었다.

"……!"

'그'였다. 잔뜩 긴장해 있는 그녀를 멍하니 쳐다보던 성진은 조용히 수통을 내밀었다. 너무나 자연스러운 행동이라 얼떨결에 활을 내려놓고 세르피아는 그만 수통을 받아 들었다. 제법 물을 담고 있고 있어 묵직한 무게의 그것은 재질을 알아내기가 여간 쉽지 않았다. 도무지 짐작도 할 수 없는 뚜껑은 가볍고 딱딱했으며 그 한쪽 끝에 가볍고도 튼튼한 쇠로 만든 것처럼 보이는 줄이 마찬가지로 재질을 알 수 없는 은빛 광택을 띤 주둥이에 연결되어 있었다. 진녹색으로 채색된 몸체는 둥그스름한 타원형인데 단면은 손으로 잡기 딱 좋게 되어 있었다. 더군다나 반질거리면서도 윤택이 나는 천으로 감겨 있어서 미끄러지지 않아 손에 달라붙는 느낌이 들었다. 수통 주둥이 부근으로 입술을 살짝 가져갔다. 재질이 금속인지 차가운 느낌이 들었다. 생전 처음 보는 형상이라 약간 흠칫한 세르피아는 잠시 주저하다가 다시 입을 가져다 댔다. 시원한 액체가 목을 타고 넘어가는 느낌을 잠시 음미하던 그녀는 수통에서 입을 떼고 성진을 보았다.

"당신… 말을 하는군요."

성진은 고개를 끄덕였다. 세르피아를 유심히 보던 그는 왼발을 내디뎠다. 그 바람에 세르피아와 성진 사이의 거리는 가까워졌고 세르피아는 성진의 난데없는 이 행동에 그만 가슴이 덜컥 내려앉는 느낌을 받았다.

그녀가 무슨 행동을 취하기도 전에 성진은 오른손을 뻗어 세르피아의 어깨를 살짝 밀었다. 순간 성진의 손끝에서 기이한 에너지가 세르피아의 어깨를 파고들었다. 미약하지만 순간적으로 파고든 에너지는 어깨의 어느 한 부위를 자극하였고 그로 인해 순간적으로 세르피아는 몸의 제어를 상실하였다. 파동은 곧바로 하반신을 덮쳤다. 하반신의 힘이 풀려 버린 세르피아는 그대로 주저앉았다.

세르피아는 크게 놀랐다.

'어떻게?'

육신을 거의 완벽하게 통제하고 있던 세르피아기에 그 놀람은 더 더욱 컸다. 미약하기 이를 데 없는 힘이 육신의 제어를 박탈한 것이다. 아무리 순간적이었다고는 하나 놀라운 일이 아닐 수 없었다. 세르피아는 눈을 동그랗게 뜨고 성진을 올려다보았다.

─말이 익숙지 않으니 이게 편하군요. 말하는 것은 아직 어렵지만 듣는 것은 괜찮으니 말하세요. 그리고 아직 몸이 회복되지 않았으니 좀 더 쉬세요.

성진의 뜻이 세르피아의 머리 속에 퍼졌다. 그러나 세르피아는 그런 게 중요한 것이 아니었다. 어떻게 순간적으로 그녀의 몸을 마비시켰느냐가 중요하였다. 그녀가 미처 말로써 물어보기 전에 성진이 대답하였다.

─그리 생각할 필요는 없어요. 다만 그 과정이나 당신이 느꼈던 그 느낌을 되살려 습득하는 게 중요할 뿐이죠.

결과가 중요한 것이 아니었다. 그 과정이 중요한 것이다. 이미 그녀의 목적이 배움이라는 것을 간파한 성진은 세르피아를 넌지시 일깨웠다. 화들짝 놀란 세르피아는 자신도 모르게 성진의 말을 되씹었다.

결과는 중요한 것이 아니다. 과정이 중요한 것이다.

"맞아. 과정이 중요한 거야."

자신도 모르게 중얼거린 세르피아는 방금 전 경험했던 그 느낌을 기억하려 애썼다. 거의 엘디어에 도달해 몸의 제어가 어느 정도 가능한 그녀기에 아직 몸 안에 살아 있는 그 느낌을 기억하는 데 별 어려움이 없었다. 감사를 표해야 할까? 잠시 고민하던 세르피아는 가만히 성진을 훔쳐보았다. 다시 물을 뜨러 가는지 그는 수통을 쥔 채 발걸음을 돌리고 있었다. 굳이 필요성을 느끼지 못한 세르피아는 일단 감사의 말은 접어두기로 결심하였다.

몸의 피로가 어느 정도 가신 것을 느낀 세르피아는 굳은 몸을 풀고 자리에서 일어섰다. 잔잔한 바람이 볼에 스쳤다. 바람의 정령 냄새가 묻어 있는 바람이었다. 그러나 라프디아 숲에서 그녀가 숱하게 소환했던 정령과는 다른 냄새였다. 이곳은 다른 바람의 정령이 관할하는 지역, 즉 라프디아 결계를 돌파하여 탈출한 것이다. 어렴풋이 짐작한 사실이지만 이 순간 확실히 깨달았다. 그녀가 철이 들고 난 후 내내 숙명처럼 여겨졌던 하나가 사라진 것이다. 그녀의 종족은 비로소 100년 만에 자유를 찾은 것이다.

주위의 나무들을 들여다보니 이곳은 빛을 받고 자라나는 품종이 많은 곳이었다. 이른바 양목(陽木)이라는 것인데 숲이 발생하거나 아직 어린 숲에서 형성 중인 많은 일조량을 원하는 종류들이다.

아무래도 이곳은 라프디아 숲의 외곽 지역으로 숲의 성장이 여실히 드러나는 곳 중 하나인 모양이었다. 세르피아는 그중 가장 가까이 있던 나무를 어루만졌다. 라프디아 숲 중앙에 있던 성목(聖木)의 축복이 결계로 끊긴 지 200년.

숲은 어머니의 축복을 받지 못했지만 그러나 꿋꿋이 성장한 것이다. 200년 동안 엘프의 손길이 닿지 않은 외부 지역은 전멸했을 것이라 많은 엘프들이 여겼지만 숲은 여전히 푸르고 아름답게 번창하고 있었다.

그녀가 조용히 감상에 빠져 있을 때 어디선가 미약한 신음 소리가 들렸다. 소리가 난 쪽으로 고개를 돌리자 나무 그늘 속에 한 남자가 누워 있었다. 제법 심하게 다쳤는지 얼굴 곳곳에는 선혈이 묻어 있었고 팔은 부러졌는지 나뭇가지로 고정시켜 천으로 감겨 있었다. 성진 이외에 난생처음 보는 인간의 모습에 세르피아는 그 사내를 유심히 관찰했다. 그러던 중 그 사내 곁에 도끼… 가 놓여 있는 것을 발견했다.

'약탈자!'

순간 세르피아의 눈에는 약간의 살기가 감돌았다. 지극히 이성적인 종족이 바로 엘프라지만 감성에 젖어들면 걷잡을 수 없이 타오르는 것 또한 엘프였다. 한창 나무들의 생명력에 대해 감동에 젖어 있었던 세르피아기에 그 파장 또한 컸다. 세르피아는 자기도 모르게 한 손에는 활을 꼭 쥐고 한 발 한 발 남자를 향해 다가갔다.

사박사박.

엘프의 가벼운 몸무게를 못 이겨 풀들이 넘어지고 미약한 소음이 퍼졌다. 작은 소리라지만 막 정신을 차리고 있던 남자에게는 청천벽력보다 더 크게 들렸는지 이제는 몸까지 가누기 시작하였다.

세르피아와 남자와의 거리가 제법 좁혀졌을 무렵 이제 남자는 완전히 깨어나 몸을 일으키려 하였다. 자신이 다쳤다는 사실을 몰랐었는지 부러진 왼팔로 땅을 짚으려다 크게 비명을 지르고는 온전한 팔로 결국 상반신을 일으켰다. 세르피아와 남자의 거리가 서로의 얼굴을 볼 수 있을 정도까지 가까워졌으나 남자는 그 사실도 모르는 듯 제 할 일만 묵묵히 했다.

성한 오른손으로 머리를 짚어보던 사내는 끈적거리는 선혈이 묻어 나오자 오만 인상을 쓰면서 중얼거리기 시작하였다. 무슨 소리인지 알 길은 없으나 인간들이 흔히 내뱉는다는 욕지기임이 틀림없었다. 혼자 온갖 짓을 다 하던 사내는 살기를 발하며 다가오는 세르피아를 발견하였다.

"헉!"

깜짝 놀랐는지 저도 모르게 신음을 내뱉던 사내는 눈이 잘 보이지 않는 모양인지 눈을 끔뻑거리더니 오른손으로 눈을 문지른다. 다시 한 번 세르피아의 얼굴을 확인한 남자는 떨리는 목소리로 말하였다.

"숲의… 주시자……."

숲의 주시자. 라프디아 숲에 거주하는 라디아 엘프 족을 일컫는 호칭. 그 호칭을 인간에게서 들을 줄은 생각지 못한 세르피아는 그 자리에 우뚝 서고 말았다. 이어서 들리는 사내의 말은 세르피아를 혼란스럽게 만들었다. 급격히 눈이 흔들리던 남자는 마침내 감동했는지 어쨌는지 몰라도 두 눈에 눈물이 차 오르기 시작하였다. 마침내 감동스럽다는 표정을 지은 사내는 결국 한마디를 내뱉었다.

"드디어… 돌아오셨군요."

세르피아는 엘프로서는 거의 경험하지 못하는 당황… 이라는 것을 하고 말았다.

라프디아 숲 벌목꾼들에게 있어서 엘프란 은인이자 축복이었으며 때로는 사랑스러운 연인이고 스승이었다. 그 옛날 대재앙이 숲을 덮치기 전 벌목꾼들은 엘프를 만나 그들에게 약속의 증표를 보여주고 얻는 엘프의 축복을 매일 기원하였다.

엘프의 축복은 벌목꾼들의 은어로 다름 아닌 작은 입맞춤이었다. 비록 이마에 살짝 하는 것이지만 뛰어난 미와 착한 심성으로 무장한 엘프에게 그런 선물을 받는다는 것 자체가 고단하고 피곤한 일상 중에 얻는 가장 큰 기쁨이었다. 주시자가 지정해 준 나무를 베며 그들은 숲을 알아갔으며 어떻게 하면 잘 가꾸고 키울 수 있는지를 배워 나갔다. 베어내기만 하면 숲은 죽고 만다. 탐욕스러운 인간에게 따뜻한 정을 선물한 엘프들에게 감사해하며 벌목꾼들은 약속을 충실히 이행하였고 그들 내에 약속을 어기는 자가 있다면 그들 스스로 자격을 박탈하고 마을에서 추방하였다.

그들의 엘프에 대한 지극한 사랑은 노래로까지 만들어져 대륙 멀리 퍼져 나갔다.

어느 여성 엘프에게 엘프의 축복을 받은 나무꾼이 그만 그 엘프에게 반해 버려 구애를 한다. 매정하게 거절하는 엘프의 사랑을 얻기 위해 전설로만 전해지는 무지개 꽃을 얻기로 마음먹은 나무꾼을 산을 타고 강을 건너서 온갖 몬스터를 무찌른다.

천신만고 끝에 마침내 무지개 꽃을 찾은 사내는 꽃을 따서 엘프에게 돌아가 꽃을 들이대며 다시금 구애를 청했다. 남자의 손에 들린 꺾인 꽃에 분노한 여자 엘프가 사내의 따귀를 때리는 것으로 이야기를 끝맺는 '오, 나의 사랑 엘프여!' 는 그 코믹스러운 내용으로 대륙 널리 사랑받았다. 음유 시인의 입을 타고 퍼진 이야기는 그 후 떠돌이 음유 시인의 '반드시 알아두고 잘 불러야 할 노래 베스트 3' 에 당당히 올랐다.

　과장되고 황당하지만 이렇게 노래까지 만들어져 퍼질 정도로 라디아 엘프 족과 벌목꾼들의 유대 관계는 끈끈하게 형성되었다. 벌목꾼들은 엘프를 사냥하기 위해 오는 엘프 사냥꾼들을 끈질기게 추격하여 쫓아내었고 엘프들은 그런 벌목꾼들에게 숲의 지식과 무기를 전해주었다. 200년이 흘러 버린, 이제는 까마득히 지난 세월이지만 선조와 엘프 사이에 오갔던 그런 아름다운 사연들은 후대 벌목꾼들에게 입에서 입을 타고 전해져 내려왔다.

　지금 입에서 침을 튀기며 열변을 토해내는 제프 또한 마찬가지였다. 어릴 적 할아버지가 들려주던 이야기는 어린아이의 감수성을 자극하였고 청년이 되어버렸지만 세속의 때가 묻지 않은 순수한 벌목꾼 청년 제프에겐 여태껏 간직한 어릴 적의 추억이었다. 그 추억의 주인공이 지금 눈앞에 있다니! 제프는 그야말로 좋아서 미칠 지경이었다.

　이 순간 그의 머리 속에는 지금 눈앞에 있는 여성 엘프만이 자리 잡고 있었다. 그를 보며 웃고 있던 사라의 영상은 이미 온데간데없이 사라졌다. 무표정으로 일관하는―그러나 제프의 눈에는 연신 자신에게 미소 짓는 것처럼 보였다―세르피아 앞에서 성한 오른팔을 휘두르며 말하는 자신이 나무나 자랑스러웠다. 노래로만 알던 '오, 나의 사랑 엘프여!'의 주인공이 자신인 것 같은 느낌에 종내에는 제프 자신도 무슨 얘기를 하는지조차 알 수 없었다.

　"잠깐만요."

　엘프의 환심을 사기 위해―그러나 제프 본인은 그런 자각을 하지 못했다―갖은 이야기를 해대는 제프의 말을 끊은 것은 성진이었다.

자고로 암수, 자웅 이체인 종족은 그 지능 및 생김새를 불문하고 암컷을 두고 같은 수컷끼리 경쟁을 벌이기 마련이다. 인간이라고 예외가 아니다. 마음 깊숙이 감춰져 있겠지만 종족 번식의 욕구에 제프는 별안간 기분이 나빠져 미간을 찌푸린 채 퉁명스럽게 대꾸하였다.

"댁은 또 뉘쇼?"

"당신 생명의 은인입니다."

"……."

말이 쏙 들어가 버린 제프는 성진을 유심히 바라보았다. 질 좋은 백색 천으로 짜여진 티를 입고 있었고 바지는 처음 보는 특이한 천으로 짜여진 청색이었다. 염색이 제대로 안 됐는지 군데군데 물이 빠져 흰 바탕이 드러나 보였다. 옷부터 특이해 보이는 그는 신발에서 더 더욱 확연히 나타났다. 도대체 제프로서는 생전 처음 보는 스타일의 신발인 것이다. 아니, 저게 도대체 신발인지조차 의문스러웠다. 천으로 만들어진 것 같은데 괴이한 것들이 천 위로 덧붙여 있었고 이상한 문양(알파벳)조차 새겨져 있었다.

이 특이한 인간은 도대체! 은인이라고 주장하는 인간의 복색을 대략적으로 훑어본 제프는 도무지 그의 말을 믿을 수 없었다. 제프의 시선은 다시 그의 얼굴을 향했다. 제프 인생 30년 동안 거의 볼 수 없었던 흑발에 피부는 그을린 갈빛을 띠고 있다. 아니, 그을린 것조차 단언할 수 없었는데 그것은 그 피부 색이 너무도 자연스러웠기 때문이다.

얼굴도 일반적으로 이마가 튀어나오고 눈 부근이 푹 패고 콧날이 우뚝 솟은 대류 전형(코카서스 인종)이 아니었다. 광대뼈가 약간 튀어나오고 이마는 평평했으며 코는 낮았다. 도무지 생김새조차 판이한 이 인간, 아니, 인간인 것조차 의문스러운 자를 어찌 믿을 수 있겠는가? 기분 나빠 보이는 검은 머리는 도리어 제프에게 밤의 귀족이라는 '뱀파이어(Vampire)'를 연상시켰다. 그만 흠칫해져 버린 제프는 그 순간 성진의 눈을 보았다. 그는 깊은 검은색이 동공에 머물렀고 갈색 빛이 맴돌았다. 그리고……

"……!"

제프는 황급히 고개를 숙였다. 심장이 벌렁거렸다. 마치 끌려가 버릴 것 같은 깊은 눈동자가 마음속을 들여다보는 듯했다. 한순간 거대한 산이 눈앞에 버티고 있는 것 같은 위압감에 눌려 버린 제프는 몸을 가늘게 떨었다.

저 눈! 분명히 본 적이 있었다.

'그래, 그때야.'

제프는 조그맣게 중얼거렸다. 무슨 일이 일어났는지는 모르겠으나 수많은 동물 떼가 자신에게 달려오고 있었다. 혼비백산한 제프는 몸을 날렸고 운 나쁘게도 몸이 머리부터 떨어져 돌에 부딪쳤던 것이다. 심한 통증과 함께 정신을 잃었다. 고통과 어지러움 속에 눈을 떴을 때 흐릿한 실루엣의 사내를 발견하였다. 그리고 머리 속에서 들려오는 목소리.

─당신의 생명을 구해줄 테니 나에게 당신 머리 속의 언어를 가르쳐 주십시오.

곧 죽을 판인데 무슨 일이든 못하랴. 제프는 당연히 그렇게 하겠다고 하였다. 몸 한 곳이 따끔해지는 것을 느낀 제프는 그만 정신을 잃고 말았다. 그리고 살아났다. 비록 팔이 부러지고 머리가 다쳤지만 죽는 것보단 나은 것이다. 오크 노예로 잡혀도 산 것이 낫다고, 옛말이 그렇게 잘 맞을 수 없었다.

제프는 자신이 부끄러워졌다. 은인을 의심하다니? 순박하고 굳은 신념을 가진 라프디아 벌목꾼의 일원으로서 의심을 한 자신이 너무나 부끄러웠다. 감정은 그대로 표출되어 제프의 갈색으로 탄 얼굴을 검붉게 물들였다.

"죄, 죄……."

입이 굳은 것인지 말이 나오지 않는다. 분명 자신이 잘못한 것인데도, 너무나 큰 실수를 한 것인데도 왜 말이 나오지 않는 걸까? 제프는 벙어리처럼 구는 자신에게 화가 나기까지 하였다. 성진은 담담히 웃음을 머금은 채 왼손을 가볍게 저으며 말했다.

"괜찮습니다. 유념치 마세요. 인간에게 있어서 타인은 언제나 의심의 대상이니까요."

화악!

제프는 얼굴에 불이 붙는 것을 느꼈다. 제프는 무슨 말도 하지 못한 채 그저 성진에게 고개를 조아렸다. 그러더니 점점 얼굴이 붉어지며 가슴이 답답한 듯 몸을 움찔거리더니 끝내 기절하고 말았다. 가뜩이나 몸이 약한 상태인데 자신에 대해 너무 화가 치밀어 올라 결국 버티지 못한 것이다. 그 어이없는 결과에 성진과 세르피아는 아무 말도 할 수 없었다.

"……."

잠시 후 깨어난 제프는 연신 숨을 몰아쉬면서 성진의 얼굴을 볼 때마다 고개를 조아렸다. 이미 세르피아는 고개를 돌려 버렸고 성진은 난처한 웃음만 지었다. 이렇게 순박한 사람이 있다니? 내심 그렇게 생각한 성진은 다시 이야기를 원점으로 돌리기 위해 입을 열었다.

"그보다는 당신이 이야기했던 그 '사건'에 대해 말씀해 주시죠."

난리 법석을 떨던 제프는 그의 말을 듣는 순간 얼굴이 굳어졌다. 그 제야 자신이 해서는 안 될 말을 발설한 것을 깨달은 것이다. 국법에 의 해 그 누구도 입에서는 발설해서는 혈사(血史). 국민이라면, 국왕의 신 민(臣民)이라면 말해서는 안 될 사건. 인간이 해서는 안 될 그 추악한 사 건을 저지른 윗사람과 너무도 추악하기에 기록에서 지워 버린 사가(史 家)들.

'신의 지팡이'이라 불리는 신관마저 외면해 버린 역사. 그러나 음지 에서 여전히 입에서 입으로 전해져 오는 그 사건은 라프디아 벌목꾼 후예들의 가슴에 피멍이 되어 맺혔다. 백여 년간 멍울이 되어 전해져 오던 사건은 비로소 이 순박한 청년의 입을 빌어 최초로 감옥에서 탈 출한 한 엘프 족 여전사의 귀에 흘러가게 되었다.

100여 년 전.
크라인 왕국의 국왕 제스크 3세. 아무런 능력도 없고 그렇다고 타락 하지도 않는 그저 평범한 왕. 제위 10년 동안 이룬 업적이라고는 하나 도 없고 능력도 없기에 귀족 사회에서는 그저 그가 크라인 왕가의 혈 통만 이어주는 존재 정도로 생각했다. 그도 그렇게 생각했는지 착실히 왕가의 혈통을 이어 나갔다. 국민들은 제스크 3세의 존재를 인식하지 못했고 설사 안다고 해도 그저 '그런 분이 왕이다' 하는 정도의 인식 밖에 가지지 못했다.

그렇게 별 볼일 없던 그도 한 가지 취미를 가지고 있었다. 바로 궁 술(弓術)이었다. 기사와 마법사를 장려하고 육박전을 선호하던 왕국의 풍조로 인해 귀족 사회에서는 궁술은 별다른 인기를 끌지 못했다. 그 렇게 비인기 분야임에도 불구하고 왕의 재능은 꽤 탁월하였다. 궁술에 점점 재미가 붙은 국왕은 왕국 내의 활의 대가를 찾기 시작하고 이내 남대륙 전역으로 확대하여 찾기 시작하였다. 탁월한 자가 나타나면 국왕은 비싼 대가를 치르고서라도 그를 모셔와 궁에 거주시키며 궁술을 배웠다.

왕의 궁술은 더욱 발전하였고 이윽고 그 학습의 열망은 엘프에게까지 뻗쳤다. 엘프들의 천부적인 재능 중 하나인 궁술은 무지한 사람들에게 신기(神技)로까지 인식되었다. 그 인식 정도가 어느 정도였냐면 수십 미터 떨어진 곳에서 밀 한 톨을 화살로 명중시킨다는 것이었다. 물론 과장된 소문이었지만 어느 정도 수긍하던 왕은 대륙에 퍼져 있던 엘프들을 모시게 되었다.

그때 라디아 엘프 족 중 최고를 달리던 이른바 엘븐 마스터(Elven Master) 세이카류를 왕궁에 초빙하기 이른다.

라프디아 숲이 결계를 치고 생존을 위해 걸어 잠근 지 백여 년. 대륙에 흩어진 엘프들은 하나둘씩 인간 속에 스며들어 살아가고 있었다. '어느 곳에서나 조화롭게'는 그들 삶의 신조가 되고 또 그렇게 살아온 엘프들이기에 이종족인 인간들 틈에서도 착실히 삶을 영위하였다.

닫혀 버린 라프디아 숲에 들어가지 못한 대륙의 미아들은 마찬가지로 대륙에 나와 있었던 엘븐 마스터 세이카류를 그들의 임시 지도자로 임명한 상태였다. 여성이 특출하게 강한 라디아 엘프 족 특성답게 세이카류 역시 여성이었다. 국왕의 초빙을 거절하려던 세이카류는 엘프들의 생존권을 보장받기 위해 그의 권유를 받아들이고 왕궁에 입궁하였다. 처음에는 모든 게 순조로웠다. 국왕은 세이카류의 지도를 받으며 일장월취하였고 세이카류 역시 본의 아니게 들이게 된 새로운 제자에게서 가르치는 재미를 느꼈다.

그러던 중 국왕이 돌연 미쳐 버린 것은 한 사건에 의해서였다. 왕을 가르치던 세이카류가 사용하던 활의 활대가 부러진 것이었다. 오래전부터 사용하던 활이기에 신용하였지만 때마침 수명이 다 됐는지 부러진 것이었다. 잔뜩 탄력을 머금은 상태에서 부러진 활대는 세이카류의 머리와 어깨를 강타하였고 이 갑작스런 충격에 세이카류는 그만 의식을 잃고 말았다.

그 이후 왕은 미쳐 버렸다. 이 사건조차 한 사가가 목숨을 걸고 밝혀낸 것이었다. 자세한 것은 알 수 없지만 분명한 것은 왕에 의해 결과적으로 세이카류는 사망하였고 그 직후 전 대륙의 라디아 엘프 족이 사냥당하기 시작하였다. 사냥당한 엘프들은 왕의 광기에 전염되어 버린 고위 귀족들의 노리개가 되거나 박제, 혹은 '식용 재료'로 이용되었다.

왕은 무섭도록 미쳐 자신에게 반기를 든 인물들은 모조리 죽이고 신전을 불살라 초토화시켜 버렸다. 이런 왕의 광기를 보다 못한 왕의 동생이었던 타르크 1세에 의해 반정(反正)이 일어났고 왕은 처형되었다. 엘프 족을 사냥했던 사냥꾼과 그에 동참했던 동업자, 그리고 엘프를 사들였던 고위 귀족도 모조리 처형하였다. 이 끔찍한 사건에 대해 타르크 1세는 함구령을 내렸고 이것이 지금까지 이어져 온 것이었다.

제프가 풀어놓은 이야기는 충격적이었다. 세르피아는 특히 그 정도가 심했는데 엘븐 마스터 세이카류는 그녀의… 어머니였던 것이다. 일족 최강이었던 어머니와 남자이기에 엘븐 마스터 칭호는 받지 못했지만 세이카류와 쌍벽을 이루었던 아버지 사이에 태어난 자식인 세르피아였다. 세르피아는 눈앞이 노래지는 것을 느꼈다. 숲을 탈출하여 이루어야 했던 3가지 중 하나가 날아가 버린 것이다.

더군다나 라디아 엘프들이 사냥당했다니. 그것은 족장 아르피아조차 예측하지 못한 것이었다. 너무도 혼란스러운 소식에 막 입을 열어 제프에게 물어보려는 순간 그녀는 입을 다물었다. 전사로서 단련된 본능적인 감각이 그녀에게 경고하였다. 기분 나쁜 그림자가 스물스물 기어다니는 듯한 감각이 그녀를 지배하였다. 전신의 모공이 일어나는 것을 느낀 그녀는 재빨리 눈을 돌렸다.

'적? 어디?'

순간적으로 상체를 낮춘 그녀는 그 예리한 눈으로 사방을 둘러보았다. 그런 그녀의 시야에 성진이 잡혔다. 성진은 순간 제프의 상체를 오른팔로 누른 채 왼손을 놀려 손가락만한 돌멩이를 집어 들고 있었다. 그녀가 뭐라고 말할 새도 없이 성진이 그들을 둘러싼 수풀 한쪽을 향해 왼손을 휘둘렀다.

쉬익!

바람을 가르는 예리한 소리가 그녀의 귓속을 훑으며 지나갔다. 짜릿한 기운이 척추를 타고 흐르는 것을 느낀 그녀는 재빨리 쏘아져 간 돌멩이를 따라 몸을 날리려 했다.

콰직!

취이익!

'오크!'

세르피아는 신속한 동작으로 허리춤에 매달린 레이피어를 꺼내 들었다. 그녀가 느끼는 감각으로 오크는 불과 몇 야드 되지 않은 거리에 있었다. 돌격하려는 순간 성진의 음성이 머리 속에 울려 퍼졌다.

—고개를 숙여요!

왜? 미처 반문하기도 전에 세르피아는 고개를 숙였다. 예리한 파공성을 내며 그녀의 머리 위로 몇 개의 돌이 지나갔다. 돌로는 무엇을 어떻게 할 수 없을 텐데? 생각이 채 가시기도 전에 무언가 부서지는 소리가 나며 처절한 외침이 숲을 갈랐다.

콰직! 콰드득!

크웨에엑! 췌엑!

붉은 핏물이 분수처럼 터져 나왔다. 다시 그녀의 등 뒤로 여러 개의 돌멩이가 날아왔다.

콰득!

그제야 세르피아는 이 둔탁한 파열음이 오크의 두개골이 부서지는 소리라는 것을 깨달았다. 믿을 수 없었다. 일반인이 투척으로 오크를 살상할 수 있을까? 답은 '아니다' 였다. 어떻게 그런 작은 돌멩이가 단단하고 두껍기로 소문난 오크의 두개골을 부수는 위력을 가질 수 있을까?

관통력 좋기로 소문난 석궁도 오크의 두개골을 뚫기란 여간 어려운 게 아니다. 손가락 마디만한 두께의 오크 두개골은 강한 운동 에너지를 머금은 화살을 번번이 튕겨내기 때문이다. 물론 그 충격이 어디 가는 것은 아니기에 오크는 충격파로 인한 뇌 조직 파열이나 의식 불명으로 쓰러지곤 하였다.

여러 번 느끼는 거지만 세르피아는 저 사내를 도저히 이해할 수 없었다. 이미 어머니에 대한 괴로운 기억 따위는 머리 속에서 날아가 버린 세르피아는 전사 특유의 무(武)에 대한 호기심을 불태웠다. 아울러저 끝을 알 수 없는 사내에게 패배감마저 들었다.

─한 마리 남았습니다. 생포하세요.

세르피아는 묘한 굴욕감에 아랫입술을 질끈 깨물며 수풀을 향해 뛰
었다.

＊　　　　　＊　　　　　＊

성진이 라프디아 숲의 결계를 돌파하기 이틀 전.

터벅!

진흙과 먼지로 범벅된 장화가 언덕의 정점을 밟았다. 자못 힘주어
밟은 듯 순간 자욱한 먼지가 장화로부터 떨어져 나가 작은 먼지구름을
만들었다. 마찬가지로 먼지로 범벅된 바지는 때가 잔뜩 끼어서 제 색
깔을 알아보기 힘들었다.

피로로 인해 녹초가 되어버린 어깨 위로 걸린 하드 레더가 무거운지
잠시 휘청거리기까지 한다. 이리저리 일그러지고 여러 군데 칼자국이
새겨져 그 사이로 곰팡이가 끼었는지 주변으로는 가죽이 일어나고 있
었다. 전혀 손질하지 않은 것이 틀림없었다.

그러나 수염이 잔뜩 나고 오랜 노숙으로 기름과 먼지가 잔뜩 끼어
까치집이 되어버린 머리의 사내는 전혀 개의치 않는 것 같았다. 허름
하다 못해 초라할 정도의 복색을 갖춘 이 여행자는 자신이 발견한 언
덕 아래 자리 잡은, 어림잡아 500호도 되지 않은 듯한 작은 마을을 넋
놓고 바라보았다. 상당 기간 물을 마시지 못한 듯 입술을 바짝 말라 하
얗게 살갗이 일어나 있었다. 그렇게 부르튼 입술 사이로 미약한 신음
소리가 흘러나왔다.

"크음… 마, 마을이… 다."

먼지를 많이 마셨는지, 아니면 물을 거의 마시지 못했는지 사내의
목소리는 거칠기 그지없었다. 하나 그런 것은 중요치 않았다. 사내에
게 있어서 지금은 축복의 시간이었다. 끔찍할 정도의 요 일주일간이
파노라마처럼 눈앞에 펼쳐지는 것을 느낀 사내는 마침내 희열 섞인 외
침을 토해냈다. 물론 외침을 토해내기 전에 목에 쌓일 대로 쌓인 가래
를 뱉어내고 말이다.

"케! 흐음! 마을이다!"

때마침 불어온 산들바람이 뻣뻣한 사내의 앞머리를 살짝 흩트려 놓
았다. 때가 꼈지만 반듯한 이마 왼쪽 구석에 분홍빛 칼자국이 자리 잡
아 있었다. 바람은 이 가련한 여행자의 얼굴을 살며시 어루만지고 사
내가 걸어온 머나먼 여정을 되짚어 떠났다.

흥분과 희열로 범벅된 사내는 그런 바람의 자애에는 아랑곳하지
않고 기쁨을 토해내며 마을을 향해 발걸음을 놀렸다. 허리에 매달린
어울리지 않게 고급 가죽으로 무두질된 칼집이 흔들렸다. 한걸음에
마을까지 내려가고 싶었으나 다리가 멋대로 움직이는지 돌부리에 걸
려 넘어져 구르며 온갖 광대 짓을 다 한 후에야 마을 입구에 도착하
였다.

"히익!"

"엄마! 우아앙!"

마을 입구에 느닷없이 나타난 수상한 인물에 근처에서 놀던 아이들
이 혼비백산하여 도망쳤다. 일부 불운한 아이는 돌부리에 걸려 넘어져
엄마를 찾기 시작하였다. 그도 그럴 것이, 나타난 인영은 물을 뒤집어
쓰고 먼지 바닥을 구른 듯했으며 거기다가 무덤에서 꺼낸 삭은 갑옷을
입은 망자(亡者) 같았기 때문이다. 대낮에 망자가 나타날 일이야 없겠

지만 감수성이 풍부한 아이들에게는 이조차 공포로 다가왔다. 아이들의 외침을 들은 일부 남자들은 당장에 집으로 달려가 칼을 빼 들고 달려 나왔으며 장작을 패던 노인은 손도끼를 손에 들고 살기등등하게 그를 쳐다보았다.

이 모든 상황을 연출한 칼은 그저 난처할 뿐이었다.

"하하……."

분위기 전환을 위해 억지로 웃었지만 웃음으로 넘어갈 상황이 아닌 듯했다. 몇 명의 사내들이 적의 어린 시선으로 접근해 왔다.

"저기요……."

먼지를 잔뜩 들이마시고 며칠 동안 물을 제대로 마시지 못해 쉬어 터진 목소리가 흘러나오자 칼은 자기도 모르게 흠칫거리며 입을 다물었다. 그마저도 놀라는데 듣는 이는 오죽하겠는가? 당장에 검을 쳐들고 그에게 달려들지 않는 것이 용한 일이었다. 달려든 것은 아니었지만 사내들이 실수로—실수… 인지는 정확히 알 수 없다—휘저은 검에 칼은 몸을 흔들어 피해야만 했다.

다행히 현명한 한 노인이 가져다 준 물 한 모금에—물론 물을 건넬 때 노인이 들이미는 손도끼가 약간 위협적이었다—그의 성대는 비로소 묵은 먼지를 씻어내고 용케 제 소리를 되찾았다.

나무 그루터기에 칼을 앉혀놓고 사내들은 그 험상 굳은 얼굴을 뽐내며 심문하기 시작하였다.

"그러니까 사우스 가드(South Guard)를 걸어왔다고?"

부엌에서 가져온 부엌칼로 손장난을 치며 한 사내가 물었다. 칼이야 거짓말할 이유가 없으니—솔직히 칼 맞기 싫었다—당연히 고개를 끄덕였다.

"네."

"걸어왔다고?"

"네."

"말[馬] 없이?"

"네."

"물도 없이?"

"아, 물통은 중간에 구멍이 나서 다 새어버렸습니다."

진지한 표정으로 검지로 구멍을 그리며 칼은 설명하였다.

"그게 어느 지점인데?"

한 남자가 손을 흔들며 중간에 끼어들었다(그가 칼을 쥐고 있어 자못 위험하기 짝이 없었다. 칼도 웃머리가 한 움큼 베어 나갈 뻔했다).

"그러니까 여기서 이틀 떨어진 지점이군요."

그의 말이 끝나자 그를 둘러쌌던 마을 사내들의 얼굴이 괴이하게 일 그러지기 시작하였다. 칼로서는 이 분위기에 뭐라고 감히 말을 꺼내지 못했다. 잠시간의 정적 끝에 물을 가져다 준 노인이 신음 섞인 음성으로 칼에게 말을 건넸다.

"크음! 먼 길을 오느라고 수고했네. 저쪽으로 가면 여관이 있을 테 니 거기서 좀 쉬게나."

"아, 네. 감사합니다."

뻑뻑하게 굳은 관절이 삐그덕 소리를 내며 펴졌다. 곁에 있는 사람 은 돌연 우두둑 하는 소음을 내는 칼의 몸을 일부는 신기하게, 일부는 걱정스러운 눈빛을 띠며 쳐다보았다. 휘청거리는 폼이 여간 불안해 보 였다. 그러나 칼은 용케도 제대로 방향을 잡고 걸어가기 시작하였다. 그의 뒷모습을 굳은 표정으로 바라보던 사내들은 그와 어느 정도 거리가 차이나자 한두 명씩 입을 열기 시작하였다.

"으음… 말도 없이……."

한 사내가 신음 섞인 말투로 중얼거리자 연이어 다른 사내들도 한마디씩 꺼냈다.

"물도 없이……."

"이틀 거리를 걸어왔다고?"

잠시간의 침묵이 그들 사이에 이어졌다. 단 한 가지 결론에 도달해 버린 그들은 이구동성으로 외쳤다.

"저놈, 미친 거 아냐?!"

"크윽!"

칼은 머리를 감싸 쥐며 몸을 일으켰다. 숙취 때문인지 머리가 깨질 듯 아파왔다. 술을 얼마나 마셨는지도 생각나지 않았다. 창문 사이로 들어오는 햇빛을 타고 새들이 지저귀었다. 여러모로 봐도 평화로운 아침이다 뭐다 하겠지만 새들의 속삭임은 칼의 머리를 망치로 강타하는 아픔만 안겨줬을 뿐이다. 머리를 감싸 쥐다가 목이 말라 주전자를 집어 들었다. 놋쇠로 만들어진 주전자 속에는 미지근한 물이 들어 있었지만 칼에게는 달디단 감로수가 같았다.

"윽! 도대체 무슨 일이 있었던 거지?"

주섬주섬 바지를 꿰 입은 칼은 이윽고 문을 열고 식당을 찾아 걸어가기 시작하였다. 세수도 하지 않고 머리도 감지 않아 까치집을 이루었지만 참을 수 없는 배고픔에 식당을 찾는 것이다. 숙취는 숙취고 배고픔은 배고픔이었다. 일반인이라면 노란 이자액을 게워내고도 모자라 새파랗게 질린 얼굴로 부들부들 떨고 있어야 정상이지만 예전부터 강한 훈련으로 단련된 칼에게는 숙취란 단순히—단순한 것도 아니지만—두통과 약간의 매스꺼움에 불과하였다.

"여어, 칼! 어제는 대단했어!"

꽤 늦은 아침이지만 식당에는 여러 사람들이 수프를 홀짝이고 있었고 그중 중년의 한 사내가 칼을 보더니 기운차게 인사를 건넸다. 기억을 더듬어 보니 그는 어제 같이 술잔을 기울인 주당 중 하나였다. 술이란 남자들을 가깝게 묶어주는 끈이기에 칼도 그에게 별 부담감 없이 말을 건넬 수 있었다.

"아, 네. 빌어먹을 아침이에요."

인상을 찌푸리며 의자를 끌어내어 앉으면서 칼이 대답했다. 중년의 사내—이름은 알 수 없다. 취한 상황에 얼굴이라도 기억하면 용한 것이다—는 웃으면서 그의 등을 두들겼다.

"크하하하! 자네가 '엘프의 숨결'로 나팔을 불어 젖혔지 않은가?! 억세기로 소문난 우리 벌목꾼들도 그런 짓은 하지 않는다네."

"젠장, 부추긴 건 아저씨잖아요."

퉁명스레 대답한 칼은 점원을 부르기 위해 손을 들었지만 한 어린 소녀가 수프와 빵 몇 조각을 가져와 식탁에 내려놓았다.

"지금 가능한 건 이거니까 알아서 먹든지 말든지."

그녀의 시니컬한 말에 칼은 잠시 침묵하였다.

"……."

'눈물 나게 고맙군'이라고 중얼거리며 칼은 수프를 떠서 입 안에 넣었다.

"우욱……."

칼이 순간 얼굴을 찌푸리며 혀를 내밀어 우욱거리자 걸어가고 있던 소녀가 뒤도 돌아보지 않고 말했다.

"숙취 해소용 특제 수프니까 남기지 말고 드세요."

"젠장, 쓰고 시잖아! 이걸 어떻게 먹어?"

휙 돌아선 소녀가 수프와 빵을 거둬가기 위해 다가오자 칼은 허겁지겁 스푼을 놀려 수프를 모조리 입 안에 쓸어 넣고는 빈 접시를 내밀며 말했다.

"하나 더. 이왕이면 보통 수프도 같이 줘."

"……."

어처구니없다는 표정으로 칼을 노려본 소녀는 접시를 거둬갔다. 상당히 약이 올랐는지 손끝이 부들부들 떨렸는데 칼은 그녀가 자칫 접시를 떨어뜨리지 않을까 걱정되었다. 놋쇠 그릇이라 떨어뜨려도 별 상관은 없지만 말이다.

"어이, 칼! 메들린을 너무 약 올리지 말게나! 어젯밤 늦게까지 술 심부름한 건 메들린이었다네!"

"아아, 그래서 눈빛에 살기가 어렸군요?"

농조를 건넨 칼은 빵을 뜯어내며 생각에 잠겼다.

이곳 사우스 가드의 끝 셔우드 마을에 도착한 것은 이틀 전이었다. '끝없는 황야'를 건너는 것을 너무 만만히 생각했던 것 같다. 여기 셔우드 마을에서 가장 가까운 마을이라도 걸어서 5일 거리였다. '끝없는 황야'는 말을 타고 일주일 동안 달려 겨우 끝을 볼 수 있는 광대한 황무지였다. 황야에서 간혹 있던 녹지대에 자리 잡은 그 마을에서 말을 타고 가라는 사람들의 말을 왜 무시했는지.

죽을 고생을 하며 겨우 이 작은 셔우드 마을에 도착하였다. 왜 이쪽으로 방향을 잡았는지는 아직도 이해가 되지 않았지만 운명의 이끌림 같았다. 사우스 가드와 웨스트 가드 갈림길에서 사우스 가드를 선택한 것을 보면 말이다. 지금은 죽도록 후회하지만. 예전에 느꼈던 지옥 훈련을 다시 경험한 것 같아 그 끔찍했던 지난 5일간의 여정에 칼은 몸서리를 쳤다.

하여튼 여관에 자리 잡은 후 하루 동안 내리 잤다. 24시간 동안 밥도, 물도, 심지어 배설조차 하지 않은 채 오로지 잠만 잤다. 이건 여담이지만 오죽했으면 점원(메들린)이 죽은 줄 알고 방문 앞에서 연신 서성였다는 것이다. 칼이 배고픔을 느끼고 잠에서 깬 것은 다음날 저녁쯤이었다.

비틀거리며 식당에 내려온 칼은 3인분의 요리를 주문했고 주문받은 메들린은 아연실색하였다. 홀로 낑낑대며 3인분을 탁자에 내려놓은 메들린은 소화제를 준비하였고 칼은 3인분의 음식을 단 10분 만에 해치우는 기염을 토해냈다. 괴물을 본 듯한 시선이 쏟아지는 것을 느꼈지만 식욕을 채우고 나니 이제는 술벌레들이 궐기하였다.

우리에게도 먹을 것을 달라! 주위를 돌아보던 칼은 카운터에 당당히 새겨진 '라프디아 숲의 명물! 엘프의 숨결'이라는 문구가 눈에 들어왔고 당연하게 엘프의 숨결 한 통을 주문하였다. 주위의 주당들은 뒤집어졌고 메들린은 자신의 귀를 의심하였다. 엘프의 숨결이라는 게 비싼 면도 있지만 그것보다는 다른 이유 때문이었다.

"이봐요! 그거 35도짜리 술이란 말이에요. 제가 한 병을 잘못 들은 거겠죠?"

유감스럽게도 칼은 '한 통'이라는 말에 강한 힘을 줘서 확실히 말해 주었다. 술 한 통을 혼자 옮길 수 없다는 메들린의 말에―여자이기에 약하다고 메들린이 주장하였으나 주당들은 고개를 저었다—사내 한 명이 옮겨다 주었고 칼은 술통 뚜껑을 따고는 잔으로 가득 퍼서 입에 부었다.

"저런, 말도 안 되는……."

그도 그럴 것이, 엘프의 숨결이란 그 이름처럼 처음에는 달콤하다가도 그 강렬한 향기와 맛에 취해 버리는 특징이 있기 때문이었다. 아무리 호기롭다는 주당도 35도라는 알코올을 무시할 수 없기에 그렇게 한 바가지—맥주 잔으로 퍼서 마신다면 말 다 한 것이다—입에 부어 넣는 엽기적인 일은 하지 않았다. 때문에 이 낯선 이방인의 행동에 메들린은 자신도 모르게 중얼거린 것이다. 그렇게 모조리 부어 넣은 후 잔에서 입을 뗀 칼은 고개를 숙였다. 그 광경에 주위에서 식사를 하거나 술을 마시던 사람들은 전부 숨을 죽이고 칼을 쳐다보았다.

뜨거운 숨결이 온몸 구석구석을 누비고 향기로운 주향이 코끝을 찔렀다. 목구멍부터 느껴져 오는 열기는 평소에는 잘 느껴지지 않는 위까지 그 위력을 발휘하였고 위부터 타고 오르는 전율은 척추를 지나 머리끝을 관통하였다. 짜릿짜릿한 열기는 얼굴을 간질였고 술잔을 쥐고 있는 손에 힘을 불끈 오르게 만들었다. 몸속에 퍼져 나간 주향과 알코올은 한데 어울려 위 속으로 흡수되기 시작하였고 남아 있던 여운은 머리 속에서 춤췄다.

'맛있다!'

최고급 와인 따위와는 비교가 되지 않았다. 그깟 향내만 좋고 맛은 밋밋한 와인 따위는 이 '엘프의 숨결'과 비교할 수가 없었다. 이렇게 향긋하고 깨끗한 술이 있다니! 마실 때마다 엘프가 키스하는 듯한 느낌—물론 경험해 보지는 않았지만 비유가 그렇다는 말이다—과 한 모금 한 모금마다 미묘하게 다른 향기와 맛을 내는 이 술은 정녕 예술이었다. 알코올 중독이라고 의심할 정도로 술을 좋아하는 칼에게 있어서 이 '엘프의 숨결' 은 신이 선물한 증표였다.

"최고다! 내가 여태껏 마셔본 술 중 최고야!"

칼은 자신도 모르게 엄지를 치켜들고 소리쳤다. '엘프의 숨결' 은 이곳 셔우드 마을의 명물이었다. 모두가 그렇듯 자신이 살고 있는 명물을 이방인이 좋아하면 기뻐하듯…

"크하하하! 당연히 최고지!"

"이봐, 젊은이! 자네 술을 좀 아는 사람이구만!"

같은 환호성이 쏟아지기 마련이었다. 이 마을의 골수 주당들은 저마다 잔을 들고 칼의 탁자에 앉았고 술이란 혼자 먹기보다는 둘, 혹은 서넛이서 마시는 게 최고기에 칼은 입이 찢어지도록 웃었다.

"당연하죠, 어르신! 제가 지금껏 대륙을 돌아다니면서 마셔본 술 중에 이렇게 맛있는 것은 처음이라구요!"

이야기를 이끌어갈 화제가 나오자 주당들은 서로 눈을 반짝이며 말문을 열었다. 한 손으로는 자연스레 술통에서 술을 퍼대면서. '같이 마시는 술이 더욱 맛있다' 는 칼 자신의 지론이었기에 이 발칙한(?) 행위를 순순히 용납하였고 도리어 메들린을 불러 안주를 주문하기까지 하였다.

"자네, 대륙을 돌아다녔다고? 오옷, 여행자셨구만? 그래, 어떠셨나?"

이미 이만큼 진행됐으면 일사천리요 마른 섶에 불 놓기였다.

"크하하하! 제가 어땠냐면요…….."

그렇게 그들은 밤을 달린 것이다.

"…아아, 완전 엽기였군."

빵 조각을 손가락으로 뭉개며 칼은 중얼거렸다. 그렇게 머리가 아픈 이유가 있었다. 여간해서는 취하지 않는 칼이 곤드레만드레되어 뻗어버린 이유가 35도짜리 술을 한 통 전부 해치우는 엽기적인 일 때문이었다. 이 정도면 성인 남자 서넛 정도는 알코올로 가볍게 급사시킬 수 있는 양이었는데 죽지 않는 것은 용한 일이었다.

"어떻게 아저씨는 멀쩡하세요?"

칼은 고개를 살짝 비틀어 어제 같이 밤을 달린 사내를 바라보았다. 누런 이가 드러나 보이도록 씨익 웃은 남자는 호탕하게 웃으며 말했다.

"크하하하! 대륙의 강골(强骨) 라프디아 벌목꾼들의 체력을 우습게 보면 오산이라네. 이 정도는 식은 수프 마시기라고!"

"오라? 그래서 그 아침부터 한 양동이 토하고 숙취 해소 수프를 여섯 그릇이나 비우셨어요?"

막 따끈따끈하게 데워진 새 수프와 예의 숙취 해소 특제 수프를 탁자에 내려놓으며 메들린이 쏘아붙였다. 그 반문에 칼은 헛웃음을 터뜨렸고 사내는 얼굴이 뻘게졌다.

"어, 어디서 그런 헛소리를!"

"네네, 알아 모시겠습니다요, 손님."

이 재치있는 한마디에 칼은 자신도 모르게 크게 웃고 말았다. 문제는 이 말을 들은 사람이 칼 혼자가 아니라는 것이었다. 주위에서 늦은 아침 식사를 하던 사람들도 덩달아 폭소를 터뜨렸다. 상황이 상황인만큼 지금까지 일을 쭉 지켜보던 사람들이기에 이 한마디는 정곡을 찌르는 비수와 같았다.

"크하하하!"

"하하하하!"

드드드드!

그 순간 탁자 위에 놓인 수프가 출렁이기 시작하였다. 모두의 웃음이 뚝 그쳤다. 정적이 흘렀고 고요한 여관 식당에는 수프의 출렁이는 소리만이 미약하게 흘렀다. 곧 이어 미세한 진동이 바닥부터 건물까지 퍼지고 사람들은 이 난데없는 일에 모두 놀라 일어섰다.

"뭐지? 무슨 일이야?!"

"지진인가?"

저마다 한마디씩 내뱉었고 혹자는 애써 태연한 척하려 했지만 얼굴에 깃든 당혹감만은 어쩔 수 없었다. 이곳은 라프디아 숲의 근방이었다. 대지의 여신의 축복이 깃든 지역에서 얼마 떨어진 지역도 아니기에 수백, 수천 년간 이 근방에는 지진이라고는 단 한 번도 없었다. 말로만 듣던 지진을 체험하자 사람들은 혼란에 휩싸였다.

투웅!

이윽고 거대한 파동이 여관을 관통했다. 접시에 담겨 있던 수프는 위로 튕겨 올랐고 진열대에 놓은 와인과 브랜디 병들이 바닥으로 떨어지고 진동에 못 이겨 깨져 나갔다.

"크윽!"

칼은 이를 악물었다. 온몸을 관통한 그 파동에서 거대한 기운을 느꼈다. 오랜 수련의 덕택으로 그의 감(感)은 기이할 정도로 발달했는데 파동 속에서 거대한 기운을 잡아낸 것이다. 감당할 수 없는 기운을 접하자 칼은 고통으로 인해 무릎을 꿇었다. 고개를 들어 주위를 돌아보자 사람들도 저마다 가슴을 부여잡고 주저앉고 있었다.

"까아! 돈!"

“…….”

황당하게 이 순간에도 돈에 집착하는 인물이 있었으니, 메들린이었다.

'이런 괴사에는 전혀 아랑곳하지 않는가?'

칼은 고통 속에서도 황당함에 얼굴을 일그러뜨렸다.

파동은 마을을 휩쓸고 황야를 지나 남대륙 전역으로 퍼져 나갔다. 파문처럼 퍼져 나가는 이 파동을 최초로 접한 이들은 이 서우드 마을 사람들이었고 성진의 발걸음을 기록한 역사에 최초로 올라갈 인물들이었다. 지금은 머나먼 미래의 일이지만 말이다.

어쨌든 파동이 지나가자 이 생소하고도 전율스러운 경험에 사람들은 쉽사리 일어서지 못했다. 어떤 재변이 또다시 닥칠지 모르기 때문이었다. 보통 사람들은 패닉에 빠져 버릴 충분한 조건이었지만 이들은 반응이 남달랐다.

고통을 벗어난 사람들은 저마다 움직이기 시작하였다. 식사하던 사람들은 탁자 밑으로 기어가 다시… 식사하기 시작하였고 어떤 이는 음료수를 홀짝였으며 칼의 곁에 있던 사내는… 그 와중에 바닥에 굴러다니는 술병을 낚아채 뚜껑을 따고 있었다. 이 광경을 목격한 메들린은 한걸음에 사내 손에 쥐어진 술병을 낚아채려 하였고 사내는 술병을 사수하기 위해 부단한 노력을 기울였다.

“돈 내고 마셔요!”

“떨어진 건 주워 먹는 사람이 임자야!”

“…….”

이 사람들, 도대체 정신 구조가 어떻게 돼먹은 거야? 막 칼이 이렇게 생각하고 있을 때 주위가 밝은 빛에 물들기 시작하더니 이윽고 눈앞이 새하얗게 변했다.

"응? 뭐지?"

무심한 한 사내의 중얼거림을 뒤로한 채.

*   *   *

그들은 더운 숨을 토해냈다. 어마어마한 공포로 인해 부족 전체는 터전을 버리고 뛰기 시작하였다. 갈 곳은 정하지 않았다. 다만 그들 본능에 의해 가장 안전한 곳을 향해 뛰는 것뿐이었다. 밝은 빛과 파동은 이들에게 강한 공포감을 안겨주었다. 그러나 강한 공포에도 불구하고 그 혼란의 와중에서도 무기를 챙기는 것을 잊지 않았다. 무기란 그들의 분신이자 신념이므로. 꿈틀대는 녹색 피부 밑으로 강한 공포가 흐르고 있었다. 바싹 올라간 코는 모두의 몸에서 분비된 페로몬을 맡고 더욱 흥분하였다. 공포는 더욱더 큰 공포를, 흥분은 더욱더 큰 흥분을.

그들은 달렸다. 쓸모없는 늙은 수컷과 어린 자식들을 버리고 달리기 시작하였다. 죽는다, 떠나지 않으면. 그들은 종족을 번식시킬 암컷들을 업거나 혹은 옆구리에 끼고 달리기 시작하였다.

어린 자식이 울부짖어도 아랑곳하지 않았다. 암컷들만 있으면 언제든지 부족은 재건할 수 있다. 그렇게 족장은 판단하였다. 순간 족장은 대기 속에서 그들의 천적인 오거의 체취를 맡았다. 언제나 그들의 종족을 잡아먹고 사는 그 무시무시한 세 마리의 괴물들이 그들을 뒤따르고 있었다.

살아야 한다! 살아야!

뛰어라! 전사들이여! '진홍빛 악몽'이 쫓아온다!

족장은 목청껏 울부짖었다. 그들의 젊은 전사들은 따라서 소리쳤다. 공포가 그들을 짓누르고 있기에 의지할 만한 것은 저 용감하고 현명한 족장밖에는 없었다. 비록 그 괴물을 피해 도망치고 있다고는 하지만 전사들은 비굴하다고 생각하지 않았다. 동족이 늘어나고 전사들이 눈을 부릅뜨면 저런 괴물 따위는 쉬이 죽여 그 뜨거운 피를 마시고 부드러운 뇌수를 맛볼 수 있기 때문이었다.

달리자! 안전한 인간의 마을을 향해!

대적하려고 했지만 아직은 부족민의 수가 너무 적다. 훗날을, 훗날을 기약해야 한다. 그러기 위해서는 살아야 했기에 족장은 전사들을 독려했다. 약한 인간 마을을 접수하여 식량을 얻고 다시 이동하면 그들에게는 살길이 있다.

뛰어라! 살기 위해! 용맹한 오크 전사들이여! 훗날의 복수를 위해!

제4장 이정표(2)

인간들은 생활하면서 수많은 형태와 군락을 형성한다. 환경은 사회에 영향을 주고 사회는 사회가 수용하고 있는 인간들의 기질을 바꾼다. 사회 중에서도 매우 독특한 사회가 있는데 그중 필자가 손에 꼽은 마을 하나를 소개하고자 한다. 바로 남대륙 라프디아 숲 근방에 위치한 셔우드 마을이다. 이들은 몬스터와 싸우고 쟁취하여 그들의 경제력이 근원이 되는 목재나 식품을 확보하였다. 이런 환경 탓에 그들은 협동심이 강하고 위기 대처 능력이 뛰어나며 죽음을 두려워하지 않는다. 이들에 대한 한 일화가 있다. 언젠가 라프디아 숲에 살던 오크의 무리들이 셔우드 마을을 습격한 적이 있었다. 평범한 벌목꾼인 그들은 60여 마리에 달하는 오크를 단지 80명의 인원으로 막아냈다. 이들의 용기와 기행을 최초로 목격한 명문가 '메르헨'의 시조 칼 샤르 메르헨은 그들을 이렇게 표현했다.

"그들은 사신(死神)을 향해 오줌을 갈길 사람들이다."

…(후략)…….

창세력 제3기 210년
스와트 로렌 저 '대륙의 사람들'에서 발췌

제4장 이정표(2)

성진은 세르피아가 잡아온 오크를 들여다보았다. 세르피아가 레이피어의 손잡이로 머리를 강하게 쳐서 기절시킨 것이다. 오크는 축 늘어졌고 벌어진 입에서는 누런 타액이 힘없이 흘러내리고 있었다. 묘한 구린내마저 풍긴 탓에 세르피아는 멀찍이 떨어졌고 제프는 신물나도록 보아온 오크 따위는 관심도 두지 않고 세르피아의 곁에 서서 달콤한 그녀의 체향만을 음미하였다.

이들과 달리 성진은 호기심에 휩싸였다. 정말 특이하였다. 녹색 피부는 물론이거니와 어떻게 휴머노이드 체형에 돼지머리가 달려 있는지조차 신기하였다. 인간과는 전혀 다른 진화의 길을 걸어온 것인가? 성진은 자연스레 의문이 떠올랐다. 검지로 오크의 팔뚝을 문질러 보았다. 뻣뻣한 털이 돋아난 피부는 맨손으로 만지기에는 거부감이 들었지만 성진에게 그런 하찮은 것 따위는 호기심을 억제하는 데 별 힘을 발휘하지 못했다. 녹색의 피부 아래 단단한 근육이 느껴졌다. 이 근육들은 얼마만한 힘을 지니고 있을까? 당장 해부해 보고 싶었지만 성진은 애써 그 욕구를 눌렀다.

"이런 개체가 많은가요?"

성진은 여전히 오크들을 관찰하며 세르피아에게 질문하였다. 그러나 정작 대답한 건 제프였다. 세르피아의 체향에 코가 익숙해져 더 이상 냄새를 맡을 수 없었던 제프는 막 심심해져 버릴 차였기 때문이다.

"그런 오크 따위야 숲에 널리고 널렸죠. 예전에는 발도 붙이지 못했는데 숲이 죽어버린 후 이런 몬스터들이 살기 시작했습죠."

성진은 차근차근 조사하기 시작하였다. 이 '오크'라는 종족의 외형 구조, 그리고 피부 탄력 같은 것을 세세히 뜯어본 성진은 원하던 정보를 얻기 위해 오크의 이마를 가볍게 쳤다. 손끝에서 일어난 미약한 경력은 오크의 이마를 타고 뇌를 직접적으로 자극했다. 직접적인 자극에 매우 취약한 뇌는 즉시 활동하기 시작하였고 파워가 켜진 컴퓨터처럼 오크는 천천히 눈을 뜨기 시작하였다.

그 순간 성진은 양손으로 오크의 머리를 감싸 쥐었다. 뻣뻣이 일어난 털이 손끝을 찌르고 피부에 일어난 돌기들이 성진의 손바닥을 자극하였지만 성진은 아랑곳하지 않았다. 오크는 자신의 머리를 감싸오는 이 이상한 물체에 저항하려 했지만 뭔가가 머리로 들어오는 것을 느끼고는 곧바로 의식을 놓고 말았다.

양 손바닥으로 경력을 내뿜어 오크의 의식을 마비시키고 순간순간마다 몸속에 조금씩 차 오르는 창생력을 운용하였다. 손바닥 사이에 놓여진 오크의 뇌에 창생력과 경력이 동시에 흐르기 시작하였다. 경력은 오크의 머리부터 발끝까지 흐르며 그들의 몸에 작용하는 에너지 구조를 파악하기 시작했으며 창생력은 성진의 의지에 힘입어 오크의 뇌(腦) 구조를 파악하기 시작하였다.

이런 시도는 처음이었다, 이종족의 뇌 구조를 파악해 그 정보에 접속한다는 것은. 생소한 시도는 위험한 법이었다. 그러나 성진에게 호기심은 삶의 발로였으며 신념이었다. 호기심으로 허공록을 알아냈으며 창생력을 손에 넣고 결국에는 이계까지 오게 되었다.

성진은 약간의 희열을 느꼈다. 오크 머리를 통해 흘러가는 경력은 오크의 신체 곳곳을 누비기 시작하였다. 어루만지고, 찌르고, 꼬집으면서 오크의 신체를 파악하기 시작하였다.

경력이 그러한 과정을 거친다면 창생력은 조금 달랐다. 아주 적은 양밖에 없었으므로 성진은 의지를 최대한 일으켜 창생력을 극대화시키기 시작하였다. 오크의 두개골을 뚫고 들어간 창생력은 뉴런을 타고 신경망을 장악하기 시작하였다. 성진의 의지가 오크의 정신을 장악하기 시작한 것이다.

자아의 위협을 받기 시작하자 오크의 몸속에 잠든 영혼이 저항하기 시작하였다. 생존에 대해 지극히 강한 집착이 있는 영혼은 성진에게 저항하였다. 두꺼운 방어벽이 오크의 정신을 감쌌다. 성진은 힘이 겉돌기 시작하자 즉시 강하게 밀어붙였다. 성진이 만든 의지의 창(槍)이 오크의 방어벽을 뚫기 시작하였다.

정신을 해킹하기란 그다지 어려운 일이 아니었다. 약물, 간단한 최면술이나 이 세상에 널리 퍼져 있는 마법은 정신을 쉬이 조종하였다. 그러나 조종과 장악은 사뭇 다른 것이었다. 조종은 핵심에 근접하지 않은 채 그 사람을 일종의 환각이나 기타 의지를 강하게 인식시켜 그 일을 시키게 만든다. 때문에 종종 피의자는 그 스스로 마법이나 최면술에서 벗어났다. 그러나 성진이 행하는 일은 이 세상의 마인드 컨트롤러(Mind Controller)가 시도해서 결코 성공해 본 적이 없는 일이었다.

그러나 성진의 의지는 신을 능가했다. 세상을 이루는 근간인 창생력을 다루기 위해 단련된 성진의 의지는 실체화되어 실지로 영향을 줄 수 있었다. 한낱 오크가 저항할 수 있는 성질의 것이 아니었다. 방어벽은 무참히 뚫리고 여새를 몰아 성진은 오크의 정신을 완전히 제압하였다.

이윽고 성진은 오크의 일생을 훑어보기 시작하였다. 기억이란 전부 무의식 속에 죄다 저장된다. 의식적으로는 잊는다 하지만 무의식 속에 생생히 남아 있는 것이다. 하물며 이 의식 부분이 덜 개발된 오크 같은 경우 무의식의 영역이 높은 비율을 차지한다. 성진은 이런 것을 죄다 꺼내 보기 시작하였다.

오크의 일생이 눈앞에 파노라마처럼 지나가자 성진은 오크의 뇌에 자극을 주어 부위별 반응도를 테스트하기 시작하였다. 몇 초에 수백 가지의 자극을 받은 오크는 짧은 시간 동안 죄다 그에 대한 반응을 시작하였다. 이런 사정을 알 리 없는 제프는 오크가 울고 웃으며 찡 그리고 팔다리를 비트는 모습이 여간 괴기하게 보이지 않을 리 없었다.

근 1분간의 테스트를 마친 성진은 무의식 깊숙한 곳을 헤집기 시작하였다. 선조가 지녔던 무의식은 유전 속까지 각인되어 후세에 영향을 미친다. 인간에게 왜 파충류는 두려움이 되었을까? 아무것도 모른 상태에서 파충류를 본 인간의 반응은 공포이다. 다른 사물에 대해 호기심으로 반응하는 인간이 유독 파충류에 대해 공포로 반응하는 이유는 뭘까? 아마도 그 옛날 파충류가 지구를 활보하고 다니던 시절의 아득한 기억 때문일 것이다. 설치류에 가깝던 포유류 조상의 천적은 파충류였다. 수없이 잡아먹혔고 생존을 위해 도망다녔던 그 처절했던 기억이 무의식 깊숙한 곳에 새겨져 후세까지 전해온 것이다.

지금 성진도 같은 이유에서 오크의 무의식 깊은 곳에 들어가기 시작하였다. 기억과 기억 속에 떠도는 태초의 각인을 찾기 위해 성진은 움직였다. 깊은 곳에 도달하면 도달할수록 기억은 점점 줄어들고 태초의 각인들이 떠오르기 시작하였다. 생존 본능, 종족 번식 본능 등 그들이 살기 위해 가장 필요한 원초적인 본능을 지난 후 성진이 고대하던 태초의 각인이 눈앞에 드러났다.

*   *   *

칼은 눈을 비볐다. 벌겋게 충혈된 눈을 연신 비볐지만 눈에 남은 섬광의 잔상은 사라질 줄 몰랐다. 연신 눈물이 나오고 사람을 쳐다볼 때 하얀 점이 시야에 맺혔지만 지금 당장 해결할 수는 없었다. 그만이 그런 것은 아닌 듯 주위 사람들도 연신 눈을 비비고 있었다.

"에잇! 젠장맞을?! 태양이 지랄했나?"

한 손에는 술병을 쥔 채 연신 목을 축이며 사내는 투덜거렸고 메들린은 잘 보이지 않는 눈으로 바닥에 떨어진 술병의 깨진 조각을 줍고 있었다. 지나가다 밟으면 자칫 괴롭고 끔찍한 사태가 벌어질 테니까. 그런 메들린의 입은 들리지는 않지만 연실 조잘대는 것을 보니 욕을 바가지로 하고 있는 듯했다.

"아, 대체 무슨 조화야?"

눈 비비는 것을 포기한 칼은 식탁에 몸을 굴리고 있던 빵덩어리로 손을 가져갔다. 사람들도 눈 비비는 것을 포기하고 의자에 앉아 멍하니 천장을 쳐다보았다. 칼은 빵을 찢어 입으로 가져갔다. 어차피 호밀 빵이고 딱딱하고 질기기 이를 데 없지만 악력이 70kg을 가볍게 넘는 칼에게는 종잇장같이 쉬이 찢어졌다. 그 딱딱한 호밀 빵을 엄지와 검지 두 개로 찢어 먹으며 주위 사람들의 경탄을 자아내던 칼은 연신 술을 마시며 육두문자를 내뱉는 사내에게 질문했다.

"아저씨, 이 근처에 혹시 무슨 일이 일어날 만한 곳 없나요?"

"아, 시끄러! 나 술 마시는 것 안 보여?"

술에 환장했나? 칼은 중얼거리며 고개를 돌려 버렸다. 한 병을 다 비워야 직성이 풀리는 듯 사내는 연신 들이켰다. 그때 한쪽에서 조심스런 음성이 식당 안에 퍼졌다.

"저… 혹시 숲에 무슨 변고가 생긴 것은 아닐까요?"

"……!"

술병 조각을 치우던 메들린이 주저하는 목소리로 말하자 사람들은 놀라 벌떡 일어섰다. 그럴 수도 있었다. 라프디아 숲은 신비했다. 엘프가 사는 자체도 신비하고 대지의 여신의 축복을 받은 것 자체도 신비했다. 저주에 휩싸여 공포의 대상이 된 것도 신비하였다. 그러나 셔우드 마을 사람들에게 있어서 라프디아 숲은 그들의 삶이자 생명이었다.

그런 숲에 변고가 생긴다면…….

"이런, 젠장! 내가 왜 그 생각을 못했지?!"

사내는 마시던 술을 탁자에 내려놓고 벌떡 일어났다. 입 밖으로 흘러내린 술은 입술을 타고 턱에 맺혔다. 일단 말씨가 터지자 사태는 급박하게 돌아갔다.

남자들은 너도 나도 무기를 챙기기 시작하였고 그런 남자들을 위해 여자들은 도시락을 싸기 시작하였다. 그 분위기가 얼마나 대단한지 전혀 관계가 없는 외지인인 칼까지 무기와 갑옷을 챙겨 입고 광장 앞에 같이 섰다.

"……."

'내가 왜?'

칼은 잠시 황당해졌다. 정작 더욱 황당한 이유는 그들은 당연히 칼도 같이 가야 한다고 생각한 것이었다. 가장 압권인 것은 그걸 부추긴 사람이 메들린과 칼과 함께 밤을 달린 사내들이란 것이었다. 칼이 슬며시 빠져 방으로 올라가려 하자 그들은 칼의 양 겨드랑이에 팔을 하나씩 끼우고 그의 몸을 고정한 채 연설했다.

"청년! 그대는 거룩하고도 성스런 라프디아 숲에서 생산된 '엘프의 숨결'을 우리와 함께 나눈 동지네. 자네의 피와 자네의 심장과 자네의 허파는 셔우드와 라프디아의 영혼이 함께 살아 우리와 엮인 것이네! 고난을 함께한 우리에게 거칠 것이 무어 있겠나! 기쁨과 슬픔을 같이하는 것이 진정한 형제. 거룩하고도 고결한 그 뜻을 기리기 위해 우리의 형제인 그대 칼! 함께 가세나!"

'요는 안 가면 재미없다'였다. 뭐라고 변명조차 할 새도 없이 칼의 무기는 착실히 그의 몸에 달라붙었고 근 이틀 만에 돌아온 주인의 몸을 그 억센 느낌과 육중한 무게로 어루만져 주었다.

"나는 이방인이라니깐요!"

칼은 항의를 위해 목청껏 소리쳤으나,

"닥치고 이거나 받아요."

라며 메들린은 그 말에 응수하며 도시락을 찔러줬다. 도시락을 받아 든 칼은 멍하니 메들린을 쳐다보았고 그의 시선을 느낀 메들린은 귀여운 표정을 지으며 말했다.

"아이, 내가 예쁘다는 것은 알지만 그렇게 보면 부끄럽잖아요."

그 주위에 선 남자들은 순식간에 낯빛이 질리기 시작하였고 일부는 토하기 위해 몸을 굽혔다. 칼은 황당함에 고개를 돌려 언덕배기를 바라보았다. 시선에서 메들린이 사라진 것을 느낀 칼은 마음의 평온함을 느끼며 언덕의 경치를 감상하기 시작하였다. 귓가에서 연신 쫑알거리는 소리가 들리는데 별로 신경 쓰고 싶지 않았다. 아, 이런 것이 바로 현실 도피라는 것인가?

광장의 소란스러움과는 거리가 먼 그 언덕은 아담하였다. 언덕은 라프디아 숲으로 가는 길이 나 있는 언덕으로 그곳에서 마을을 내려다보면 한눈에 들어오는 곳이었다. 반대로 해석하면 광장에서 언덕의 상황을 모조리 볼 수 있다는 소리였다. 칼의 시선 정면으로 들어오는 광경은 요 며칠 미친 듯이 질주하던 칼의 신경을 어루만져 주었다.

파란 하늘과 맑은 공기, 푸른 풀들이 언덕의 곳곳을 수놓았다. 이름 모를 꽃들이 내뿜는 빛깔은 칼이 언젠가 본 적이 있는 한 귀부인의 속곳과 같은 아름다운 색깔이었다. 그리고 그 위로 모습을 드러내는 초록 피부의 누군가가 보였다.

초록 피부? 칼은 자신의 눈을 의심하였고 더욱 눈을 부라려 그것을 파악하려 애썼다. 머리카락 한 올 없이 그대로 드러난 초록 머리에 짧은 귀, 돼지처럼 납작하게 붙은 코, 짧고 굵은 목과 그 아래를 이루는 역동적인 육체. 한 손에는 클레이브, 한 손에는 조악한 방패를 쥔 그것은… 오크였다.

"오크다……."

때마침 자신이 어떻게 예쁘다는 것을 설명하던 메들린이 칼의 말에 머리가 돌아버림을 느끼고 보복을 가할 찰나 한 사내가 뒤에서 소리치는 것을 들을 수 있었다.

"오크다! 오크야! 저기 언덕!"

'오크다' 라는 첫마디 말이 끝나기도 전에 사람들은 이미 언덕 위를 보고 있었고 맨 처음 칼의 눈에 들어온 한 오크 주위로 수십 마리의 오크들이 하나둘씩 나타나기 시작하였다.

"빌어먹을……."

귓가에 어렴풋이 들린 욕지거에 칼은 자신도 모르게 침을 삼켰다.

*   *   *

조금 시간이 지난 후 성진은 오크의 머리에서 손을 떼었다. 뇌를 모두 헤집어대고 기억을 전부 꺼내어 온갖 실험도 하고 신경도 반응 테스트와 무의식을 전부 훑어보았다. 조금 시간이 더 있었으면 직접 해부할 수도 있었지만 때가 때이니만큼 성진은 아쉬움을 달래고 일어났다.

"저건 어떻게 된 거죠?"

성진이 하는 것을 옆에서 조심스레 지켜보던 제프가 물었다. 오크는 성진이 손을 뗀 후 바닥에 쓰러졌다. 약간의 경련이 있은 후 코와 귀에서 미세한 물이 흘러나오기 시작하였다. 그 모양이 꼭 죽은 것 같았으나 칼로 찌르거나 도끼로 찍지도 않았는데 무슨 조화로 죽였는지 도무지 알 수가 없었다.

"뇌가 완전히 파열되어 죽었습니다."

성진이 무덤덤한 어조로 대답하였다. 무의식의 심층부에 접근하여 태초의 각인을 훑어보고 있는 찰나 돌연 뉴런들이 폭발하기 시작한 것이다. 말 그대로 폭발이었다. 세포질이 이상 팽창을 시작하더니 그대로 터져 버렸다. 창생력을 동원하여 뇌 내 전반적인 세포 활동을 순간적으로 완전히 정지시켜 버리지 않았더라면 정보도 얻지 못하고 오크의 뇌가 흔적도 없이 녹아버릴 뻔했다. 아직 어떻게 된 것인지는 파악하지 못했지만 사건에 관한 모든 정보를 머리 속에 담아둔 성진은 나중에 그것을 꺼내어 분석해 볼 생각이었다.

제프는 얼굴을 가볍게 굳히고 고개를 돌렸다. 마법사다. 말로만 듣던 마법사다. 사람을 잡아 실험하고 개구리로 변신시켜 밟아 죽이는 마법사다. 기가 막히게도 제프는 민간에서 전해지는 마법사의 악명을 곧이곧대로 믿는 사람이었다. 제프는 곧바로 딴청을 피우기 시작하였다.

'설마 살려놓은 목적이 날 실험하겠다는 것은 아니겠지?'

"이 근처에 인간 마을이 있습니까?"

성진은 아픈 팔을 조금씩 건드리며 몸을 가지고 장난치던 제프를 향해 물었다. 그 바람에 부러진 팔을 조금 세게 눌러 눈물을 짜낸 제프는 더듬거리며 대답하였다.

"아, 네. 저기… 한 1시간 30분쯤 걸어가면 제가 살고 있는… 마을이 있는데요."

"흠, 그렇군요. 갑시다."

성진은 제프에게 다가갔다. 무표정으로 뚜벅뚜벅 걸어오는 성진의 서슬에 제프는 제풀에 놀라 허둥댔다. 성진은 제프도 미처 인식하지 못할 정도의—이 순간 제프는 얼이 빠졌다—빠른 동작으로 제프를 업었다. 세르피아도 의문이 일었지만 침묵으로 일관했다. 언젠가는 답을 알려주기 때문에.

"오크를 통해 알아냈습니다. 그들은 자신들의 안위를 위해, 오거라는 존재를 피해 가장 가까운 인간 마을을 급습하려 합니다."

"뭐라구요!"

가장 소스라치게 놀란 것은 제프였다. 그가 큰 소리로 소리쳤기 때문에 성진은 귀가 아팠지만 어차피 성진이야 통증에 초탈하지 않았는가? 담담한 목소리로 말을 이었다.

"오크의 뇌를 읽어본 결과 그들은 숲을 탈출하여 인간 마을을 접수하기로 했습니다. 그들의 감정은 공포와 흥분으로 가득 찬 상태입니다. 아주 위험한 감정이죠. 이들은 매우 원시적이기 때문에 그런 감정이 크게 작용하면 아마 치명적인 결과를 낳을 것입니다."

성진은 사무적인 말투로 대답했다. 제프가 듣기에는 어떠한 감정도 들어 있지 않은 서늘한 음성인 탓에 순간 팔뚝에 소름이 돋는 것을 느꼈다. 분명 가슴으로 느껴지는 따뜻함은 인간의 체온이거늘.

"어, 어떻게 그런 말을 할 수 있나요? 인간이라면 당연히 도우러 가야죠!"

"그렇지 않아도 갈 생각입니다."

성진은 말을 끝내자마자 발을 굴러 뛰기 시작하였다. 강렬한 경력은 온몸을 돌아 발에 작용하였고 발바닥에 나 있던 용천혈을 통해 뿜어지기 시작하였다. 피는 더욱 빨리 돌아 근육에 산소를 불어넣기 시작하고 경력에 자극받은 근육은 활성화되어 한계 이상의 힘을 발휘하였다. 근육은 이완과 수축을 반복하기 시작하였다.

경력은 근육이 운동할 때 요구하는 ATP의 사용량을 현저하게 낮춰 주었고 아울러 공급되는 많은 양의 산소를 이용하여 ATP를 고속으로 합성하기 시작하였다. 가느다란 근섬유는 그 한계를 초월하기 시작하였고 어느 시점에 이르러 인간 근육의 한계라고 일컬어지는 1㎠당 8kg의 힘을 초월하기 시작하였다. 또한 발바닥의 용천혈(湧泉穴)을 통해 내뿜어지는 경력은 작용, 반작용의 법칙이 적용되어 그 반작용의 힘을 고스란히 성진의 속도로 바꿔 나갔다.

파팟!

순간 제프의 눈에 주위의 경물이 일그러지기 시작하였다. 강렬한 맞바람이 얼굴에 부딪쳐 지나간다.

'흐익!'

차마 입으로 경악성을 내뱉지 못한 제프는 눈을 질끈 감았다. 겁에 덜컥 질려 버린 제프는 성한 오른팔로 성진의 목을 꼭 끌어안았다. 순식간에 산길을 말이 주파하는 속도로 뛰기 시작한 성진은 뒤따라 달려오는 세르피아를 곁눈질하며 더욱 속도를 올리기 시작하였다.

이 정도로 달린다면 업힌 제프에게 상당한 충격이 가해질 터인데 제프는 보통 짐마차에 오른 것보다 덜한 진동을 느꼈다. 그러나 성진의 달리기 속도에 질려 버린 제프는 그런 사실조차 알지 못했다.

성진의 하체는 거의 보이지 않는 속도로 움직였다. 세르피아의 동체 시력에도 흐릿하게 보일 정도였다. 한 발 한 발 찰 때마다 그의 몸은 1야 드씩 전진하였고 보폭은 더 더욱 커져 갔다. 더욱 놀라운 것은 울퉁불퉁 한 숲길에서 나무뿌리와 돌, 그리고 푹 꺼진 지형도 모조리 판단해서 피해 간다는 것이었다. 숲에서는 누구보다도 빠르다는 엘프조차도 지금 성진을 쫓아가기에는 너무나 벅찼다.

세르피아는 생각했다.

'왜 저 남자가 인간의 일에 끼어드는 것일까?'

그는 관조자였다. 세상을 아우르는 '엘디어'라는 존재. 가장 높은 지성과 종(種)을 초월한 성품은 아무나 가질 수 없었다. 그는 관조자로서 세상을 편애없는 시선으로 바라볼 의무가 있었다.

'도대체 왜?'

의문은 의문을 자아냈다.

지극히 차가웠던 세르피아의 성품은 성진을 만나 변하기 시작하였다. 호기심이란 것은 인간에게 가장 특출나게 발달하였다. 인간들은 모든 것에 의문을 갖고 관찰하며 도전하였다. 가장 호기심이 없는 종족은 엘프였다. 그것은 그들이 조화를 표방하기 때문이었다. 같이 느끼고 생활하면 어느새 알 수 있었다. 그러나 성진은 엘프가 이해하기에는 불가해의 영역이었다.

어떻게 하면 인간으로서 저런 육체 능력을 보일 수 있을까? 어떻게 인간으로서 엘디어의 영역에 발을 들여놓을 수 있을까?

의문은 엘프의 기억 속에서 잊혀진 호기심을 되살렸고 지금 세르피아에게 점점 작용하기 시작하였다. 결국 호기심에 져 버린 세르피아는 성진에게 넌지시 한 가지 질문을 던졌다.

"도대체 왜 인간을 돕는 거죠? 저는 그들과 맹약의 관계로 묶여 있지만 당신은 관조자가 아닌가요?"

이에 성진은 짧고 간단하게 대답하였다.

"저에게는 실전이 필요하니까요."

"……."

세르피아는 몸이 오싹해지는 것을 느꼈다. 그에게는 전투가 필요한 것이다.

*　　　*　　　*

사태는 급격하게 돌아가기 시작하였다. 마을 사람들은 오크의 모습을 확인하자마자 부산하게 움직이더니 마을 입구에 방어벽을 설치하기 시작하였다. 방어벽이래야 나무로 얼기설기 엮어 만든 부실하기 이를 데 없는 것이지만 그게 어디인가. 다행히 마을은 벽으로 둘러싸여 있어 입구와 출구만 방어하면 되는 상황이었다.

"이봐, 칼! 자네 칼 좀 쓸 줄 아나?"

드웨인―예의 술을 마시는 사내. 이름을 알려주었다―은 칼에게 물었다. 목소리가 살짝 떨리는 것을 보니 긴장한 듯하였지만 칼도 마찬가지였다.

"네, 조금 쓸 수 있습니다."

"잘됐군. 이방인이 이런 데 와서 개죽음당하는 거 보기 좋지 않지만 기왕 일이 이렇게 된 것 어떻하겠나. 잘 살아보라고."

"아저씨는 어째 말만 하면 그렇게 재수없는 소리만 하우?"

칼은 볼멘 어조로 투덜거렸다. 그래도 드웨인이 이렇게 장난스럽게 말하는 것을 들으니 긴장감이 덜어지는 듯하였다. 건틀렛 안의 손바닥이 땀으로 젖어드는 것을 느꼈지만 지금 벗어서 닦을 수는 없었다.

오크들은 언덕에 서서 곧 쳐들어올 것 같아 보였지만 왠지 주춤거리며 내려오지 않았다. 왜인지는 모르겠지만 주춤거리는 사이 마을 사람들은 여자와 아이들을 대피시키고 남자들은 전원 무장함과 동시에 마을을 전투에 적합하도록 꾸몄다.

"온다."

사내들은 저마다 긴장된 표정을 지었다. 기괴한 몰골의 오크 떼는 이제 클레이브를 움켜쥐며 돌격하기 시작했다.

크워워워워!

언제 들어도 달갑지 않은 소리다. 쇠끼리 맞부딪쳐 긁는 예리한 소리처럼 소름 끼치기 이를 데 없는 소리다. 칼은 검을 빼 들었다. 목책 뒤에 숨어서 머리만 내놓고 모두들 긴장 어린 시선으로 오크들의 돌격을 지켜보았다.

"모두들 준비해!"

그러자 그 뒤로 활을 준비한 30여 명의 사내들이 화살을 꺼내 시위를 먹이기 시작했다. 아직 조준하지는 않았지만 상당히 긴장되는지 팔이 부들부들 떨리는 것이 칼의 눈에 들어왔다. 그 순간 자경대 대장이라는 사람이 검을 높이 쳐들며 소리쳤다.

"에이! 빌어먹을 놈들! 쫄냐?"

"아닙니다!"

"무섭냐?"

"아닙니다!"

"우리가 누구냐?"

"우리는 벌목꾼! 라프디아 숲의 파수꾼!"

용기를 고취시키는 데 이와 같은 방법은 매우 효과적이었다. 다수를 선동해 군중 심리로 더불어 끌어올리는 용기는 공포감을 마비시킨다. 용기는 아드레날린을 분비하고 인간의 집중력을 향상시켰다. 대기 중에 퍼져 간 페로몬은 사람들을 은밀히 흥분시켰고 어느덧 사내들은 각자의 무기를 불끈 쥐었다.

"이기자!"

"와아!!"

"누구를 위해!"

"암퇘지 같은 마누라와 숲을 위해!"

칼은 쓴웃음을 머금었다. 이들은 죽음 앞에서 당당했다. 수십 마리의 오크 떼가 치고 내려오는 광경은 사람들에게 공포감과 혼란을 안겨 주기 충분하였다. 그러나 이들은 믿음과 용기와 배짱으로 승부한다. 비록 전부 죽는 한이 있더라도 최후까지 싸울 것이었다.

"젠장, 저게 몇 마리지?"

짧게 중얼거린 드웨인은 도끼를 움켜쥐었다. 오므린 입으로 가래침을 뱉어낸 드웨인은 연신 도끼를 들어 올리고 내리기를 반복하였다. 그도 몹시 초조한 것이다. 칼은 드웨인이 질문하기 전 이미 오크의 수를 파악하였다.

"전부 합해서 57마리입니다."

오크 1마리당 성인 남성 2명 내지 3명의 전투력을 가진다. 더욱이 57마리면 산술적으로 따져 봐도 114명의 성인 남성이 필요한데 이것은 산술적인 통계지 전투 시에는 전혀 예측과 다르게 나온다.

오크 전사는 전투 시 혈향과 서로의 체향을 맡으며 미쳐 간다. 미친 오크들은 눈이 충혈되고 근육이 부풀어 오르며 고통에 대해 둔감해진다. 이 경우의 오크는 성인 남자 4명을 혼자 상대할 수 있는 괴력을 발휘하게 된다. 즉 오크 57명을 상대하기 위해서는 적어도 성인 남자 150명 정도가 필요하다는 계산이 나온다. 칼은 주위를 돌아보았다. 전투 가능한 사내 80명. 숫자를 따져 보아도 이길 수 없는 상태였다. 그러나 이들의 힘과 주위 환경을 이용한다면 승부는 예측할 수 없었다.

'또다시 나의 생명을 이들을 위해.'

칼은 속으로 중얼거리며 바싹 말라붙은 입술을 핥았다. 전투다. 악몽 같은 일을 피해서 전장에서 도망쳤거늘. 칼은 되뇌고 되뇌였다. 지킨다. 지킬 수 있어. 난 그 옛날의 애송이가 아니다.

'나는 기사다.'

칼은 호흡을 고르며 몸의 근육을 조여 나가기 시작하였다. 그런 칼의 머리 속에 아픈 기억이 떠오르기 시작하였다. 언제나 전투가 일어날 때 생각나는 그의 트라우마였다. 그리고 그 트라우마는 그의 가슴 속 깊은 곳에 숨어 있는 기억을 끄집어냈다. 마치 독백과 같이.

—현재 최강의 무력 집단으로 꼽히는 것 중의 하나가 기사단이다. 기사들은 지옥과 같은 훈련을 통해 자신을 단련한다.

오크들이 지척 앞으로 다가왔다. 그들은 마을 목책을 향해 클레이브를 휘둘렀다. '우지직' 소리와 함께 엉성한 목책이 부서져 나갔다.

—기사들은 과도하게 혹사한 근육이 파열될까 특수한 약물을 복용한다. 이 약물은 인간의 근력 한계를 뛰어넘는 효과를 준다. 더불어 근육의 생성이 가속화된다.

활을 든 사내들이 시위를 당겨서 놓았다. 일제히 하늘로 치솟는 30여 발의 화살이 일제히 목책을 부수던 오크들의 머리 위로 떨어지기 시작했다. 일제히 화살을 쏜 사내들은 매우 능숙하게 화살을 재고는 다시 쏘았다.

─약물은 좋은 것만은 아니었다. 과용하거나 잘못 복용하면 근육이 꼬이고 뒤틀리기 시작한다. 팔이 틀어지거나 기형적인 근육이 생기게 된다. 혹자는 얼굴 근육이 굳어지고 입이 틀어지기도 한다.

수슛!

예리한 파공음과 함께 다시금 화살이 치솟았다. 이미 오크들 머리 위로 떨어진 30여 대의 화살은 대부분 빗나갔지만 일부는 오크의 정수리에 꽂혀 화살 본연의 살상력을 발휘하였다. 오크 두개골이 두껍다지만 포물선 운동을 통해 위치 에너지를 잔뜩 머금은 화살의 관통력을 당할 수는 없었던 모양이다. 두 번째 화살비가 오크의 머리 위로 떨어지자 이번에는 여러 비명이 터져 나왔다.

크오옥!

─100여 명 중 겨우 20명 정도가 온전하게 훈련을 마치고 통과할 수 있는 기사 훈련은 가히 인간 개조라고 칭할 수 있다. 철저하게 강해진 육신은 무장한 중보병 20명을 혼자 상대할 수 있을 만큼 말도 안 되는 무력을 자랑한다. 그들은 정신적으로 무장되었고 전장에서 가장 효과적인 살상을 행한다.

7명 정도의 오크가 화살에 맞아 땅에 구르는 순간 기어코 목책이 부서졌다. 파편과 함께 목재와 목재를 연결하던 질긴 식물 줄기로 꼬아 만든 새끼줄이 맥없이 뜯겨져 나가는 것을 본 남자들은 저마다 침을 삼켰다.

활을 쏘던 사내들 중 20명 정도가 활을 땅에 버리고 도끼나 검을 뽑아 들었다. 나머지 사내들은 높은 곳을 찾아 오르기 시작하였다. 옆에 웅크리던 드웨인은 긴장 탓인지 얼굴이 하얗게 질려갔다. 다행히 공포에 눌린 기색은 없지만 더 이상의 과도한 긴장은 위험하다. 칼은 소리치며 앞으로 튀어 나갔다.

"돌격!!"

―나도 이런 훈련을 통과한 사내 중 하나였다. 기사들은 어떠한 명령에도 복종하였다. 어느덧 나도 첫 임무를 부여받아 농민 반란의 진압을 맡았다. 나는 내 첫 임무를 기억하고 기억했다. 너무나 잔인했기 때문에.

수십 명의 사내가 일제히 튀어 나갔다. 이미 훈련된 듯 2인 1조 형식으로 움직였다. 칼은 자신 옆에 붙으려는 드웨인을 옆으로 밀치고는 오크들이 모여 있는 중심으로 뛰어갔다.

―기사의 의무는 신성한 것이라고 배웠다. 국왕에게 충성하며 백성을 지키는 것이 기사의 도리라고 배웠다. 그러나 실상은 달랐다.

칼을 향해 몇 명의 오크들이 클레이브를 휘둘렀다. 서늘한 바람이 머리 위로 지나가는 것을 느낀 칼은 전속력으로 자신을 향해 클레이브를 휘두른 오크의 옆을 지나갔다. 오른손에 쥔 검이 오크의 늑골을 부수고 폐를 갈랐다. 오크가 비명을 질렀다.

취익!

―대규모 학살. 농민 반란이라고 했지만 그것은 학살이었다. 힘없는 농민들이, 제대로 먹지 못한 농민들이 휘두른 클라이언트를 기사들은 한 손으로 쳐내며 검을 휘둘렀다. 단련된 근육에서 나오는 강한 힘은 농민의 정수리부터 사타구니까지 일자로 쪼갰다. 아기를 안고 우는 아

낙네의 가슴을 검으로 찔러 두 모녀를 한꺼번에 관통한다. 도망치는 아이의 머리를 향해 검을 휘둘러 턱 윗부분의 머리는 하늘로 치솟고 몸은 그대로 달리다가 쓰러진다. 그러나 문제는 이런 학살의 가책을 기사들이 느끼지 않는다는 것이다. 그들은 무표정한 얼굴로 찌르고 베었다. 거치적거리는 것은 발로 걷어차고 불살랐다. 국왕의 은혜라고 되뇌이며.

칼은 쓰러지는 오크의 목덜미를 붙잡았다. 거친 가죽으로 무두질된 가죽 갑옷은 오크들의 조악한 솜씨를 여실히 드러냈다. 한 손으로 220파운드(약 100㎏)의 오크 몸무게를 지탱한 칼은 자신을 향해 떨어지는 도끼에 오크를 들이밀었다. 둔탁한 파육음과 함께 도끼는 오크의 머리에 박혀 움직이지 않았다. 오크의 사후 경직은 매우 빠르게 일어난다. 근육은 죽은 즉시 몇 초 내에 굳어가기 시작한다. 이것은 적의 효과적인 죽음을 위해서다. 무기가 몸에 박혀 있으면 근육이 굳으면서 그대로 고정해 버린다. 이 사이에 다른 전사가 적을 죽인다. 오크들의 육체는 전투에 매우 적합하게 이루어져 있었다.

―아이와 여자, 힘없는 노인의 피로 온몸에 피 칠을 한 기사가 환히 웃으며 말했다. '이번 토벌은 너무 쉬웠어'. 너무 쉽다. 나는 환멸을 느꼈다. 자신의 검 아래 죽은 아이와 여자, 노인의 환영이 나를 괴롭히기 시작하였다. 결국 나는 기사단을 떠났다. 파문 기사라는 오명을 뒤집어쓴 채.

오크가 팔에 힘을 주어 도끼를 빼려는 그 찰나 칼은 검을 오크의 이마를 향해 찔렀다. 두꺼운 오크의 두개골이 여지없이 꿰뚫렸다. 손목이 시큰거렸다. 그사이 다른 오크가 칼을 향해 달려들었다.

"우압!"

기압성과 함께 칼은 왼발로 그 오크의 턱을 걷어찼다. 칼의 부츠의 끝은 강철로 마감되어 있었다. 일반 가죽 장화와는 달리 발차기를 할 때 사용자의 발가락 보호와 피의자의 피해를 극도로 높였다.

뻐억!

뼈가 부서지는 느낌이 발을 통해 느껴졌다. 칼은 아직 검이 머리에 박혀 흔들리며 서 있는 오크의 가슴을 걷어차서 검을 빼냈다.

슈악!

고깃덩이에서 검을 빼내는 소리와 함께 오크의 더운 피가 사방으로 튀겼었다. 칼은 볼에 점점이 묻은 오크의 피를 닦아냈다.

'더 이상의 학살은 없다. 내가 이들을 지킬 것이다.'

칼은 기사의 사명을 떠올리며 자신을 주위로 흉흉한 안광을 부라리며 둘러싼 오크들의 클레이브를 받아냈다.

*   *   *

성진은 질주하였다. 걸어서 1시간 30분 정도의 거리. 즉 약 8km 정도의 거리이다. 성진은 빨리 전투를 치르고 싶은 조급함을 느꼈다. 등에 업은 제프가 거치적거렸다. 혼자 달려간다면 더욱 빨리 갈 수 있다는 생각이 자꾸 들었다.

'조급함?

성진은 짧게 읊조렸다. 왜 조급함이 드는 것인가? 무엇 때문에? 어차피 거리는 한정되어 있고 낼 수 있는 건 약 시속 50km 정도의 속도가 한계이다. 한계? 무엇이 한계인가? 성진은 묻는다. 왜 한계인가?

조급함은 의문을 낳았고 의문은 호기심을 깨웠다. 성진의 속도가 약간 떨어졌다. 한참 땀나게 달리고 있었던 세르피아는 의아한 눈빛으로 성진의 뒷모습을 바라보고는 덩달아 속도를 줄이기 시작하였다. 왜 속도를 늦추냐고 묻고 싶지만 세르피아는 안으로 삭이고 말았다.

이와 같은 세르피아의 행동은 성진에게 큰 도움을 주었다. 막 상념에 빠져들기 시작한 성진의 의식을 흩트려 놓지 않은 것이다. 지금 성진의 깨달음은 아주 중요하였다. 힘의 사용에 대해 그 해답을 찾기 시작한 것이다.

한계를 벗어나기 위해서는 힘이 필요하다. 그러나 힘은 한정되어 있다. 성진은 피부로 와 닿는 바람을 느꼈다. 바람을 가르고 대기를 찢는다.

힘이란 무엇인가? 무릇 힘이란 의지에서 나오는 것이 아닌가? 그렇다면 의지란 무엇인가?

성진은 느꼈다. 문제점을 인식하자 감각이 더 더욱 예민해졌다는 것을. 어떻게 하면 힘이 집중되고 발산되며 응축하여 폭발하는지 느끼게 되었다.

공력은 한정되어 있다. 이 순간 그는 극한으로 공력을 끌어올려 달리고 있었다. 혈관 구석구석마다 피가 끓어오르고 기운이 타고 흘렀다. 바람에 부딪쳐 부서지는 시간 끝으로 그는 점차 녹아들고 있었다. 예리해진 감각은 등에 업고 있는 제프의 심장 소리와 피가 흐르는 소리, 내장이 활동하고 소화하는 소리를 잡아내고는 더욱 넓게 퍼져 나갔다. 퍼져 나가는 감각은 지형의 굴곡을 잡아내고 생명체의 기운과 나아가 멀리서 뻗어오는 살기를 잡아냈다.

이런 것인가? 성진은 스스로 반문하였다. 힘이란 단순히 그 자체가 아니었다. 창생력이 소멸하다시피 사라짐으로써 더욱더 확연히 느끼게 되었다. 힘이란 의지의 반영이다. 다시 말해 의지 자체가 힘이 될 수 있다는 것이다. 성진은 이미 알고 있었지만 깨닫지 못했다. '알다'와 '깨닫다'는 다르다. 단순히 지식의 산물인 '알다'와 마음으로 이해하고 그것을 응용할 수 있는 '깨닫다'는 포괄하는 범위가 다른 것이다.

이제 성진은 감각을 몸속으로 집중하였다. 피의 흐름과 진기의 흐름을 느끼기 시작하였다. 이 갑자의 공력이 단전으로부터 뻗어 나와 다리를 거쳐 용천혈로 뿜어져 나오고 있었다. 이제 성진은 의지를 모아 공력을 자극하기 시작하였다. 단전에 뭉쳐 있는 공력은 의지의 자극을 받아 팽창하기 시작하였다. 그 흐름의 양은 변하지 않았지만 질이 달라지기 시작하였다. 티없이 깨끗하고 순수한 성진의 몸에 쌓인 공력이지만 정신력인 의지가 작용하기 시작하자 그 흐름이 바뀌기 시작한 것이다. 경혈을 벗어난 공력은 근육을 타고 흘렀다.

'경혈을 벗어난다.'

성진은 바로잡으려 하였다. 그러나 곧 의문이 생겼다. 왜 경혈을 벗어난 것인가? 그것이 바른 흐름이 아닌가? 경혈은 수로다. 공력은 물이다. 물은 수로를 타고 흐른다. 아무리 많은 양이 흐르더라도 수로는 그대로이다. 더 이상의 흐름은 넘치고 만다. 성진은 발상을 바꿔보았다. 수로는 왜 존재하는 것인가? 물을 인도하기 위한 것이 아닌가? 왜 인도하는 것인가? 몸을 바다라고 생각한다면, 그렇다면 수로는 더 이상 존재할 가치가 없다.

'그래, 길이란 필요치 않다.'

성진은 눈을 반짝였다. 애써 정형화시킬 필요가 없었다. 필요없는 도식화는 한계를 가져온다. 성진은 여기서 한 가지 깨달음을 뽑아내었다.

길이란 없다. 길이란 만드는 것이다.

왜 이것을 진작 깨닫지 못한 것인가? 공력은 의지의 인도를 받아 흐르기 시작한다. 수로를 따라 흐르던 공력은 해류와 같은 자유로운 흐름으로 변한다. 자유는 한계를 부수고 더 더욱 높은 경지로 끌어올렸다. 근육을 자극하던 공력은 더 이상 자극이 아닌 동화로 변하였다. 몸에서의 인위적인 흐름이 아닌 몸 그 자체로 변하였다. 깨달음을 얻자 주행 속도가 변하기 시작하였다. 용천혈에서 뿜어져 나오던 공력은 발바닥 전체로 번지고 이어 다리로 퍼져 나갔다.

다소 주춤거렸던 속도는 점차 다시 빨라지기 시작하였다. 50㎞를 넘더니 55㎞, 60㎞를 돌파하기 시작하였다. 자연히 속도가 더 더욱 빨라지자 나뭇잎이나 가지가 예리한 무기가 되어 덮쳐 왔다. 성진은 이에 대해 자신도 의식하지 못하는 사이에 방어벽을 만들었다. 주위의 공기를 가속 순환시켜 공기막을 만든 것이다. 빠른 속도 덕분에 호흡 곤란으로 인해 얼굴이 새파랗게 질리던 제프의 혈색도 돌아오고 공기의 저항이 대폭 줄어들자 속도는 더 더욱 빨라져 70㎞에 도달하기 시작하였다.

이와 같은 속도 때문에 죽어나는 것은 세르피아였다. 가뜩이나 온 힘을 내어 달리고 있던 세르피아는 성진과 보조를 맞추기 위해 더 더욱 빨리 달렸다. 안정적인 호흡은 과도한 힘의 사용과 육체의 혹사로 흐트러지기 시작하였고 이내 거칠어졌다.

'숲길에서 인간에게 뒤처지다니.'

용납할 수 없는 사실이었다. 말도 안 된다. 엘프는 숲의 자식이다.

그런 엘프가 숲에서의 달리기에서 뒤처지다니. 세르피아는 눈에 독기가 일었다. 거친 숨을 참아내기 위해 입술을 깨물었지만 이내 산소를 요구하는 육체의 요청에 못 이겨 거친 숨을 토해냈다.

덕분에 성진은 상념에서 깨어났다. 거친 숨소리가 성진의 의식을 일깨운 것이다. 성진은 뒤를 돌아보았다. 세르피아가 다소 거리가 처진 채 쫓아오고 있었다. 성진은 속도를 천천히 줄였다. 계속 달리고 싶었지만 이대로 달리다가는 그녀가 탈진하여 쓰러질 게 뻔했다. 조금 있으면 전투를 치를 것인데 중요한 전력 하나가 미처 싸우기도 전에 탈진하여 쓰러진다는 것은 말도 안 되는 소리였다.

성진이 속력을 줄이자 빠르게 흐르던 주위의 경물이 서서히 원래의 모습을 찾기 시작하였다. 세르피아의 얼굴을 보자 굵은 땀방울이 쉴 새 없이 맺혀 떨어지고 있었다. 상의의 목 둘레는 땀으로 축축이 젖었다. 벌겋게 상기된 세르피아의 무표정한 얼굴을 바라보던 성진은 이내 고개를 돌렸다. 관심없다는, 그것이 세르피아에게는 너의 한계다 하는 듯한 표정으로 보였다. 세르피아는 심한 굴욕감을 느끼고는 어깨에 멘 활을 고쳐 멘다.

늘 그렇지만 열등감에 싸인 사람은 상대가 무엇을 해도 자신을 깔보는 듯 보인다. 열등감에 못 이겨 늘 패배감에, 혹은 질투에 사로잡힌다. 상대를 동경하면서도 증오하고 미워한다. 엘프에게는 거의 사라진 이 감정이 지금 고개를 쳐들고 세르피아를 괴롭히기 시작한 것이다.

이 지극히 인간적인 감정은 인간적인 감정을 거의 맛보지 못한 세르피아의 의식을 뒤흔들어 놓았다. 마약같이 파고드는 이 감정을 주체할 수 없었다. 인간이라면 몇 번 맛보았을 이 감정의 절제법을 알고 있지만 아쉽게도 세르피아는 인간이 아니었다. 그녀는 단지 마음속으로 삭일 뿐이었다.

이것이 얼마나 위험한지는 세르피아도 알 수 없었다. 그러나 인정하고 싶어도, 인정하려 해도 자존심이 용납하지 못했다. 용납할 수 없었다. 격조 높은 하이 엘프의 자존심이 인간에게 구겨지다니……. 세르피아는 심한 모욕감을 느꼈다.

그러나 한편으로는 성진을 부러움과 질시의 시선으로 보았다. 엘프의 정신 방어력은 상당히 강한 편이었기에 성진은 이러한 세르피아의 감정을 읽을 수 없었다.

오크들은 그들과 얼마 떨어져 있지 않은 곳에 있었다. 아니, 그보다 더 가까웠다. 약 20m 정도의 거리. 바로 코앞이나 다름없는 거리였다. 이 정도 거리에서 오크가 냄새로 알아차리지 못한다면 그것은 코가 막힌 오크일 터였다. 당장에 발각되지 않은 것이 이상할 정도였다. 다행히 세르피아와 성진이 있던 부분은 숲의 마지막 부분이었던지 길게 자란 잡초와 양목(陽木)들이 사방을 둘러싸 시야와 대기의 흐름을 방해하였다.

오크의 후각은 매우 뛰어났다. 그들의 후각은 들판에서 1km 정도 떨어진 동족의 체향도 감지해 낼 정도였다. 그러나 숲과 같은 폐쇄적인 지형에서는 그 효용성이 대폭 떨어진다. 때문에 이와 같은 지형은 성진과 제프, 세르피아의 존재를 숨기기에는 아주 안성맞춤이었다. 성진은 거의 실신하다시피 한 제프를 나무 밑에 내려놓았다. 그리고는 발 밑에 굴러다니는 돌을 주워 들며 세르피아에게 전의법을 사용하였다.

─바로 앞에 있어요. 내가 신호하면 달려갑시다.

성진의 뜻이 전해지자 세르피아는 불쾌했던 감정을 억누르고 고개를 끄덕였다. 다소 굳어진 그녀의 표정에서 성진은 묘한 어색함을 발견했으나 이내 그것이 첫 전투의 긴장감이라고 치부하고는 넘겨 버렸다. 그도 그럴 것이, 아르피아에게 전해 들었던 세르피아의 교육은 죄다 환상을 통해서라는 것이었다. 환상이라는 것에 아르피아는 간단한 환영 마법을 보였고 시간이 부족한 관계로 그것을 이해하지 못한 성진은 홀로그램이라고 생각했다.

마법에 대한 호기심을 풀 수 없었던 성진은 아르피아에게 계속 질문해 보았으나 아르피아는 그저 담담히 웃고는 '밖으로 나가면 해결해 보시게'라고만 말해 줬을 뿐이었다. 때문에 성진은 마법에 대한 호기심을 묵혀둘 수밖에 없었다. 하지만 지금 이 자리에서는 마법에 대한 호기심을 불태울 수 없는 상황이었기에 성진은 잠시 욕구를 억누를 수밖에 없었다. 세르피아가 생각나자 불현듯 연상되어 튀어나온 호기심이기에 자제하기는 비교적 쉬웠다.

부르르!

별안간 허벅지에서 미세한 근육 경련이 일어났다. 이런 적은 한 번도 없었다. 성진은 의지를 집중하여 육신을 체크하였다. 성진은 천천히 숨을 고르기 시작하였다. 그도 첫 실전이기는 마찬가지였다.

설마하니 긴장한 것인가?

성진은 속으로 울었다. 긴장으로 인한 경련이라니. 육신을 완전히 통제하지 못했다는 소리나 마찬가지였다.

'아무래도 수련이 필요하겠어.'

아무리 성진이 '허도(虛道)'의 끝을 잡았다 한들 갈고닦지 않는다면 무용지물이었다. 성진은 내기(內氣)를 조종해 압축하기 시작하였다. 땅에서 주은 돌 중 쓸 만한 것 여섯 개를 양손에 세 개씩 거머쥐었다. 서서히 다리로 경력이 모여들며 서서히 포만감이 감돌기 시작하자 세르피아에게 뜻을 전했다.

—갑시다.

퍼억!

다리에 모여 있던 공력이 폭발하면서 극대화된 근력과 폭발한 내력이 대지에 부딪쳤다. 성진의 발 아래 땅이 폭발하면서 흙이 사방으로 튀었고 성진의 신형이 세르피아의 시야를 벗어났다.

세르피아는 성진의 신호와 함께 앞으로 달렸다. 성진이 눈앞에서 사라졌지만 그녀는 동요하지 않았다. 어차피 신경 써봐야 머리만 아플 테니까. 차라리 처음으로 맞는 환상이 아닌 제대로 된 전투에서 어떻게 해야 효과적으로 싸울지 궁리하는 것이 좋았다.

엘프들이라고 싸움을 싫어하는 것만은 아니다. 일부는 전투를 체계적으로 분석하고 어떻게 해야 보다 효과적으로 살육하는지 조사한다. 이런 엘프들은 전사 계급으로 엘프들의 전투를 도맡아 발전시킨다. 답보는 도태만을 부르기에……. 자연의 법칙을 아주 잘 아는 엘프들이기에 그들은 스스로 병정 개미와 같은 전투를 도맡아 처리하는 계급을 만든 것이다.

그들은 두 개의 이와 같은 전투 전문 가문을 만들어냈는데 활과 검, 이 두 가지를 각각의 가문이 체계적으로 분석하였다. 말하자면 세르피아는 활의 달인인 어머니와 검의 달인인 아버지, 즉 두 개의 가문이 만들어낸 걸작이라고 할 수 있었다. 그녀가 왜 힘에 대해 번뇌하고 집착했는지 이해할 수 있는 부분이었다.

아무리 하이 엘프의 피를 이었다고는 하지만 투쟁 능력이 극대화된

피였다. 당연히 힘에 대한 갈망이 강할 수밖에 없었다. 너무 어렸을 때 아버지가 죽은 까닭에 그녀는 가문의 비사를 들을 기회가 없었다. 때문에 그녀는 막연히 자신의 피가 하이 엘프의 피이고 힘을 갈망하는 것은 자멸을 초래하는 것이라고 믿게 되었다.

그러나 엘프들의 투쟁심을 극대화시킨 피는 끝없이 그녀를 자극하였다. 가장 효율적인 전투를 수행하기 위해 아드레날린이 뇌하수체로부터 뿜어져 나와 혈관을 타고 근육을 자극하기 시작하였다. 신경계는 스스로 조율하여 감각을 극대화시켰다. 세르피아의 눈앞이 환해진 순간 그녀의 몸은 수풀을 뛰쳐나갔다. 공간을 초월한 듯 그녀의 몸은 20m의 거리를 순식간에 5m의 거리로 단축시켰다.

한가하게 주위를 경계하던 오크들은 갑자기 그녀가 나타나자 당황한 눈치였다. 그러나 본능은 육신에게 명령하였고 육체는 적을 향해 무기를 휘둘렀다. 살기가 담긴 클레이브가 자신에게 떨어지는 것을 느낀 세르피아는 어느 순간 허리춤에서 빼어 든 레이피어의 끝으로 클레이브를 붙잡은 오크의 손목을 찔렀다.

크워워!

예리한 금속이 손목 뼈를 으스러뜨리고 반대쪽으로 튀어나왔다. 손으로 가는 힘줄도 함께 관통된 탓에 클레이브는 손바닥에서 떨어졌다. 오크는 온전한 다른 손으로 그녀의 레이피어를 잡아왔다. 손끝에 느껴지는 간헐적인 움직임에 세르피아는 살며시 입꼬리를 말아 올렸다. 온몸에 흐르는 짜릿한 느낌이 머리부터 발끝까지 흘러간다. 예리한 레이피어가 그녀의 손인 듯 느껴지는 그 따뜻한 느낌에 그녀는 잠시 몸서리쳤다.

손목을 회전시켜 레이피어를 뽑는 동시에 땅에 떨어지는 클레이브의 검신을 걷어찼다. 무게 중심을 벗어나게 찬 탓에 검은 회전하여 앞으로 튀어 나갔다. 그녀도 성진만큼은 아니지만 상당한 수련을 쌓았기에 검에 담긴 회전력은 바위에 박힐 정도였다. 하물며 단백질은 두말할 것도 없었다.

퍼억!

둔탁한 소리와 함께 세르피아의 검은 손목을 관통당한 오크의 배에 틀어박혔다. 오크의 눈동자가 위로 치솟는 것을 본 순간 그녀는 검을 옆으로 날렸다. 붉은 체모를 가진 오크가 그녀의 등 뒤를 향해 도끼를 찍으려 할 때 미세한 소음이 그 오크의 귓가를 스쳤다. 무시하려 해도 본능이 가르쳐 주는 위협은 무시할 수 없기에 오크는 등 뒤를 보았고 그의 시야에 작은 돌멩이가 들어온 순간 머리를 울리는 충격과 함께 눈앞이 새까매졌다.

초속 200㎧의 속도로 날아온 바둑돌만한 돌멩이는 그 속도에 걸맞게 강력한 회전력을 머금고 있었다. 총열을 거쳐 발사된 탄환과 동등한, 아니, 오히려 어느 면에서는 능가하는 위력을 지닌 돌멩이는 오크의 두꺼운 이마 뼈를 부수고 들어가 부드러운 회백색 뇌피질을 강력한 회전력으로 으깨 버렸다. 그러고도 운동 에너지를 채 소모하지 못한 돌멩이는 오크의 뒤통수를 뚫고 나와 세르피아를 향해 돌진 중이던 오크의 허벅지 근육에 박혔다.

푸드득!

검도 튕겨내는 강철 같은 근육은 이제 속도는 떨어지고 오히려 회전력만을 잔뜩 머금은 돌멩이 앞에서 무기력하였다. 근섬유는 돌멩이의 회전력에 찢기고, 으깨지고, 발기발기 떨어져 나가고 커다란 상처 위로 뜨거운 피가 솟구쳐 나왔다. 칼에 베이는 상처와는 차원이 다른 고통에 오크는 고래고래 비명을 질렀다.

쿠에에에엑!

성진은 낙하하고 있는 몸을 창생력으로 적절히 조절하면서 쥐고 있는 돌을 검지와 중지, 그리고 손목의 탄력을 이용해서 날렸다. 탄자결(彈字訣)과 쾌자결(快字訣)의 묘리에 따른 이른바 자이로(Gyro) 효과에 따라 강력한 힘과 회전력을 머금은 돌은 성진이 설정한 목표물을 타격하였다. 그 위력을 정확히 시험해 보지는 않았지만 강철판 1cm 정도는 충분히 관통할 만한 위력이었다. 오크 따위가 어찌할 만한 위력이 아니었다. 설사 본다 한들 200m/s는 음속의 절반, 720km/h라는 경이적인 속도를 피할 수조차 없었다.

뻐억!

수박 깨지는 소리가 총 여섯 번이 들리고 마찬가지로 여섯 마리의 오크가 땅 위를 뒹굴었다. 관통한 두개골 사이로 으깨진 회색 뇌피질이 을씨년스럽게 번져 나갔다. 어떻게 당했는지 의심할 사이도 없이 여섯의 오크 전사들이 머리가 관통당한 치명상으로 대지를 뒹굴자 나머지 오크들은 황급히 주위를 둘러보기 시작하였고 그중 한 오크의 시선은 하늘로 향했다.

밤을 지배하는 야조처럼 두 팔을 벌리며 서서히 하강하는 성진의 모습에 오크의 동공이 활짝 열렸다. 공포라는 감정이 드문 오크의 정신에 이 광경은 커다란 파문이 되었다. 저런 것은 본 적도, 들은 적도 없었다. 전설에나 나오는 식귀(食鬼)가 아닌 이상 불가능하였다.

성진을 목격한 오크가 비명을 질렀다. 성진은 창생력의 운용을 중단하자 다시 빠르게 낙하하였다. 몸을 뒤틀어 비명을 지르는 오크의 머리를 밟고 앞으로 박찼다. 한 인간의 몸무게와 떨어지는 위치 에너지와 성진의 다리에서 나오는 근력이 한데 합쳐져 오크의 목뼈에 집중되었다. 튼튼한 두개골을 받치기 위해 튼튼하게 디자인된 오크의 목뼈는 순식간에 그 한계치를 벗어난 압력에 으스러졌다.

쿠루에에엑!

성진은 뼈가 으스러지는 것을 발끝으로 느끼며 몸을 뒤틀어 날아오는 클레이브를 피했다. 살짝 숙인 머리 위로 클레이브의 날카로운 검풍이 지나간다. 눈앞에 보이는 초록 피부의 몬스터에게서 뿜어져 나오는 거친 숨결이 성진의 오른쪽 볼을 스쳐 갔다. 묘한 냄새를 풍기는 날숨에 성진은 오른쪽 주먹을 뻗어 명치를 가볍게 쳤다.

투웅!

집중된 경력이 명치를 뚫고 들어가 내장을 흔들었다. 오크도 인간과 마찬가지로 신체 구성 비율 중 수분량이 70%에 가깝다. 물 같은 매질에 강한 파동이 통과하자 오크의 혈액 및 소화액, 나아가 근육 속에 포함된 물 분자가 요동을 친다.

쿠엑!

성진으로부터 명치를 강타당한 오크의 입에서 걸쭉한 액체가 흘러나왔다. 위가 압력을 못 이겨 소화액을 위로 뿜어낸 것이다. 그것뿐만이 아니었다. 진동이 오크의 내장을 흔들고 지나가자 내장 기관을 이루는 불수의근들이 일제히 경련하기 시작했다. 뼈가 부러지고 피부가 갈라지는 고통에 익숙했던 오크가 전혀 생소한 내상의 고통을 알 리가 없었다. 성진은 경력의 운용법을 학습하기 위해 같은 방식으로 몇 마리 오크에게 더 타격을 가했다. 어떤 오크는 폐가 터져 버리고 어떤 오크는 심장이 정지하였다. 그러나 이런 오크들은 가벼운 축에 속했다. 과다한 경력에 당한 오크 중 한 마리는 내장이 가루가 되어 입으로 쏠려 나와 참혹한 종말을 맞이하기도 했다.

뻐억!

성진의 주먹에서 뻗어 나간 경력이 허공을 격하고 오크의 머리를 관통하였다. 잘 익은 수박 터지듯 뇌수와 혈액을 뿌려대는 오크를 뒤로하고 성진은 몸을 뒤틀었다. 한쪽에서는 세르피아가 그 눈부신 초록빛 머리칼을 흩날리며 오크들의 경동맥을 잘랐다. 그러자 검이 지나는 곳곳마다 붉은 혈액이 '푸슛' 하는 소리와 함께 허공에 자욱하게 뿌려졌다.

치명적인 급소를 노리는 소름 끼치는 검 놀림이 아름답기까지 하다. 마찬가지로 검격을 통해 힘의 강도를 조절하는 세르피아의 움직임은 진지했다. 두꺼운 갈비뼈를 부수고 심장을 관통한 세르피아의 레이피어가 뽑혀 나가자 외부와 연결된 구멍 사이로 뜨거운 피를 내뿜으며 마지막 오크가 쓰러졌다. 세르피아는 쓰러지는 오크가 내뿜는 피를 가벼운 스텝으로 피하면서 검을 흔들었다.

파라락 하는 소리와 함께 검끝에 붙은 피가 깨끗이 떨어져 허공에 비산되었다.

"후……."

세르피아는 더운 숨을 토해냈다. 주위의 오크들은 목 주위에 심각한 상처를 입고 엄청난 양의 선혈을 내뿜고 있었다. 더운 피가 땅으로 스며들고 오크 특유의 지독한 피비린내가 진동하기 시작하였다.

세르피아는 코를 살짝 찡그리고는 검을 털었다.

성진은 자신이 죽인 오크의 상처를 살펴보기 시작하였다. 하나같이 주먹으로 때려죽인 탓에 타격 부위가 심하게 부서졌지만 그래도 칠 때마다 다른 방식으로 경력을 운용한 탓에 미묘한 차이를 보였다.

옆에서 성진이 하는 것을 지켜보던 세르피아는 호기심을 이기지 못하고 끝내 질문을 던졌다.

"무얼 하는 거죠?"

"상처 부위를 살피는 것입니다. 상처를 통해 현재의 무위와 고칠 점, 그리고 더 나은 방법 등을 찾을 수 있죠."

성진은 오크의 어깨를 매만지던 손을 거두고는 일어섰다. 깨끗한 손으로 주머니에서 손수건을 꺼낸 성진은 상처 부위를 만졌던 손을 꼼꼼히 닦았다.

"이건 나중에 가르쳐 드리죠. 지금은 해야 할 일이 있군요."

그 순간 살 떨리는 진동이 세르피아의 몸을 강타했다.

크오오오오—

몸 깊숙한 곳까지 진동하는 이것은 흡사 야수의 포효와 같았으나 그와 격이 달랐다. 이것은 흡사……

"이 울음소리의 주인공과 싸우는 게 지금 제 목표입니다."

몬스터의 제왕, 진홍빛 악몽이라 불리는 오거의 포효였다.

*   *   *

칼은 경련하고 있는 손으로 애써 검을 부여잡았다. 온몸이 땀으로 절고 눈앞이 아찔했다.

차앙!

맑은 검명과 함께 떨어지는 클레이브를 받았다. 오크의 터질 듯한 힘이 검을 통해 고스란히 느껴졌다. 한계치를 넘나드는 압력에 어깨의 관절과 허리가 삐거덕거렸다.

"젠장!"

칼은 큰 소리를 지르며 발로 오크의 배를 걷어찼다. 떠밀리는 오크를 향해 검을 휘둘렀다. 그러나 처음의 속도는 온데간데없고 굼벵이 기어가는 속도가 나온다. 오크는 클레이브를 들어 막고 몸으로 밀어붙였다. 강한 압력이 몸 전체에 쏠리는 것을 느낀 칼은 아랫배에 힘을 주며 몸을 틀었다. 한순간 무게 중심을 잃은 오크가 칼이 빠진 빈 공간으로 쓰러지려 하자 재빨리 뒤통수를 손잡이로 내려쳤다.

뻐억!

두개골 부서지는 느낌이 건틀렛 위로 느껴졌다. 그와 동시에 오른쪽 팔뚝으로 화끈한 기운이 밀려왔다. 오크가 죽으면서 발악적으로 휘두른 칼질에 팔뚝이 베인 것이다. 상처가 머리에 의식되자 군데군데 베인 검상이 더욱더 아파온다. 눈을 돌리자 한 사내가 오크의 힘에 떠밀려 몸이 활짝 드러난 상태로 오크의 도끼에 복부를 찍혔다.

"크억!"

외마디 비명과 함께 피보라가 튀었다. 벌어진 상처 사이로 싯누런 내장이 고스란히 드러났다.

'이런, 젠장!'

피를 너무 많이 흘려 눈앞이 흐릿해지는 것을 느끼며 칼은 다시 뛰었다. 도끼를 뽑아내며 만족한 웃음을 짓는 오크를 향해 휘둘렀다. 둔탁한 느낌과 함께 두개골이 둘로 쪼개지며 뇌수가 고스란히 튄다. 칼은 검을 뽑으려 힘을 주었지만 단단히 박혔는지 빠지지 않는다.

"크아아아!"

칼은 비명을 지르며 손목을 뒤틀었다. 이런 데서 개죽음을 당할 수는 없었다. 아니, 이 빌어먹을 상황을 어떻게든 벗어나 한 놈이라도 더 죽여야 한다.

빠가가가각!

뼈가 긁히는 기분 나쁜 울림과 함께 기어코 오크의 머리가 반으로 쪼개지며 검이 빠져나왔다. 검끝에 덩어리째 매달린 희멀건 뇌수와 눈알이 대롱대롱 매달려 검신을 타고 흘렀다. 칼은 재빨리 검을 횡으로 휘둘렀다. 차라락 하는 소리와 함께 뇌수가 튀어 나갔다. 칼을 향해 달려오던 오크는 그 뇌수를 얼굴에 맞았는지 머리를 흔들었다.

'운도 없는 놈이군.'

빈틈을 용납할 리 없는 칼은 검을 오크의 심장에 쑤셔 박았다.

쿠엑!

갈비뼈가 부러지는 둔탁한 소리와 함께 검끝에서 풍선을 터뜨리는 느낌이 손을 타고 번져 왔다. 심장이 터질 듯이 뛰고 전신의 근육이 경련하기 시작하였다. 무리도 아니다. 기사가 구사하는 검술은 근육을 조였다가 품과 동시에 거기서 뿜어지는 힘을 검에 전달하는 방식이다. 그렇게 함으로써 바위조차 쪼갤 수 있는 강한 파워를 만든다. 기사가 가진 특유의 강인한 근력이 뒷받침되는 것이다. 이것도 한계가 있기 마련인데 지금 칼의 상태는 그 한계를 초과하다 못해 근육이 파열 직전까지 온 것이다.

죽을 것 같은 고통에 칼은 속으로 비명을 질렀다.

'으아아악!'

이를 악문 칼은 힘겹게 걸음을 옮기며 검에 심장을 관통당한 채 경련하고 있는 오크에게 걸어갔다. 완전히 관통한 것인지 오크의 등쪽으로 피가 배어 나왔다. 이러면 검을 빼기조차 곤란했다. 관통한 심근이 경직되어 검날을 꽉 물고 놓아주지를 않는 까닭이었다.

"으아아악!"

"내 팔!"

갑자기 칼의 오른편에서 처절한 비명이 터져 나왔다. 발악하는 오크에 의해 두 명의 사내가 쓰러진 것이다. 한 사람은 도끼에 허벅지를 스쳤는지 그 두꺼운 허벅지 근육이 죄다 헤집어져 벌겋게 입을 벌리고 있었다. 그래도 그 사내는 다행이었다. 다른 한 사내는 날아오는 도끼 날을 막다가 왼팔 팔꿈치 아래쪽부터 날아가 버렸다.

크오오오!

"빌어먹을!"

칼은 욕지기를 내뱉고는 검의 손잡이를 잡고 힘을 주었다. 투둑투둑하는 살점 찢어지는 소리와 함께 칼은 온 힘을 다하여 검을 빼냈다. 방금 전까지 오크의 몸에 박혀 있다고는 믿어지지 않을 만큼 깨끗한 검을 쥐고 칼은 포효하는 오크에게 달려갔다.

오크의 족장 같았다. 다른 오크보다 더욱 크고 강해 보였다. 얼굴에는 다른 오크에게서는 찾아볼 수 없는 검은색 문양이 그려져 있었고 퍼렇게 드러난 근육 곳곳에는 빨간 염료가 기이한 형상을 그리고 있었다. 거대한 근육이 쉴 새 없이 꿈틀거렸고 머리에는 이상한 장식의 모자가 씌워져 있었다. 상대에게 위압감을 주는 오크. 군림하는 오크. 오크의 족장이다.

저놈을 잡아야 저항하는 나머지 오크들도 포기할 것 같았다. 칼은 이를 악물고 땅을 박차며 검을 날렸다.

"이아압!"

막 한 사내에게 도끼를 내려치려던 오크는 칼의 기합 소리를 듣고는 등 뒤를 보았다. 시퍼런 검날이 날아오자 오크는 황급히 도끼를 꺾어 칼의 검을 받아냈다.

카앙!

금속과 금속이 맞부딪치는 소음과 함께 불똥이 튀었다. 오크 특유의 강인한 근력을 바탕으로 한 괴력이 검을 타고 쏟아졌다. 칼은 이를 악물고 자신을 짓누르는 도끼를 밀어내기 위해 서서히 앞으로 걸음을 옮겼다. 그 광경에 주위 사람들은 황당한 표정을 지었다. 설마 하니 오크를 힘으로 상대하려는 건가?

카라라라락!

검날과 도끼날이 접촉한 부위에서 불똥이 튀며 소름 끼치는 소리가 흘러나왔다. 검을 쥔 칼의 손이 점점 희게 변해갔고 그에 비례하여 칼의 얼굴은 붉게 달아올랐다. 한계까지 근력을 짜내는 터라 근육이 터질 듯 부풀어 올랐다.

그러나 그것은 칼에게서만 일어나는 현상이 아니었다. 칼과 무기를 맞대고 있던 오크도 점차 얼굴의 혈관이 돌출되기 시작한 것이다. 어찌 오크에게 인간이 힘으로 겨루겠는가만은 지금 오크 족장이 경험하는 것은 현실이었다. 그것도 보통 힘이 아니었다. 오크 족장 일생 동안 한 번도 경험해 보지 못한 무지막지한 힘이었다.

"으아아아아아!"

크웨에엑!

서로 다른 두 종족이 내뿜는 기합 소리에 지켜보던 사람들은 주먹을 불끈 쥐었다. 믿을 수 없게도 오크를 힘으로 상대하고 있는 것이다. 그 강렬한 모습에 사내들은 가슴 깊은 곳에서 무언가가 끓어오르는 것을 느꼈다.

"힘내! 칼!"

"이길 수 있어!"

눈앞이 시뻘겋게 변했다. 하도 용을 쓰는지라 안구의 혈관이 터져 시야가 붉게 변한 것이다. 전신의 근육이 비명을 지르기 시작하였고 귀에서는 이명이 들리기 시작하였다. 그래도 멈출 수 없었다. 지금 멈추면 당장 저 오크의 도끼 아래 잘 다져진 고깃 조각이 될 터였다.

젠장! 뒤에서 찔러 버려! 칼은 입을 열 수만 있다면 이렇게 소리치고 싶었다. 빌어먹게도 힘 대결이라니! 전혀 의도하지 않은 것이었다. 그저 몰래 뒤에서 찌르려 했건만 빌어먹을 오크 놈이 눈치를 채서 검을 받아낸 것이다. 더욱 기가 막힌 것은 사람들이 응원하는 것이었다. 칼은 미칠 것 같은 심정으로 용을 쓰며 힘을 쥐어짜 내었다.

몸무게만 해도 2배 이상 차이가 나는데 믿을 수 없게도 칼은 전진하고 있었다. 그와 반대로 오크 족 족장은 뒤로 밀리기 시작하였다. 광장의 단단한 지면이 오크의 발로 인해 두 줄기의 긴 고랑이 만들어졌다.

'팍' 하는 소리와 함께 칼의 코에서 코피가 터져 나왔다. 상승하는 혈압을 견디다 못해 여린 비강 내의 모세 혈관이 파열된 것이다. 칼의 얼굴은 이제 완전히 붉게 변했고 이마에 돋아난 혈관도 곧 터질 것같이 부풀어 올랐다.

파캉!

칼의 기합과 동시에 오크의 도끼가 공중으로 튀어 올라 가슴이 활짝 열렸다. 근육이 한계까지 팽창되었는데 저런 기력이 나올 수 있다는 것이 믿겨지지가 않았다. 그 자신도 믿기 힘든데 하물며 주위 사람은 오죽하겠는가? 가슴이 활짝 열려 버린 오크는 눈을 동그랗게 뜨고 믿을 수 없다는 표정으로 칼을 쳐다보았다.

"우아아!"

칼은 환호하는 사람들의 목소리를 들으며 호흡을 멈추고 온 근육에 마지막 힘을 모았다. 그리고 땅을 박찼다. 오크의 품 안으로 안겨들듯 몸을 날린 칼은 두 손에 온 힘을 쏟아 부어 오크의 여리디여린 목덜미에 검을 박아넣었다.

'꽈드득' 거리는 뼈가 부서지는 느낌과 함께 질긴 근육을 지나 검끝에 박동하는 무언가가 느껴졌다. 칼은 생명의 처절한 몸부림을 느끼며 더욱 손에 힘을 주며 검을 끝까지 밀어넣었다.

"죽어! 이 개자식아!"

칼의 머리 위로 뜨겁고 비린 액체가 쏟아졌다. 오크의 입에서 혈액이 뿜어져 나온 것이다. 그 소름 끼치는 느낌에 칼은 눈을 질끈 감고 더 더욱 검을 밀어넣었다. 검에 관통되어 발악하는 심장과 경련하는 근육이 눈에 보이는 것처럼 느껴졌다.

이윽고 생의 단말마가 끝나고 오크 로드는 타오르던 생명이 사그러들었다. 오크의 근육에 들어갔던 힘이 풀리더니 사후 강직이 일어나기 시작하였다. 죽은 자가 어찌 서 있을 수 있단 말인가? 그 거대한 몸이 서서히 기울기 시작하자 칼은 오크의 가슴에 안긴 채 더불어 쓰러졌다.

쿵.

대지를 울리는 오크의 주검 위에서 칼은 굴러 떨어졌다. 심장이 터질 듯이 뛰었다. 폐가 찢어지는 듯 아파왔고 손은 끊임없이 경련하였다. 그러나 아직 쓰러지기에는 일렀다. 근처에 있던 사내 중 한 명이 칼을 부축하기 위해 달려왔다.

"괜찮나, 자네?"

"크윽! 괜찮으니까… 다른 사람이나 도우러 가세요."

신음이 섞이고 괴로워 미칠 것 같은 음색이었지만 사내는 칼의 말속에 담긴 뜻을 읽을 수 있었다. 사내는 재빨리 고개를 끄덕이고 다시 검을 들고는 아직 싸우고 있는 다른 현장으로 뛰어갔다.

겨우 몸을 일으킨 칼은 경련하는 손을 뻗어 오크의 가슴에 박혀 있는 검을 뽑으려 하였다. 오크의 사후 강직이 얼마나 빠른지 알고 있지만 그래도 검을 잡아야 했다. 칼은 손에 힘을 주었다.

"젠장……."

예상대로다. 빠지질 않았다. 바위에 박힌 것처럼 요지부동이다. 칼은 무게 중심을 검쪽으로 옮겼다. 검 손잡이를 잡고 몸을 기댔다. 자력으로 서 있는 것이 아닌 탓에 잔뜩 경직된 근육이 약간 풀리는 느낌이 온다. 칼은 눈을 지그시 뜨며 주위를 돌아보았다. 상황은 거의 정리가 되어갔다. 57마리의 오크 중 대부분이 땅바닥을 뒹굴고 있었고 간간이 인간의 시체도 눈에 띄었다. 그나마 그 숫자가 20구가 넘지 않은 것이 다행이다. 나머지 살아 있는 오크들도 사람들이 둘러싸 하나하나씩 죽여 나갔다.

칼은 홀로 17마리의 오크를 죽이는 기염을 토했다. 거기에 홀로 오크 족장까지 잡았다. 마을 사내들도 미친 듯이 날뛰는 칼을 피해 조를 이루어 하나씩 죽여 나갔다. 덕분에 칼은 홀로 오크에게 둘러싸여 5마리를 동시에 상대하는 죽기 좋은 상황까지 연출해 냈다. 다행히 칼의 위협을 알아차린 드웨인이 활을 쏘는 자들을 종용해 오크들에게 화살을 날렸으니 망정이지 아니면 5마리의 오크가 뿜어내는 무시무시한 힘에 눌려 그대로 죽고 말았을 것이다.

그래도 남자 23명 정도의 피해를 입고 이긴 것은 대승이나 다름없었다. 아무리 칼이 홀로 17마리를 죽였어도 오크는 40마리가 남아 있었다. 단순히 숫자 놀이를 하더라도 마을 사내 80명으로 이기기란 어불성설이었다. 차분하게 칼질하는 사내들의 모습은 잘 훈련된 보병보다 더욱 큰 전투력을 선보였다.

'운 좋았어.'

칼은 쓴웃음을 지었다. 지킨다고 했지만 23명이나 죽었다. 그것이 그의 한계였다. 좀 더 강했다면, 좀 더 강했다면…… 하지만 그것은 말도 안 되는 소리였다. 그가 선보인 전투력은 족히 상급 기사로 평가될 만한 능력이었다. 마을 사람들의 피해 없이 오크 57마리를 홀로 격살할 수 있는 무력을 지닌 사람은 대륙에 몇 없다는 '오러 유저' 밖에 없다.

오러 유저. 얼마나 꿈 같은 소리인가? 인간의 한계를 뛰어넘어 육체의 마법적인, 거짓말 같은 능력을 뿜내는 기적 같은 경지. 이렇게 방랑 생활 한 것도 다 그 꿈 같은 것 때문이야.

칼은 고개를 떨어뜨렸다. 검 한 자루로 바위를 쪼개는 경지. 검을 휘둘러 폭포를 가르는 무용. 하늘을 찢는 그 힘. 칼은 이를 악물었다. 이 순간만큼 그 힘이 그렇게 미치도록 그리울 수가 없었다.

드웨인은 쓰린 마음으로 동료의 시체를 추슬렀다. 아침까지 같이 술잔을 기울이던 사람이 허연 내장을 드러낸 채 널브러져 있는 모습을 보니 미칠 것 같다. 사촌 동생이 죽었다. 오크의 클레이브에 가슴을 정통으로 맞았는지 왼쪽 어깨부터 오른쪽 복부까지 쩍 벌어져 있었다. 무지막지한 오크의 힘은 갈비뼈까지 깨끗이 쪼개 버렸다.

'빌어먹을!'

눈시울이 붉게 물드는 것을 억지로 참으며 드웨인은 사촌 동생의 부릅뜬 눈을 감겨주었다.

전장이 되어버린 광장은 오크들과 마을 사람들의 시체가 여기저기 흩어져 있었다. 도대체 몇 명이나 죽은 것인지. 그의 인생 46년 동안 이렇게 참혹했던 적은 처음이었다. 고개를 흔들던 그는 검에 몸을 기댄 채 떨고 있는 칼을 발견했다. 상당히 무리했는지 온몸이 땀으로 범벅이었다. 그도 그럴 것이, 미친 듯이 오크를 죽였으니……

드웨인은 눈을 부릅뜬 채 오크를 향해 검을 날리던 칼의 모습을 생각하며 몸을 가볍게 떨었다. 홀로 오크 10마리가 넘는 숫자를 죽인 사람은 처음 보았다. 서우드 마을의 최고 전사라 불렸던 이도 오크 3명을 상대하지 못하고 숲의 고혼이 되고 말았던 기억을 더듬으며 그는 칼에게 다가갔다. 흠칫거리는 어깨를 두 손으로 지그시 누른 드웨인은 한 손으로 텁수룩한 수염을 긁적이며 말했다.

"고마워. 자네가 아니었다면 이 싸움은 이기지 못했어."

드웨인은 몸을 부르르 떨었다. 이겼으나 죽은 자가 23명이었다. 아무리 호기롭다는 서우드 인이라고 하지만… 이건 정도를 지나쳤다. 죽음과 벗 삼아 지낸다고 노래하지만 두려웠다. 드웨인은 30년 만에 처음으로 공포를 느꼈다.

광장을 타고 흐르는 역한 피비린내와 오크 특유의 악취가 흐른다. 드웨인의 시선이 머무는 곳곳마다 피와 살점과 칼이 나뒹굴었다. 모두가 죽을 뻔했다. 오크 57마리를 이긴다는 게 얼마나 힘든 일인지 알았다. 평소 농담처럼 건네는 '그깟 오크 따위야 손가락으로 눌러주지'라는 헛소리는 더 이상 지껄일 수가 없었다.

"정말… 고맙네."

드웨인의 목소리가 떨리는 것을 들은 칼은 마음속에서 뭔가가 치솟는 것을 느꼈다. 분노? 아니, 뭐랄까? 그것은……

"젠장! 뭐가 고마워요? 무엇이 고맙냐고요? 죽은 사람들이 보이지 않으세요? 아저씨가 살았다고 기뻐서요?! 빌어먹을! 내가 좀 더 힘이 있었다면! 힘이 있었다면!"

격하게 울부짖은 칼은 무릎을 꿇었다. 불끈 쥔 건틀렛 사이로 피가 배어 나온다.

'빌어먹을! 빌어먹을! 빌어먹을!'

자신에 대한 자조와 분노, 나아가 나약한 자신에 대한 증오의 화살이 가슴을 찔렀다.

"힘이… 있었다면… 아, 아무도 죽지 않았단 말이에요."

흐느끼듯 말하는 칼의 음성에는 억울함만이 가득했다. 절망한 기사의 절규는 광장을 메아리친다. 안타까움과 슬픔만이 광장을 어루만져 주고 차디찬 대지에 몸을 뉘인 죽은 이는 기사를 어루만진다. 그것이 못내, 아니, 그토록 아플 줄이야.

"자넨 바본가?"

묵묵히 칼을 내려다보던 드웨인은 나지막한 목소리로 말했다. 말속에는 그의 분노가 꿈틀거렸다.

"자네가… 그들 전부를 책임질 수 있다고 생각해? 자네 탓이라고? 웃기지 마! 자네가 없었다면 우린 다 죽었어! 죽어서 저 빌어먹을 오크의 내장에서 춤추고 있겠지. 하지만 봐. 자네의 힘과 용기 때문에 저 23명의 희생으로 여자, 아니, 노인, 거기다 나까지 살았네! 이 빌어먹을 목숨이! 자네가 아니었으면 전부 죽었어! 200명이라는 사람들이 갈기갈기 찢겨 죽었을 거란 말일세."

격한 음성이 광장에 메아리쳐 퍼져 나갔다. 잔존 오크들을 처리하는 20명의 사내들을 제외하고 나머지 동료들의 시신을 추스르던 사람들의 눈동자가 칼과 드웨인에게 쏠렸다. 드웨인의 주름진 눈에서는 어느 덧 눈물이 흘러나왔다.

"자네는… 충분히 우리의 영웅이야. 그러니 자신을 미워하지 말게."

눈물이 흐르는 얼굴에 미소가 감돈다. 칼은 얼굴에 떨어지는 그의 눈물을 느끼며 억지로 몸을 일으켰다. 칼은 드웨인의 어깨를 잡았다. 슬픔과 아픔, 괴로움이 눈물에 씻겨 나간다. 상처받은 기사를 위로한 벌목꾼의 연륜이 칼의 마음을 어루만졌다. 죽은 이는 산 자의 손에 의해 제 모습을 찾아가고 산 자는 죽은 이를 보내며 눈물을 흘렸다. 산 자와 죽은 자의 차이점이란 무엇인가? 단지 생명의 있고 없고의 차이인가?

나의 역할은? 내가 여기서 한 것은?

칼은 눈을 떴다. 자신이 없었다면 모두 죽을 수도 있었다. 자신에 대한 혐오감을 떨쳐 버린 칼은 드웨인을 보았다.

"고마워요, 아저씨."

칼은 조심스럽게 말했다. 격하게 요동 치던 감정이 서서히 잦아드는 것을 느낀 칼은 오크의 몸에 박힌 칼을 뽑기 위해 손잡이로 손을 가져 갔다. 아랫배에 힘을 주고 힘껏 당겼지만 요지부동이었다. 다시 한 번 이라고 중얼거린 칼은 전신에 힘을 준 순간 폭발적으로 덮쳐 오는 살 기에 소스라치게 놀랐다.

크오오오오!!

주위가 일제히 요동 쳤다. 주위에 날아다니는 흙먼지가 일제히 요동 쳤다. 가공할 만한 소음에 내장이 뒤집히는 듯 울렁거렸다. 귀가 멍멍 하고 엥엥거리는 이명이 메아리쳤다. 칼은 고개를 번쩍 들었다. 그리 고 소리의 진원지인 동쪽 광장 끝의 담벼락을 보았다.

높이 4미터의 회백색 빛이 음산해 보였다. 그리고 그 너머에서 서서히 피어오르는 살기를 느꼈다. 검을 뽑으려던 칼도, 그런 칼을 부축하려던 드웨인도, 동료들의 시신을 수습하던 사내들도, 마지막 몇 마리 남지 않은 오크의 머리를 향해 도끼를 휘두르던 사내들도, 그런 사내들에게 저항하기 위해 몸부림치던 오크들도 동쪽을 응시하였다. 심지어 집 안 구석구석 숨어 있던 여자와 아이, 노인들까지 아무것도 보일 리 없는 집의 동쪽 벽면에 시선이 쏠렸다. 기원하고 기원한다. 더 이상 이 같은 불행은 다시 오지 말라고.

그러나 운명은 이들을 그냥 두지 않았다.

찌르는 듯한 살기와 온몸에서 일어나는 소름, 이어 한기(寒氣)가 몸을 덮쳤다. 무언가, 무언가 온다. 모두들 생각하였다. 오크를 넘어선 절망의 무언가.

콰콰광!

거대한 소음과 함께 벽면이 폭발하였다. 하얀 돌가루와 회백색 벽돌이 하늘로 튀어 올랐다. 그 박력에 칼은 몸이 경직됨을 느꼈다. 뿌옇게 퍼지는 먼지 사이로 언뜻 연분홍빛이 보인다. 칼은 침을 삼켰다. 공포가 뱀처럼 똬리를 틀고 칼의 마음을 누른다. 설마……

불길한 생각이 머리를 스쳤다. 가라앉는 먼지 사이로 붉게 물든 눈동자가 칼의 시야에 잡힌다. 곧 이어 전체적인 윤곽이 서서히 들어왔다. 민들민들한 대머리에 부리부리한 눈, 못생긴 들창코에 입술 밖으로 삐져 나오려 애를 쓰는 송곳니, 나무통만한 굵기의 목과… 엄청난 근육이 눈 안에 들어왔다. 인간의 몸을 3배 정도 키워놓은 그 모습. 거대한 근육을 둘러싼 혈관들이 연신 꿈틀거리고 터질 듯한 근육을 둘러싼 분홍빛 피부가 리드미컬하게 움직인다.

천이나 기타 잡풀로 엮은 듯 얼기설기 엮은 하체는 보기에도 끔찍스러운 하물(下物)을 간신히 감쳤다. 연신 크르렁거리는 것이 자못 소름 끼치기까지 했다. 이 모든 것을 종합해 봤을 때 한 가지 절망적인 가정이 뇌리를 덮쳤다.

'이건 말도 안 돼!'

칼은 자신도 모르게 중얼거렸다. 오크를 주식으로 하며 각종 동물을 살아 있는 채로 뜯어 먹는 식귀(食鬼). 가공할 만한 힘과 체력. 그 못지않은 광기를 가진 괴물. 인간을 탐하는 절망적인 존재. 먹이 사슬에서 최상층을 차지하는 존재 중 하나. 그것은……

"오… 거……."

먼지를 뚫고 분홍빛덩어리가 근처의 집을 무언가로 후려쳤다. '꽝' 하는 소리와 함께 벽돌로 만든 집은 벽 안쪽이 완전히 무너져 내린다. 벽돌 조각이 부서져 나가고 자욱한 먼지가 퍼졌다. 그리고 드러난 벽면 너머로 한 가닥 비명 소리가 광장에 퍼졌다.

"아악!!"

미처 대피하지 못하고 집 안에 숨어 있던 한 여인이 지른 비명이었다. 순간 광장에서 시신을 추스르던 한 청년이 고함을 질렀다.

"제피아! 오, 맙소사!"

그녀의 남편인 듯, 혹은 연인인 듯 애처로운 고함 소리가 칼의 머리를 때렸다. 울컥 치솟는 무언가가 순식간에 칼을 지배하였다. 무슨 괴력이었는지 조금 전까지만 해도 빠지지도 않았던 검은 칼이 강하게 쥐고 흔들자 '푸슉' 하는 파육음과 함께 피를 뿌리며 뽑혀 나왔다.

그의 내부에서는 뇌하수체에서 가득 분비된 아드레날린이 혹사되어 경련하는 칼의 근육을 적절히 이완시키고 그 특유의 마취 효과로 공포와 고통을 재워 나갔다. 1, 2초를 다투는 짧은 순간에 미약하게 핏물을 내뱉던 상처 주위의 모세 혈관이 수축하여 혈액의 손실을 막았고 근처의 림프액들이 빠르게 순환하며 근육 사이사이 배어 있던 혈액을 흡수하기 시작하였다.

한 가닥 숨을 들이마신 칼은 미친 듯이 달리기 시작하였다. 지칠 대로 지친 근육은 이미 한계를 지났지만 아드레날린의 진정 작용으로 마지막 무산소 호흡을 빌어 에너지를 만들기 시작하였다. 경이적인 정신력은 파열 직전의 근육에서 에너지를 뽑아낸 것이다.

내딛는 발걸음 뒤로 흙이 파이기 시작하였고 오거와의 거리 32야드(약30m) 정도가 순식간에 단축되었다. 바로 곁에 있던 드웨인조차 무모하게 덤비는 칼을 제지하지 못할 정도로 칼은 신속하고 민첩하였다.

인간의 여성이라는 맛있는 먹잇감에 정신이 팔려 있던 오거는 돌진하던 칼을 미처 신경 쓰지 못했고 이 방심은 칼에게 절호의 기회가 되었다.

칼은 손잡이를 두 손으로 쥐고 검의 손잡이를 가슴으로 가져갔다. 손잡이를 갑옷의 가슴받이에 대고 단단히 고정했다. 시선과 수평이 되게 맞춰진 검끝은 정확히 오거의 복부를 향하였다. 그는 달리던 그대로 상체를 살짝 앞으로 기울였다. 끌어당기는 중력의 힘에 저항하려 더욱 빠르게 뛴다. 체중 150파운드(약 70kg)와 갑옷 무게 22파운드(약 10kg), 합이 172파운드(약 80kg)인 질량과 온 힘을 끌어내 내달렸던 가속도는 한데 합쳐져 엄청난 운동 에너지를 만들어냈다.

기사의 스킬(Skill) 중 하나인 차지(Charge). 운동 에너지를 가득 모아 검끝으로 목표물을 관통해 버리는 기술이었다.

"하아압!!"

순간 칼의 상체 근육과 다리의 주요 근육인 대퇴 이두근과 이두근이 터질 듯이 부풀었다. 있는 힘껏 팽창한 근육에서 엄청난 고통을 느낀 칼은 아랫입술이 뭉개지도록 깨물었다. 짭짤한 핏물과 고통이 입 안에 가득 퍼지며 혼미해지는 칼의 정신을 일깨웠다.

칼은 힘을 통제해 나갔다. 그대로 부딪치면 오거 같은 몬스터도 일격에 죽일 수 있을 정도로 강렬한 힘이었다. 칼 자신도 일격에 오거를 죽일 수 있다는 것을 믿어 의심치 않았다. 순간을 다투는 짧은 시간에 칼은 타격 포인트를 잡기 시작하였다. 그러나 타이밍이 적절치 못했다. 뒤에 따라오던 두 마리의 오거 중 한 마리가 칼을 발견하고는 인간의 머리통만한 두께의 나무 몽둥이를 칼에게 던진 것이다. 오거의 괴력이 듬뿍 담긴 흉기는 칼을 으깨 버리기 위해 '부우웅' 하는 소리와 함께 바람을 가르는 맹렬한 속도로 회전하며 날아갔다.

막 오거의 뱃속에 검을 집어넣기 일보 직전이었던 칼은 전방에서 거센 파공음을 들었고 무엇인지 미처 깨닫기도 전에 칼은 반사적으로 손목을 비틀어 검으로 몸통과 머리를 방어하였다.

쾅!

직경 5피트(약 1.5m), 두께 1피트(약 30㎝)에 달하는 흉기는 그대로 칼의 몸을 강타하였다. 칼이 가지고 있었던 운동 에너지와 몽둥이에 담겨 있던 운동 에너지가 정면으로 충돌하였다. 두 개의 물체는 각기 반작용으로 인해 진행 방향의 반대 방향으로 튕겨져 나갔다.

천지가 뒤집어지고 눈앞에 불꽃이 튀었다. 바위로 깨버릴 만한 위력이 담긴 몽둥이를 정면으로 받아낸 칼은 내장이 뒤집어지고 등 뒤가 터져 버릴 것 같은 충격을 느끼면서 뒤로 튕겨졌다. 몸속에 돌아다니던 피가 흉기에 부딪친 몸통 부위에서 사지 말단으로 퍼졌다.

"크엑!"

식도에서 넘어오는 피와 폐에서 터져 나온 피가 입 밖으로 튀었다. 핏물을 내뿜으며 3야드를 날아간 칼은 땅바닥을 뒹굴었으나 땅에 떨어진 고통 따위는 문제가 아니었다. 검신은 휘어져 어디로 날아갔는지 알 수가 없었고 순간의 압력으로 인해 손은 호구가 파열되어 건틀렛 밖으로 핏물을 내뿜었다. 검신과 맞닿은 가슴 부근의 갑옷은 걸레가 되어 찢어지고 갈비뼈도 몇 대 부러졌는지 알 수가 없었다. 솔직히 부딪치는 순간 산산조각이 되어 날아가도 충분한 상황이었다. 실지로도 오거의 몽둥이에 조각나서 죽은 기사들이 한둘이 아니었기 때문이다.

다행히 칼이 지니고 있던 검이 유서 깊은 마법검이라 오거의 무지막지한 괴력을 견뎌낸 것이다. 일반 강철 검이었으면 충격이 온 즉시 검과 함께 가루가 되어야 정상이었다. 그 무지막지한 위력을 견뎌낸 마법검은 참으로 대단하다고 할 수 있었다. 그러나 그 대단한 마법검도 만능은 아니기에 그 충격의 대부분은 칼의 육신에 전달되었다.

인간 육체의 내구력을 뛰어넘는 엄청난 충격은 안구에 퍼져 있는 모세 혈관을 죄다 터뜨려 피눈물이 쏟아져 나왔다. 거기에 안구에 피가 몽땅 몰려 레드 아웃 현상으로 시야가 붉게 변했다. 다행히 엄청난 압력은 안구 내부의 망막을 벗겨내는 불상사를 만들지는 않았다. 하지만 눈은 그렇다 치더라도 몸은 말이 아니었다. 거기에 연신 넘어오는 토혈에 놀란 근육이 제멋대로 경련하며 뒤틀어지기 시작하였다.

"크에엑!"

선홍색 핏물과 검붉은 핏덩이가 연신 뿜어져 나왔다. 눈에서는 피눈물이 흐르고 고막도 터졌는지 귀로 피가 흘렀다. 콧속의 모세 혈관도 죄다 터졌다. 말하자면 얼굴에 뚫려 있는 구멍으로 죄다 피가 흐르기 시작한 것이다. 기가 막힐 정도의 그로테스크함에 터프함을 자랑하는 드웨인조차 그에게 다가갈 수 없었다.

고통이 메아리치고 근육이 뒤틀린다. 몸 곳곳이 뿌득뿌득거리는 것이 좋지 않은 모양이다. 술이 마시고 싶다는 생각이 들었다. 칼은 입술을 비틀었다. 이 상황에서 이따위 생각이 나오다니! 땅바닥 위에서 경련하며 부들부들 떠는 자신이 미칠 정도로 우스웠다.

"크으윽…… 큭큭!"

자신에 대한 비웃음이 채 가시기도 전에 칼은 정신을 잃었다.

잠시의 방해로 식사를 방해받았던 오거는 노렸던 먹잇감을 끝까지 사냥하기로 마음먹었다. 몸을 움직여 무너진 벽 속으로 몸을 들이미는 사이 그 오거 뒤로 회색 빛깔의 오거와 분홍빛의 오거가 모습을 드러냈다. 회색 빛 오거의 손에 몽둥이가 보이지 않는 걸 보니 아무래도 회색 오거가 몽둥이를 던진 듯했다. 그사이 한 손에 먹잇감의 몸통을 부여잡은 오거는 사색이 된 채 도리질만 치는 여인을 보여 침을 흘렸다.

"끼아아아악!"

뿌드득! 꽈득!

찢어질 정도의 비명 다음에 뼈가 부러지고 고기가 찢기는 소음이 일어났다. 이따금씩 천이 찢기는 소리도 들렸다. 적막한 광장에 파육음만 울려 퍼지는 괴기함에 드웨인은 공포를 느꼈다. 이미 이것은 일반인이 감내할 정도를 훨씬 지나친 것이었다. 일반인이라면 오크를 보는 것만으로도 거품을 물고 기절하기에 충분하였다. 그나마 셔우드 주민들이기에 이 정도까지 버틴 것이었다. 상황은 그들이 어떻게 해보기에는 어쩔 수 없을 정도로 변해 있었다.

맛있게 식사를 끝낸 오거가 뭔가가 부족하다는 표정으로 무너진 벽 너머로 몸을 일으켰다. 살짝 벌린 입 주위로 피에 젖은 천이 매달렸다. 그것을 본 여인의 연인은 입에 거품을 물었다.

"비, 빌어먹을……. 마, 막아!"

드웨인은 오거를 향해 달려가려는 남자를 억지로 부여잡았다. 완전히 미친 모양인지 힘이 보통이 아니었다. 순식간에 드웨인을 뿌리친 사내는 검을 부여 쥔 채 미친 듯이 달렸다. 사내의 팔뚝을 단단히 부여잡은 드웨인의 손바닥에 찢어진 셔츠가 고스란히 남아 있었다.

"으아아아아!"

누구를 위해 지르는 것인지, 겁먹은 자신을 향한 외침인지 오거에게 희생당한 아내를 위한 절규인지 모를 괴성은 처절하기 이를 데 없었다. 그러나 오거의 간단한 손놀림에 사내의 머리는 '버걱' 소리를 내며 산산조각나 허공으로 흩어졌다. 바닥에 구르는 사내의 다리를 거머쥔 오거는 사내의 흉부를 입 안에 넣고 씹었다. 입 주위로 선혈이 가득 튀고 갈비뼈 일부가 밖으로 튀어나왔다. '꽈드득, 콰득' 거리는 소리를 내며 내장까지 먹어치운 오거는 하반신만 남은 사내의 육체를 집어 던졌다. 고깃덩이처럼 날아간 하체는 벽에 부딪쳐 새빨간 핏자국을 그리고는 땅으로 미끄러져 내렸다.

"오! 신이여!"

평생 신이라고는 찾아본 적이 없는 드웨인의 입이 신을 찾았다. 세 마리의 오거가 인간들을 사냥하기 위해 각기 흩어졌고 한 여인과 사내를 먹어치운 오거의 시선이 드웨인의 몸에 머무는 순간 드웨인은 아늑함을 느끼며 눈을 감았다.

그 순간 기적이 일어났다.

＊　　　＊　　　＊

성진의 시야에 무너진 담벼락이 보이고 그 너머에 거대한 몸집을 가진 생명체가 띄었다. 여기저기 피가 튀어 범벅되어 있었고 사람들은 놀라 이리저리 달아나고 있었다. 무모하게도 그 앞에 웬 늙은이가 멍하니 서 있었다.

성진은 땅을 박찼다. 강한 경력이 땅을 찼고 반동으로 인해 성진은 허공을 날았다. 오거와의 거리가 10m라 하지만 성진 정도의 경지에 들어선 자라면 그 정도 거리야 지척이나 다름없었다.

성진이 의지를 모았다. 순간 성진이 날아가고 있던 부근의 돌들이 움찔거리더니 성진의 앞으로 솟구치기 시작했다. 조금 전에 얻은 깨달음을 성진 특유의 이해력으로 무(無) 형질의 '의지'를 미약하지만 직접적인 물리력을 행사할 정도로 구사한 것이다. 아르피아가 곁에 있었다면 눈을 비비며 다시 돌아보기 부족함이 없는 광경이었다.

성진은 눈앞에 튀어온 돌 조각들을 환자결(幻字訣)을 운용해 하나하나 손바닥으로 쳤다. 1초도 안 되는 짧은 시간 동안 수십 개의 돌 조각을 손바닥으로 쳐내니 드웨인의 눈에는 꼭 손바닥으로 만든 거대한 벽이 생기는 듯이 보였다.

드웨인은 이 믿지 못할 광경에 눈을 부릅떴고 오거는 등 뒤에서 일어나는 괴이한 느낌에 재빨리 고개를 돌렸다. 성진의 손바닥에 부딪친 돌 조각들은 성진의 막대한 경력을 하나하나 머금고 튀어 나갔다. 흡사 현대의 클레모어가 폭발한 것처럼 하나하나 돌로서는 낼 수가 없는 믿기지 않는 위력을 담은 것이었다.

파바바박!

오거의 반사 신경을 뛰어넘는 놀라운 속도를 머금은 돌 조각들은 오거의 강철 같은 피부를 뚫고 하나하나 근육 속에 틀어박혔다. 인간이라면 스치는 즉시 피부가 터지다 못해 육체를 충분히 관통할 만한 위력을 지닌 돌 조각이었지만 오거에게는 찰과상에 불과한 타격을 낳았다.

만약 성진이 그 돌 조각에 '탄자결'에 해당하는 경력을 담았다면 막대한 회전력으로 근육을 찢어발기는 가공할 만한 살상력을 충분히 발휘했을 것이다. 그러나 성진의 의도는 단순히 오거의 움직임을 멈추는 것이었다. 그의 의도대로 오거는 이 익숙하지 않은 고통에 당황하였고 상대를 파악하기 위해 몸을 완전히 돌렸다.

이 순간 아직까지도 성진은 공중을 날고 있었다. 아니, 이제는 오거의 바로 가슴파기 앞쪽까지 날아왔다.

몸을 돌리자마자 무언가의 물체를 발견한 오거는 반사적으로 팔을 휘둘렀다. 성진은 재빨리 상체를 비틀어 공중 몸 비틀기(!)라는 놀라운 묘기로 오거의 일격을 피하고는 오거의 가슴에 오른팔을 날려 일권을 먹였다.

성진이 공중을 비행하면서 얻은 에너지와 성진의 몸무게가 고스란히 담겨 있는 힘 정도는 오거야 충분히 버틸 것이다. 그러나 결과는 그리 녹록하지 않았다.

투웅!

가죽 북 터지는 둔탁한 음이 칼과 드웨인의 귀에 메아리쳤다. 그로 인해 넋이 나갔었던 드웨인은 찬물을 끼얹는 듯한 느낌을 받으며 눈의 초점이 잡혔고, 완전히 의식을 잃었던 칼도 문득 정신을 되찾았다. 성진의 일권에는 성진이 허공을 날면서 모은 경력이 잔뜩 뭉쳐져 있었다. 아름드리 거목도 일권에 부러뜨릴 수 있는 무지막지한 파괴력이 오거의 흉부에 격중한 것이다.

거대한 경력은 오거의 피부와 근육을 통과하여 액체로 가득 찬 오거의 흉부에 거대한 파도를 일으켰다. 파동은 오거의 대장과 위를 지나 폐를 흔들고 심장에 강한 자극을 남기며 척수를 따라 뇌에 도달하고는 반작용으로 다시 아래로 쏟아졌다. 아래로 흐른 경력은 근육질로 이루어진 하체의 벽을 통과하지 못하고 다시 위로 솟구쳤다. 위에서 내려온 경력과 아래에서 올라온 경력이 명치 부근에서 부딪치자 돌연 오거의 뱃속에는 거대한 폭풍이 일어났다. 강한 경력 두 줄기가 부딪쳐 막대한 힘을 발생시킨 것이다.

날뛰는 경력은 오거의 내장들을 모조리 찢고 폐를 쥐어짜고 심장을 터뜨렸다. 그래도 오갈 데 없는 압력은 위가 박살난 틈을 타 식도로 솟구쳤는데 계속 위로 향하려는 성질로 인해 식도를 지나 그대로 뇌를 관통하였다. 비명조차 지를 새도 없이 순식간에 절명해 버린 오거는 그대로 무너졌다. 외력으로 제압했다면 결코 이길 수 없었다. 성진은 오거가 입은 상처를 토대로 내구력을 그 짧은 시간 내에 계산하였고 철저히 내력으로 제압한 것이었다.

무릎을 바닥에 꿇은 오거는 힘없이 고개를 땅에 박았다. '쾅' 하는 소리가 울려 퍼지고 입과 코에서 뿜어져 나온 피가 땅바닥과 공중에 튀었다. 오거가 쓰러지는 모습을 무표정하게 지켜본 성진은 그제야 고개를 돌려 눈동자를 심하게 떨고 있는 드웨인을 보았다.

드웨인이 무언가 할 말이 있는 것처럼 주름진 입을 움찔거리는 게 보였으나 성진은 다시 시선을 돌렸다.

무언가 거창한 대사를 해주길 바랐던— '이제 안심하시오. 이 몸이 왔으니 당신들에게 평화와 기쁨이 머물 것이오' 라는 고풍스러운—드웨인은 성진의 무관심에 공포 속에 숨어 있던 오기가 불끈 솟구치는 것을 느꼈다.

하지만 평소 같았으면 자신을 무시한다고 당장 삿대질과 욕설부터 튀어나올 것이나 오거를 한 방에 보내 버린 무시무시한 무력에 그만 말이 쏙 들어가고 말았다.

"으으윽⋯⋯."

바닥을 긁으며 고통에 겨워 신음 소리를 흘리는 칼을 그제야 인식한 드웨인은 약간 미안한 표정을 지은 채 칼에게 다가갔다. 그도 그럴 것이, 막 오거의 창자 구경을 하려던 차에 웬 은인(?)이 떡하니 나타나 목숨을 구해주니 워낙 상황이 급박히 돌아가 정신이 차릴 새가 없었던 것이다. 근처의 위협이 모두 제거된 지금—그러나 여기저기서 오거의 괴성이 난무하고 사람들이 이리저리 쫓기며 비명을 토해내고 있었다—드웨인은 칼에게 신경을 썼다.

과장을 모조리 생략하고도 완전히 걸레가 됐다라고 표현할 수밖에 없을 정도로 칼의 상태는 심각했다. 입에서는 연신 피가 뿜어져 나오고 근육이 경련하는 모습이 여간 위험해 보였다. 이대로 놔뒀다가는 금방 죽을 것 같기에 드웨인은 바지 깊숙이 숨겨놓았던 '힐링 포션'을 꺼내 절반을 칼의 상처에 뿌리고 나머지 절반을 먹였다.

"으윽!"

힐링 포션이라는 게 좋은 약이다 보니 무지막지하게 쓰다. 보통 사람이라면 아무리 몸에 좋다고는 하지만 맨 정신으로 이 약을 복용하지 않았다. 오죽하면 매매(賣買) 시 주의 사항으로 '복용은 자제할 것'이라고 상기시키지 않는가. 정신이 반쯤 나가 버린 칼도 그 쓴맛에 무의식적으로 몸을 떨었다.

'좋은 약은 몸에 쓴 법이네' 라는 어린애들에게 약을 먹이기 위한 사악한 선전 문구를 중얼거리며 드웨인은 연신 포션을 칼의 입 안에 부어 넣었다. 무의식적으로 뱉으려는 칼의 노력을 명치를 쳐서 무너뜨리고는 모조리 마시게 했다. 일부는 기관지로 흘러들었지만 이것은 물이 아니었기에 손상당한 허파 꽈리를 치유하며 삽시간에 몸 안으로 흡수되었다.

그럭저럭 응급처치를 끝낸 드웨인은 그만 다리가 풀려 주저앉고 말았다. 드웨인의 눈물겨운(?) 응급처치 덕분에 상태가 호전된 칼은 아직도 피눈물이 흐르는 눈을 억지로 떴다. 온 세상이 붉게 보이는 가운데 서서히 시야에 사물이 맺히기 시작하였다. 아주 운 좋게도 칼의 고개가 향했던 곳에 성진이 서 있었고 근처의 집을 부수고 달아나는 오크와 인간들을 잡기 위해 난동을 부리던 오거가 성진에게 신경을 집중하는 순간이었다.

그리고 그의 일생 동안 가장 기억에 남는, 그리고 대륙의 역사를 통틀어 전혀 새로운 스타일의 격투법이 최초로 펼쳐지는 것을 칼 샤르마르헨은 목격하게 되었다.

헤비급 복서의 스트레이트 최대 파괴력은 1톤에 도달한다. 말이 1톤이지 1,000kg의 압력이 한 점에 집중되면 무시하지 못할 파괴력이 생기는 것이다. 건장한 체구의 기사가 주먹에 천을 감고 돌을 부수는 장면을 여러 번 본 적이 있는 칼이지만 지금 눈앞에서 벌어지는 이 기적 같은 장면은 도저히 믿어지지가 않았다. 어떻게 타격할 때마다 오거의 피부가 움푹 패일 수 있을까?

오거 유린하는 인간. 거기에 믿기지 않게도 맨손이었다. 진녹색의 질긴 피부는 장검의 베기 따위는 우습게 튕겨내고 어지간한 예기의 검 따위는 피부에 박히지도 않는다. 샤프니스 마법이 걸려 있는 마법검으로 베어야 피부에 상처를 줄 수 있었다.

할버드 같은 둔기류의 무게를 빈 둔중한 타격 같은 위력적인 무기 앞에서야 오거는 상처를 입을 수 있었다. 오죽했으면 사냥당한 오거의 피부를 긁어 모아 가죽 갑옷 위에 덧씌우는 특제 갑옷이 있는데 이 갑옷에 못질을 한다면 한 번에 수십 번 망치 휘두를 각오를 해야만 한다. 거기에 오거의 강철 같은 근육은 더 더욱 그들을 강하게 만든다. 근육 $1cm^2$의 작은 면적에서 상상을 초월한 괴력이 발휘된다.

오거의 육체적 능력을 궁금하게 여긴 한 마법사가 실험을 했다. 용병 수십 명이 달라붙어 사냥한 오거의 시체에서 근육을 추출했다. 보존 마법으로 실험실까지 가져온 마법사는 근육을 성장 마법으로 배양한 다음 개의 턱과 다리 근육에 이식했다. 강인한 턱 근육을 견딜 수 있게 개의 두개골과 치아에 마법적인 효과를 부여하였다. 물론 부작용으로 수백 마리의 개가 폐사했지만 기적적으로 살아남은 1마리로 인해 그의 실험은 성공하였다.

보고서의 내용은 충격적이었다. 실험 대상이었던 개는 3cm가량의 철판을 우습게 찢어버렸다. 입에 닿는 것은 무엇이든 걸레가 되었고 마법사가 아끼던 미스릴 합금으로 만들어진, 거기에 경화 마법까지 처리된 플레이트 메일의 가슴 부근에 홈집을 만들어냈다. 후에 판단한 그 메일의 강도는 다이아몬드로 겨우 상처낼 정도라고 하니 놀라운 일이 아닐 수 없었다. 거기에 놀라운 탄력까지 보여 8m가량의 담장을 점프해서 넘는 기적 같은 광경을 보여주었다.

오거의 육체 능력을 명확히 알고 있는 칼로서는 저 인간이 차라리 괴물이라 일컫는 오거보다 더해 보였다. 오거와 박투를 벌이는 인간이라니……. 더군다나 상대는 최강의 오거라 칭하는 그레이 오거다.

'이건… 이건 정말로… 말도 안 돼!'

칼은 마음속으로 비명을 질렀다.

거친 바람이 귓가를 스치고 지나갔다. 얼핏 느끼기에도 강철판을 우습게 찢어버릴 것 같은 권력은 성진에게 긴장감을 안겨주었다. 처음 맞는 실전이기에 성진마저도 긴장감을 안은 것이다. 긴 리치는 장거리전에서는 유리하겠지만 단거리상에서는 불리하였다. 신장이 4m에 달하는 거대한 몸집과 긴 리치는 적에게 엄청난 위압감을 안겨주었지만 이 순간 성진을 맞아 이 모든 것은 약점으로 변했다.

오거의 왼팔이 성진의 머리 부근을 훑으며 지나간 순간 성진은 다리에 힘을 주어 오거의 가슴에 안겨 들어갔다. 칼의 눈에 희미한 잔상으로 비칠 정도니 그 빠르기가 섬광 같았다. 순간적으로 파고든 성진은 재빨리 왼팔을 뻗어 오거의 왼팔 팔꿈치를 격타하고는 겨드랑이 밑으로 파고들었다. 팔꿈치를 가격하기 전 살짝 점프한 탓에 성진의 신형은 오거의 가슴 부근에 와 있었다. 칼처럼 예리한 경력은 오거의 팔꿈치 관절을 그대로 분쇄하였다. 그러나 그것뿐만이 아니었다. 오거 겨드랑이 밑으로 파고든 성진은 오거를 스치듯 비키면서 오른 어깨로 왼쪽 가슴을 들이받았다.

텅!

둔중한 느낌이 어깨에 와 닿았다. 성진의 어깨에는 경력이 집중되어 있었고 타격 순간 오거의 체내로 침입하였지만 겹겹이 쌓인 강인한 근육이 그 충격을 완화한 것 같았다. 그러나 마찬가지로 철판을 찢을 정도의 강인한 타격력인 탓에 순간적으로 오거의 대흉근과 복부 근육 부위가 풀려 버린 듯 몸이 움찔거렸다.

반발력을 빌어 왼손으로 오거의 어깨를 잡고 몸을 오거 등 뒤로 회전했다. 넓게 펼쳐진 회백색 등이 눈 안에 들어왔다. 완전히 등 뒤로 돈 성진은 다리로 오거의 허리 부근을 꽉 죄였다. 고정된 몸을 회전시킨 성진은 주먹으로 오거의 등을 타격하기 시작하였다.

성진의 주먹이 쾌자결(快字訣)의 묘리를 담아 작은 타원형을 그리며 뻗기 시작하였다.

탄경(彈勁). 용수철이 튀는 것 같은 탄력은 성진의 주먹에 1초에 20발이라는 경이적인 가격력을 제공하였다. 비록 하체가 불안정하다지만 이 갑자에 도달한 공력은 이런 불리한 점을 단숨에 종식시키고도 남았다.

파파파파팟!

잔상만 보일 정도로 빠르게 움직인 탓에 성진의 몸을 기점으로 두 개의 살색 타원형이 형성되었다. 주먹의 잔상이 연이어져 이런 광경을 만들어낸 것이었다. 한쪽에 20발씩 양팔로 40발이라는 놀라운 양의 권력이 오거의 등 위로 떨어졌다.

'퍼버버벅' 하는 둔중한 망치로 벽을 치는 듯한 소음이 울려 퍼졌다. 인간으로 치면 플레이트 메일을 겹겹이 두른 강한 근육이었지만 이 순간만큼은 무용지물이 되고 말았다. 주먹을 비틀며 내뻗는 탓에 생긴 회전력이 가미된 힘은 송곳, 아니, 드릴 같은 효과를 만들어냈다. 드릴 같은 경력이 같은 자리에 계속 꽂히자 경력이 중첩되어 근육을 파쇄하기 시작한 것이다.

질긴 피부 위로 떨어지는 권경은 피부에는 별 이상을 만들지 않았지만 그 밑에 있던 근육과 뼈, 더 나아가 신체의 가장 중요한 기관 중에 하나인 심장에게 직접적인 충격을 가하기 시작하였다. 예리한 경력은 근육을 찢고 뼈를 끊어 마침내 심장에 도달하였다. 이 날카로운 고통에 오거는 떠나갈 듯 비명을 질렀다.

쿠아아아아아!

거대한 성대에서 발생된 소음은 마을 한복판을 관통하였다. 여기저기서 산발적인 저항을 벌이던 자경대원들은 화들짝 놀라 무모하게도 전투 도중 마을 광장을 쳐다보았다. 다른 종족이 공격당한다는 사실을 알지 못한 채 사냥에 열중하고 있었던 분홍빛 오거가 놀라 고개를 쳐든 사이 세르피아는 오거의 주위를 돌리기 위해 화살을 날렸다.

성진의 드릴과 같은 경력은 결국 왼쪽에 자리 잡은 오거의 거대한 심장을 관통하였다. 3m에 달하는 거대한 육신에 피를 공급하던 강력한 펌프는 그 폭발의 충격으로 왼쪽 폐를 찢었다. 선홍색의 피가 폐부에 가득 차기 시작하였고 일부 여전히 운동하는 심근(心筋)은 주위의 내장을 유린하기 시작하였다. 비명을 토해내던 성대로 피가 차기 시작하였고 벌린 입으로 폭발하듯 튀어나왔다.

'푸앗' 하는 터지는 듯한 소리와 함께 선홍빛 피가 입으로 분출되었다. 강력한 펌프 작용 탓인지는 몰라도 마치 분수처럼 터져 나온 것이다. 성진은 손을 멈추었다. 코끝에 타는 냄새가 스쳤다. 경이적인 스피드를 이기지 못한 겨드랑이 옷감이 터지고 일부는 타버린 것이다. 덕분에 성진의 겨드랑이 살들은 발갛게 부어올랐다.

성진은 오거의 허리를 죄던 다리를 풀고 지면에 발을 디뎠다. 심장이 박살난 생물은 생존이 불가능하다. 당연한 이치였고 이 사실을 너무나 잘 알고 있던 성진은 발걸음을 돌렸다. 이미 죽은 생물에게 관심을 가져 봤자 시간 낭비였던 것이다. 다음 목표물을 제거하기 위해 발걸음을 옮기던 성진은 돌연 한 외침을 들었다.

"위험해!"

멀리서 지켜보던 드웨인이 다급하게 외쳤다. 성진이 고개를 돌려 돌아보려는 순간 성진의 등 뒤로 파공음이 들렸다. 불행하게도 성진이 간과한 것이 있었으니 이 세계에서는 심장이 두 개인 생물이 존재한다는 사실이었다. 오거의 심장은 두 개였고 각기 좌우에 위치하였다. 성진은 마치 고정관념처럼 당연히 왼쪽에 심장이 있는 것으로 생각하였고 왼쪽을 파괴하였으니 당연히 죽은 것이라 생각한 것이다. 고동 소리를 느껴 예측할 수도 있었지만 빌어먹게도 오거의 두 개의 심장은 같은 리듬, 같은 세기로 똑같이 박동했었다. 이것이 성진에게 치명적인 결과를 가져왔다.

이미 성인 머리 크기를 능가하는 거대한 주먹은 성진의 머리 바로 위에 있었다. 죽음의 문턱에서 내지른 오거의 일격은 그때까지의 운동 능력을 뛰어넘는 놀라운 것이었다. 초속 200㎧의 총탄에도 반응하는 성진의 반사 신경을 한순간 초월한 것이었다. 그대로 있으면 머리가 박살나 죽을 판이기에 성진은 있는 힘껏 왼팔을 들어 올려 손바닥을 쫙 펴서 머리 위로 수직으로 떨어지는 오거의 일격을 받아내었다.

콰직!

뼈가 어긋나고 부서지는 소리가 났다. 조급한 상황이라 공력으로 제대로 보호하지 못했다고 하지만 너무 심각한 상황이 연출되었다. 거대한 힘을 왼팔 하나로 받아낸 탓에 손목이 부러지고 어깨가 빠져 버린 것이다. 그것뿐만이 아니었다. 수톤에 달하는 압력이 몸을 통과하여 지면에 도달하였지만 압력이 지나간 길은 성진의 육체였다. 여리디여린 콧속의 모세 혈관은 압력을 이기지 못해 파열되어 버렸고 일부 압력은 눈으로 밀고 들어가 그의 왼쪽 안구의 망막을 심각하게 손상시켰다. 내장은 거대한 압력에 파도처럼 술렁였다. 다행한 점은 그 힘을 대부분 흘려보내 부서진 부분이 없다는 것이었다. 만약 조금이라도 어긋났다면 어깨가 빠지고 손목이 부러지는 정도가 아니라 뼈가 으스러지고 근육이 찢어져 팔이 통째로 뜯겨 나갔을 것이다. 순간 내장에서 받은 압력 탓에 구토 욕구가 치밀어 오른 성진은 애써 그 감각을 자제했다.

'빌어먹을!'

언제 써보았는지 기억조차 가물가물한 욕지기가 목구멍으로 치밀어 올랐다. 이런 실수를 하다니. 한순간의 방심으로 치명적인 결과를 낳은 것이다. 안일한 고정관념은 예리한 칼이 되어 성진에게 박혀들었다.

오거는 성진이 자신의 일격을 받아내자 단방에 끝내기 위해 거리를 좁혔다. 이미 심장 하나가 박살난 오거이기에 살기는 틀렸다. 그 거대한 몸과 엄청난 신진 대사량을 지탱하기 위해서는 2개의 심장으로도 벅찰 지경인데 그중에 하나가 으스러진 판이고 허파 하나가 완전히 터져 버렸는데 객관적으로 따져 봐도 생존 가능성은 제로에 가까웠다.

그러나 오거의 머리 속에 맺힌 깊숙한 본능 중 하나가 있었으니 그것은 '적의 완전한 파괴'였다. 설사 자신의 몸이 부서져 나가도 이 본능을 위해 오거는 몸을 움직인다.

지금과 같이 극도의 육체적 손실은 오거의 미약한 이성을 날려 버리고 극대화된 본능을 끌어내기 가장 좋았다. 마도학자들은 이런 이들의 상태를 이른바 '버서커'라 불렀다. 죽음의 문턱에 들어서기 직전 체내에 있는 잠력을 죄다 끌어올려 일종의 최면 상태를 이끌어낸다. 뇌 내에서 원인 모를─이 시대 이들은 뇌 내 분비 물질을 알 수 없었다─무언가가 방출되어 신경계를 마비시킨다. 이렇게 함으로써 고통도 없고 근력 한계치를 뛰어넘는 괴력을 발휘하게 되는 것이다.

오거 사냥에서 오거를 일격에 죽이지 않으면 오거에게 버서커 현상이 일어나 엄청난 피해를 입게 된다는 것은 몬스터를 사냥하며 살아가는 용병과 헌터들에게 가슴 깊이 새겨져 있는 일종의 금언(禁言)이었다. 일부 마도학자의 학설에 의하면 이런 버서커 상태를 파악해 마법사들이 '버서커' 마법을 창시했다는 것이 정설로 받아지고 있었다.

이런 오거의 특수 상태를 알 리 없는 성진은 오거의 돌연한 이상 현상에 잠시 당황하였다. 근력과 내구력이 달랐다. 방금 전 방어 때만 상기하더라도 충분히 오거의 힘을 흘려보낼 수 있다고 생각하였다. 미처 피하지 못하는 불가피한 상황이었더라도 방어할 수 있다고 생각하였다. 그러나 상상을 초월하는 압력에 성진은 외부로부터 흘러오는 힘의 제어에 실패하였고 육체의 40% 이상이 손상당해 일반인이라면 '중상'으로 분류되어 죽기 일보 직전까지 간 것이다.

"크엑!"

성진은 피를 토해냈다. 제아무리 환골탈태를 거친 인간이 가질 수 있는 최상의 신체를 얻었다고 하지만 내구력을 뛰어넘는 피해를 입었을 때는 보통 인간과 다른 점이 없었다.

그나마 한 가지 특별한 점이 있다면 고통으로 인해 전투력 급감이나 행동 불능에 빠지지 않는다는 것이었다. 하나 이것은 성진의 뛰어나다는 말을 물색할 정도로 엄청난 정신력에서 기인한 것이었다.

왼팔을 축 늘어뜨린 채 겨우 선 성진은 오거가 다가오는 것을 느꼈다. '느꼈다'라고 표현한 까닭은 왼쪽 안구의 망막이 벗겨져 상이 맺히지 않아 보이지 않아서였다. 오른쪽 눈도 거의 마비 상태라 현재 성진은 앞을 볼 수가 없었다. 더군다나 다리 쪽으로 내려가는 신경마저 손상을 입었는지 다리가 거의 움직이지 않았다. 공기의 기류와 땅의 진동, 그리고 오거에게서 뿜어져 나오는 맹렬한 살기와 파동을 토대로 성진은 몇 발자국 움직이지 않고 오거의 주먹을 피해내기 시작하였다.

"……."

칼은 할 말을 잃고 말았다. 말도 안 돼, 말도 안 돼라고 되뇌고 자신을 세뇌시켰지만 눈앞에서 펼쳐지는 광경은 엄연히 진실이고 현실이었다. 그레이 오거를 맨손으로 상대한다는 것은 그렇다 치더라도 버서커 상태로 돌입한 오거의 공격을 피하는 것은 솔직히 사기에 가까웠다.

버서커 상태의 오거는 마지막 불타는 불꽃처럼 화려하게 생명을 불태웠다. 그 상태의 오거는 일반 오거보다 서너 배는 강하다. 더군다나 일반 오거 셋을 상대한다는 그레이 오거라면…….

신이여!

눈에 보이지도 않을 정도로 빠르게 쏟아지는 권격을 피해내는 성진은 오른발을 축으로 이리저리 흔들리고 있었다. 흡사 폭풍이 부는 날 갈대처럼 이리저리 휩쓸려 다니는 위태위태한 상황이었다. 금방이라도 오거의 일격에 피떡이 되어 날아가야 정상이지만 벌써 30초째 피해내고 있는 상황이었다. 버서커 상태의 오거가 이성 판단을 완전히 상실하고 비효율적인 공격을 남발한다는 사실을 상기하더라도 이건 말도 안 되는 현실이었다.

'있을 수 없어! 있을 수… 없어!'

칼이 알고 있는 '최대한의 힘으로 신속히 적을 제압한다' 라는 무도(武道)의 이치를 완전히 무시한 저 움직임에 칼은 넋을 잃고 말았다. 가장 작은 동작으로 큰 위협을 피하는 저 움직임은 '최소한의 힘으로 최대를 제압한다' 와 일맥상통하였고 이제 막 대륙 내에서 소수의 사람들 사이에 거론되고 있는 '부드러움은 강함을 제압한다' 는 이치와 관계있어 보였다. 만약 칼이 성진의 상태가 눈조차 보이지 않는다는 것을 알았다면 입에 거품을 물고 기절했을 것이다.

성진은 날아오는 권력을 하나하나 피하기 시작하였다. 몸이 부서지는 고통 속에서 흩어지는 의지를 붙잡아 오거를 파악하는 데 전력을 기울이고 있었다. 그것도 이제 한계에 다다른다. 제아무리 육체에 초탈한 성진이라지만 그도 엄연히 살아 있는 생명체였다.

그의 정신이 고통을 이겨낸다고 하지만 육체가 이겨내는 것은 아니었다. '정신은 육체를 지배한다' 는 명언도 이 정도의 격한 상황에서는 무용지물이 되고 말았다. 그래도 다행인 것은 오거가 찌르고 내려치는, 주로 종(縱)적인 공격만 하지 옆으로 쓸어내는 횡(橫)적인 공격을 하지 않는다는 것이다. 그런 공격이 한차례라고 감행되었다면 이미 성진은 한 대 얻어맞고 저 멀리 떨어지거나 다른 방어 수단을 강구해야 했을 것이다.

성진은 엄청난 권력이 쏟아지는 와중에서 온몸에 날뛰는 경력을 하나하나 붙잡아 오른 주먹으로 밀어넣고 있었다. 육체의 변고로 완전히 흩어져 날뛰던 경력은 성진의 강력한 정신력에 통제되기 시작하였다. 이리저리 흔들리는 상황에도 그의 주먹은 삽시간에 거력을 모았다. 30초가량의 시간 동안 반복되는 공격 패턴을 이미 파악한 성진은 오거가 주먹을 내지를 사이 재빨리 자세를 낮추고 주먹을 내질렀다. 효율적인 공격을 선호하는 성진으로서는 이런 비효율적인 공격을 별로 좋아하지 않았다. 그러나 하체가 통제되지 않은 상황에서 적에게 타격을 줄 수 있는 것이라면 '이것'이 가장 효과적이었다.

"……!"

칼은 두 눈을 부릅뜨고 상체를 일으켜 세웠다. 갈비뼈가 부러지고 가슴 일부가 함몰된 상황에서 상체를 일으키는 것은 지옥불에 뒹구는 극악한 고통을 느끼기에 충분했지만 칼의 놀람은 이 같은 소소(?)한 것들을 무시하기에 충분하였다.

소리도, 빛도 없었다. 다만 눈으로 확인하기 힘든 희뿌연 무언가가 성진의 주먹에서 오거의 복부를 향해 날아갔다. 드웨인의 침침한 노안으로는 쫓기 힘든 속도였으나 칼의 시야는 그 신비로운 광경을 죄다 잡아낼 수 있었다.

희뿌연 것은 허공을 지나며 하얀 길을 만들었다. 그리고 허공에 놓인 빛의 길 끝에 '그것'이 오거의 복부에 명중하자 돌연 오거의 움직임이 멈췄다. 그리고 무언가가 일어났다.

성진의 주먹에서 방출된 그것은 경력이 한데 뭉쳐지고 다져진 강력한 에너지 집합체였다. 그것이 얼마나 밀집되어 있는지 눈으로 확인할 수 없는 내력이 유형화되어 보이는 것이다. 5m 정도를 비행한 권력은 그대로 오거의 복부를 파고들었다.

그 자체가 순수한 에너지라 이제까지의 간접 타격과는 차원이 달랐다. 오거의 질긴 피부가 권력이 닿기 몇 센티미터 정도의 거리에서 압력으로 인해 찢어지기 시작하였고 그 틈으로 권력이 작렬하였다. 파고든 힘은 소용돌이치면서 오거의 복근을 찢어발기고 허파를 감싸고 있던 갈비뼈를 회전력으로 으스러뜨렸다. 그나마 온전한 한 개의 허파와 심장은 직접적으로 지나가지 않았음에도 불구하고 힘의 여파로 찢어지기 시작하였다.

주위 피해 상황이 이럴진대 권경(拳勁)이 집중된 부위는 말할 것도 없었다. 당장 소장과 대장, 기타 소화 기관은 찢어지고 으깨지기 시작하였다. 흡사 믹서에 넣고 갈아버린 것처럼 곤죽이 되어버리고 그것도 모자라 계속 진행하였다. 무기 재료로까지 사용되는 단단하기 이를 데 없는 오거의 척추가 권경의 압력을 못 이기고 부러져 나갔다. 그리고 권경이 직접 스쳐 지나가자 완전히 가루가 되었다. 이윽고 등을 덮고 있는 근육이 한꺼번에 터져 나갔고 피부도 발기발기 찢어져 사방으로 튀어 나갔다. 살점이 비상하고 온 천지에 엄청난 선혈과 이미 곤죽이 된 내장덩어리가 튀어 나갔다.

복부에 고성능 폭약을 설치해 놓고 터뜨린 것처럼 오거는 흉부가 완전히 가루가 되어 상체로는 어깨 윗부분과 하체로는 골반을 기반으로 다리가 겨우 남아 두 쪽으로 떨어졌다.

"마, 마스터……."

칼은 망연히 부르짖었다. '오러 유저(Aura User)'를 뛰어넘는 궁극의 경지에 다다른 '오러 마스터(Aura Master)'!

세상은 이들을 '마스터'라고 칭했다. 무(武)의 끝, 혹은 새로운 경지의 시작을 잡은 그들은 대륙에 거의 없는 백 년에 한두 명 나올까 말까 한 그야말로 천재들이었다. 인체에 분포하는 오러(Aura)를 한곳에 밀집해 막강한 파괴력을 자아내는 오러 유저 몇 명을 감당해 내는 무력, 밀집시킨 오러를 한데 모아 허공을 격해 상대를 타격하는 꿈 같은 경지에 들어선 자들이었다. 그리고 궁극에 들어서면 인간의 경지를 벗어난다는 이들. 오러 유저조차 찾아보기 힘든데 이런 외진 곳에서 '마스터'를 볼 수 있다니… 칼은 자신의 눈을 믿고 싶지가 않았다.

그러나 그의 일격에 오거가 두 쪽으로 완전히 걸레가 되어 나뒹구는 이상 믿고 싶지 않아도 믿을 수밖에 없었다. 영문 모를 감동에 칼의 두 눈에서 붉은 기운이 남아 있는 물방울이 주르륵 볼을 타고 떨어졌다.

성진은 숨을 가다듬었다. 워낙 급하다 보니까 흩어져 있던 힘을 끌어 모아 집중하여 타격했는데 이건 정도가 지나친 듯했다. 오거의 심장만을 정지시킬 각오였는데 상상 밖의 위력을 보인 것이다. 무언가 다른 이유가 있는 듯하였다. 성진은 곰곰이 생각하였다. 이윽고 그 원인을 깨달았다.

칼이 잡아낸 허공의 파동은 단순히 성진의 권력으로 일어난 것이 아니었다. 이 갑자의 힘으로 공간에 파동을 일으킨다는 것은 돌멩이로 하늘을 찢는 것과 같은 것이었다.

'도대체 무엇이?'

성진은 마음속으로 의문을 제기하였다.

창생력의 간섭이 아닐까 생각해 보았지만 이 순간 성진의 몸에는 생명 유지와 육체의 복구를 위해 미약한 창생력이 움직이는 중이었다. 오거에게 일격을 가하기 위해 움직이는 창생력은 전혀 없던 상황이었다. 즉 성진의 순수한 의지가 공간에 파문을 일으킨 것이다. 성진도 이 점을 깨닫고 의아했다.

왜 그랬을까?

의지가 힘을 강화시킨 것인가? 성진은 막 깊게 명상에 잠길 찰나 육체의 호소를 듣게 되었다. 창생력으로 겨우겨우 막아주고 있었지만 엄청난 내출혈과 복합 골절은 당장 기절해도 모자랄 지경이었다. 성진은 쓴웃음을 지었다. 순간의 방심이 이런 결과를 가져오다니. 앞으로는 주의, 또 주의를 기울여야 할 것이다. 아울러…….

'수련이 필요하겠어.'

성진은 육체의 단련을 절감했다. 상당히 단련했다고 생각했는데 전혀 아니었다. 그가 원하는 수준에 비하면 턱없는 것이었다. 역시 내외(內外)가 조화되어야지 가장 효율적인 상태를 이끌어낼 수 있는 듯하였다.

성진이 상념에 잠겨 앞으로의 일을 결정하고 있을 당시 세르피아는 그 특유의 빠른 움직임과 극에 다다른 궁술로 오거를 잠재웠다.

세르피아는 엘프 족이 알고 있는 오거의 격퇴법을 충분히 숙지하고 있었고 그대로 행하였다. 빠른 움직임으로 혼란시킨 다음 유일한 약점인 눈을 공략했다. 이것은 엘프 족이 알고 있는 가장 효율적인 방법이었다. 일부 어리석은 인간이 이것을 행하려다 오거의 먹잇감이 되었던 일이 여러 번 있었다는 것을 미루어볼 때 제아무리 효율적인 대응법이라도 약간의 위험은 감수해야 했다.

세르피아는 오거의 시아를 벗어난 순간 화살 두 대를 전통(箭桶)에서 꺼냈다. 그리고 빠른 손놀림으로 시위를 먹여 날렸다. 곁에서 도망다니던 자경대조차 눈으로 쫓을 수 없는 눈부신 속도였다. 화살은 맹렬한 속도와 회전력을 머금고 그대로 날아가 오거의 안구를 관통하고 안저(眼底)의 골격을 부수고는 뇌에 틀어박혔다. 특하나 회전력을 머금은 탓에 활촉에 그 힘이 고스란히 담겨 있었고 그 끝에서 일어나는 회전력이 오거의 조막만한 뇌를 휘저었다. 오거는 단말마를 토해내고 쓰러졌다.

크오오옥!

오거의 두 눈에 화살 두 대를 꽂아 넣은 세르피아가 우아한 포즈로 활을 어깨에 고쳐 멨다. 태연하기 짝이 없는 태도에 그 광경을 보던 주위의 자경대원들은 넋이 나간 표정으로 멍한 눈빛을 띠고 있었다.

오거와 오크가 마을을 습격한 지 3일이 흘렀다. 마을 곳곳이 무너지고 광장이 폐허가 되어버렸지만 그런 것은 아무래도 좋았다. 사람들이 많이 죽었기 때문이다. 그중 가장 안타까운 죽음은 오거에게 무참히 살해당한 두 남녀였다. 마을 커플 중에서도 가장 애정도 넘치는 사랑을 과시하며 주위 사람들에게 닭살을 선물했던 두 남녀는 시체조차 온전히 남기지 못하고 사라졌다. 그 비극에 양가의 어머니들은 입에 거품을 물었고 아버지는 비통의 눈물을 흘렸다. 제아무리 호탕한 셔우드 주민이라고 하지만 혈육을 잃은 슬픔 앞에서는 어쩔 수가 없었다. 사람들은 이 두 사람을 찾기 위해 흩어진 살점을 줍고 오거의 배를 갈라 두 사람의 시신을 추슬렀다.

마을 사람들은 두 사람을 해치운 오거의 시신을 분해하여 상인에게 팔아넘겼고 그 이익금으로 양가의 부모에게 위로금을 쥐어주었다. 돈을 손에 쥔 채 흐느끼는 아버지의 슬픈 절규를 들으며 모두들 눈물을 뿌렸다. 장례는 완전히 분해되어 버린 이 두 시신을 처리하기 위해 화장을 택했다. 이로써 두 사람은 죽어서도 함께하게 된 것이다.

이 비극적인 로맨스는 마을 안에 전해 내려오다 우연히 이 마을을 들른 음유 시인에 의해 부풀려지고 다듬어져 널리 전파되었다.

이후 '죽어서도 함께한 연인이여'라는 제목으로 대륙 5대 비가(悲歌)에 오르게 된다.

수많은 사람들이 통곡하였고 시신을 부여잡고 절규하였다. 연인을 잃은 여인과 남편을 보내 버린 미망인들의 눈에서는 눈물이 끊이지 않았다. 자경대원으로 죽음을 맞이한 젊은 남편의 시신을 부여잡고 흐느끼는 여인의 어깨를 남편의 동료가 다독였으며 그의 얼굴은 일그러져 흡사 소리없는 절규처럼 보였다.

마을에 부상당한 채 들어오는 제프의 모습을 확인한 사람들은 희비가 엇갈렸다. 제프는 자신의 품에 몸을 던져 우는 사라를 멋쩍은 표정으로 다독였다. 제프의 친척들도 여럿 죽었고 그중 가장 충격적인 것은 그의 형네 가족이 몰살당한 것이었다. 노총각이었던 제프에 비해 인기있던 형은 일찌감치 결혼하였다. 자경대원이었던 형은 오크의 칼에 맞아 죽었으며 형수는 오거의 일격에 무너지는 돌더미를 피하지 못해 깔려 죽었다. 그 소식을 전해 들은 제프는 사라를 부여잡고 대성통곡하였다.

성진은 이러한 광경을 조용히 바라보았다. 3일이 지난 지금 성진은 벌써 상처를 거의 회복하였다. 복합 골절과 내출혈은 다친 지 이틀 만에 완쾌되었고 날뛰는 내기를 이용하여 몸을 완전히 통제하는 데 하루가 걸렸다. 단순 상처 수복은 신진 대사의 고속 촉진으로 해결하였지만 눈의 실명을 해결하는 데 하루라는 시간이 걸렸다.

창생력이 넉넉히 남아 있다면 당장 단백질을 만들어 안구를 구성하여 이식하는 데 몇십, 아니, 몇 분도 걸리지 않았겠지만 창생력이 거의 없는 상황에서 벗겨진 망막을 제자리에 복원하고 시신경에 쌓인 혈종들을 풀어내는 데는 상당한 시간이 필요하였다. 어쨌든 성진의 이러한 회복력에 성진을 진찰했던 마을의 하나밖에 없는 의사는 기겁하였고 곁에서 바라보던 세르피아는 '역시 인간이 아니야'라며 묘한 쓴웃음만 지었다.

오거 두 마리를 맨손으로 때려잡고 일반인이라면 골백번 죽어 넘어질 상처를 입고도 3일 만에 멀쩡히 돌아다니자 사람들은 그에게 질려 버린 눈빛과 존경과 호기심 어린 시선을 보냈다.

성진은 광장이 잘 보이는 한쪽 구석에 자리 잡은 바위 위에 앉았다. 그의 눈은 곳곳을 관찰하였다. 그의 시선에는 동정과 연민, 슬픔 따위 같은 감정들은 찾아볼 수 없었다. 그저 냉정한 눈으로 지켜볼 뿐이었다.

일부 주민들은 마을을 구해준 영웅을 위해 다가갔지만 성진의 정중한 말 한마디―괜찮습니다―와 서늘한 눈빛에 압도되어 물러나고 말았다. 고집이라면 황소 쯤 쪄 먹을 만한 셔우드 사람들이지만 접근하기 힘든 성진의 분위기에 압도되어 다가가지 못했다.

반면 세르피아는 정신이 없을 지경이었다. 셔우드 주민이라 하면 라프디아 엘프 족에게는 친우 이상의 존재였다. 마을 사람들은 200년 만에 나타난 이 반갑기 짝이 없는 존재에게 열렬한 애정을 표했다. 수많은 마을 아낙이 세르피아와 대화하기를 요청했으며 수많은 남자들이 세르피아에게 자신의 슬픔을 상담했다. 본래 일반 엘프들이 맡아야 할 임무를 고스란히 전사인 그녀가 감내하였기에 세르피아는 내심 절규하였다. 그러나 그 엘프 특유의 성정이 어디 가는 것은 아니었기 때문에 그녀는 마을 사람들의 전폭적인 지지(?) 아래 요 삼 일을 정신없이 보냈다.

성진이 몸을 회복하면서 가장 아쉬워했던 점은 오거를 해부해 볼 수 있는 기회를 잃어버린 것이었다. 꼼짝없이 누워 있는 동안 마을 사람들은 오거를 죄다 해체하여 부위별로 나누었다. 오거의 근육과 힘줄 같은 것은 훌륭한 공예용품이 되었고 혈액 같은 경우 마법 시약으로 사용되었다. 거기에 뼈도 크게 팔리는 상품이기에 사람들은 오거 3마리를 죄다 해체했다. 그러나 그중 1마리가 완전히 가루(!)가 된 모습을 보고는 성진의 무력에 모두들 혀를 내둘렀다. 완전한 상태의 오거를 해부해 볼 기회를 잃어버린 성진은 그나마 혈액을 얻어 창생력을 이용하여 거기서 DNA 샘플을 뽑아내었다. 아무런 소득이 없는 것보다는 나았기에 그 정도로 만족하기로 했다.

세르피아가 마을 아낙들의 등살에 떠밀려 이 집 저 집 방문하는 것을 담담히 지켜본 성진은 문득 자신을 바라보는 시선을 느꼈다. 성진은 고개를 살짝 내려 자신을 바라보는 소년을 보았다. 갈색 머리에 주근깨가 코를 중심으로 살짝 퍼져 있는 소년은 보기에도 십이삼 세 정도로 보였다. 그러나 성진은 이 아이가 십오 세라는 것을 알고 있었다.

이 아이는 바로 제프의 하나밖에 없는 조카였다. 아직 2차 성징이 발현되지 않은 꽤나 늦은 아이였다. 부모를 모조리 잃어버린 아이의 눈에선 아이답지 않은 슬픔과 고통 같은 감정을 찾아보기 힘들었다. 단지 그 눈에는 성진의 모습만이 가득 들어왔다.

성진은 이 아이를 이렇게 가까이 본 것은 처음이었다. 더군다나 부모를 모두 잃어버리고도 태연한 눈으로 성진을 바라보는 눈이 예사롭지 않았다. 그래서 성진은 그답지 않은 질문을 먼저 던졌다.

"이름이 뭐지?"

고요하고 낮은 저음이 부드럽게 흘렀다. 마치 꿈결 같은 시선으로 성진을 바라보던 아이의 입가가 열렸다.

"길리언, 길리언 테인즈예요."

성진은 부드럽게 미소 지었다. 아이의 기색에서 순수함과 깨끗함을 읽은 탓이었다. 관조자인 그도 선을 사랑하기에 성진은 약간 기분이 좋아지는 것을 느꼈다.

"길리언, 좋은 이름이구나."

성진은 턱을 만졌다. 뭔가 약간 미흡한 것을 느낀 성진은 아이의 눈을 보았다. 의지가 눈을 타고 아이의 창을 두드린다. 상념과 생각이 교차하는 가운데 성진은 눈을 반짝였다. 아이는 시선을 피하지 않았다. 그의 삼촌인 제프는 성진의 이 시선을 똑바로 바라보지 못하고 고개를 돌려 버렸다. 아니, 일반인이라면 모두가 그랬다. 그러나 저 아이는……

"부모가 모두 돌아가셔도 슬프지 않느냐?"

성진은 담담한 미소를 얼굴에 맺고는 질문하였다. 길리언의 얼굴에 살짝 미소가 감돈다.

"그분들은… 좋은 곳에 가셨어요. 아버지는 의무를 다했고 어머니는 저를 살리기 위해 최선을 다하셨어요. 그분들이 이루고자, 지키고자 하는 저는 이렇게 살아 그분들을 생각하고 있어요."

아이답지 않은 현묘한 대답에 성진은 이채를 발했다. 이 아이는 뭔가가 달랐다. 묘한 호기심이 꿈틀거리는 것을 느낀 성진은 아이에게 다시 질문하였다.

"길리언, 그러나 그분들은 죽었다. 이제 다시는 볼 수 없는데 그래도 슬프지 않느냐?"

길리언은 고개를 살짝 흔들었다.

"아니에요. 제가 기억하고 있고 다른 분들이 기억하는 이상 부모님은 웃어주실 거예요. 사람이란 이름을 남기는 존재잖아요. 아버지는 저를 사랑하셨고 어머니는 저를 낳아주셨어요. 부모님들의 인생에 있어서 저는 부모님의 의지를 이을 가치있는 존재예요. 불행히도 이제는 볼 수 없지만……."

여기까지 말한 길리언의 눈이 살짝 흔들렸다. 슬픔을 참고 인내하는 어린 마음을 성진은 느꼈다.

"영원히 제 기억 속에 살아 숨 쉬는걸요."

성진은 눈을 살짝 크게 떴다. 무언가 느껴지면서도 알지 못하는 감정이 성진을 잠식했다. 그는 무의식적으로 손을 뻗어 길리언의 머리를 쓰다듬었다. 부슬거리는 머리칼의 느낌이 손바닥에 스친다.

"너는 굳은 마음을 지녔구나. 오랫동안 간직하거라."

"아저씨는… 정말로 환한 빛을 가지고 있군요. 너무나 눈부셔서… 바라볼 수 없어요. 언제나 기원하고 기원했지만… 아저씨는 그 빛을 너무나 자연스레 뿜고 있어요."

성진은 쓰다듬던 손길을 멈추었다. 그리고 호기심 어린 시선으로 아이를 내려보았다. 이 아이는…….

"아이야, 너는 정안(正眼)의 소유자구나. 너 같은 아이가 이런 곳에 있었다니……."

성진은 말꼬리를 흐렸다. 정안의 소유자. 진실을 보는 눈이라 불리는, 대단히 높은 직관력과 통찰력, 그리고 영적인 힘을 소유한 자들이었다. 정안의 소유자는 모든 시대를 통틀어 분란의 소지가 되었고 그 특유의 재능은 수많은 사람들의 질투로 사라졌다.

희대의 천재라 불리는 모차르트도 이런 정안의 소유자라고 알려졌다. 모차르트는 생활 속에서 영감을 얻어 작곡하였다. 그의 재능은 어려서부터 예술적으로 탁월하게 발휘되었었다. 보통 정안의 소유자는 어려서부터 그 특유의 천재성을 유감없이 발휘하는데 이 아이는 알려지지 않은 것이다.

마침 길리언을 찾아 헤매던 제프는 길리언이 성진과 함께 있는 장면을 목격하고는 혼비백산하여 달려왔다. 제프가 알고 있는 길리언은 어려서부터 특이하여 정신이 약간 이상한 아이였다. 그런 길리언이 은인인 성진과 같이 있다니. 큰 실례가 되는 것이었다. 한걸음에 다가온 제프는 길리언을 끌어안고 성진에게 고개를 조아렸다.

"어이구, 죄송합니다. 쉬고 계시는데 이 아이가 공연히 방해했군요. 제가 어서 데려가지요. 이 녀석아! 아무 데나 돌아다니지 말랬잖아."

제프는 길리언을 꾸짖으며 돌아가려고 했다. 그런 제프를 향해 성진은 말했다.

"제프 씨, 그 아이를 어떻게 하실 거죠?"

제프는 성진의 질문에 걸음을 멈췄다. 제프는 의아한 시선으로 성진을 본 후 당연한 듯이 대답하였다.

"제가 키울 겁니다. 우리 가문엔 저와 이놈밖에 혈육이 남아 있지 않습니다. 제가 이놈을 키울 겁니다. 비록 약간 이상하다고 하지만… 제가 사람으로 만들 겁니다."

제프의 음성에는 단호함이 실려 있었다. 그러나 성진은 씁쓸함을 느꼈다. 제프도 아이를 이상한 눈으로 바라보고 있었다. 성진은 아이에게서 무언가를 느꼈다. 신경 쓰지 않으려 했지만 자꾸 무언가가 느껴졌다. 운명적인 무언가가.

"제프 씨, 그 아이를… 제가 거두겠습니다. 그 아이의 재능에 제가 끌리는군요."

성진은 담담한 어조로 말했다. 제프는 그 말을 듣고 혼비백산했다.

"뭐라구요?! 이, 이 아이는 제 조카입니다. 하나밖에 없는. 절대로 안 됩니다! 절대로!"

"그러나 그 아이의 재능을 당신이 키울 수 있을까요? 대단한 존재가 될 수 있는 저 아이를, 눈부신 빛을 뿜는 원석을 진흙탕에 빠뜨릴 작정입니까?"

진흙탕에 빠뜨리다니? 다소 날카로운 지적이었지만 제프는 아무 말도 할 수가 없었다. 제프가 할 수 있는 것은 오직 길리언의 눈만 바라보는 것이었다.

"삼촌, 저는 괜찮아요. 저분이라면… 저분이라면 전 대륙 끝까지 따라갈 테니까요."

길리언의 눈에는 작은 열망이 꿈틀거렸다. 지금껏 조카에게서 그런 눈빛을 본 적은 한 번도 없었다. 제프는 놀라움을 금치 못했다. 언제나 조용하고 차분하여 어떻게 보면 바보 같다고 생각할 때가 많았다. 그러나 이렇게 마음을 꿰뚫는 눈빛을 내다니? 제프는 성진을 망연히 쳐다보았다.

"진실은 외면할 수 없습니다."

성진은 짤막하게 중얼거렸다.

일주일 후 성진과 세르피아는 마을을 떠날 준비를 하였다. 일단 대륙에 나왔으니 세르피아의 목적인 라디아 엘프 족의 보물인 '청공의 활(Bow of Blue Sky)'을 돌려받기 위함이었다. 이 목적도 떠나기 하루 전 세르피아가 성진에게 돌연 말한 것이었다. 성진은 아르피아와 세르피아를 위해 따라다니기로 약속했으므로 두말할 나위 없이 찬성하였다.

"가죠."

성진은 세르피아에게 짤막하게 말했다. 이들이 챙겨온 것이라고는 몸뚱이밖에 없었다. 세르피아의 짐은 세르피아의 무한의 주머니(Infinity Bag) 안에 고스란히 들어 있었다. 워낙 작아 손바닥으로 감쌀 수 있을 정도인데 그 안에서 화살통과 옷가지를 꺼내는 것을 목격한 마을 아낙들은 기겁하였다.

성진도 창생력을 이용한 아공간(亞空間)에 죄다 들어 있었다. 비록 창생의 인의 소실로 몸 안 창생력이 거의 사라지다시피 하였지만 대륙 어딘가에서 창생의 인이 끊임없이 힘을 생성하여 대륙 전역에 흩어져 흐르는 창생력은 성진의 몸을 향해 집중되었다. 마치 귀소본능처럼. 아마 얼마 안 가 창생의 인도 되찾을 수 있을 것이었다.

출발 준비를 모두 마친 성진은 길리언을 돌아보았다. 아이의 입가에 가득 맺힌 미소가 성진의 마음을 푸근하게 만들었다. 성진이 가만히 오른손을 내밀자 길리언이 그 손을 붙잡았다. 따뜻한 느낌을 음미하며 성진은 부드러운 미소를 지었다.

가만히 그를 바라보던 세르피아는 무언가 따뜻한 감정이 가슴속에 치밀어 오르는 것을 참으며 마을 입구에 가득 나와 배웅하는 이들에게 작별 인사를 고했다.

"숲의 가호가 그대들의 안위에 평화의 빛이 되기를."

세르피아가 걸음을 옮기자 성진은 덩달아 걸음을 옮겼다. 길리언은 새로 맞은 스승님의 얼굴을 한 번 쳐다보고는 뒤를 돌아보았다. 작아지는 사람들 사이로 삼촌인 제프와 그의 아내가 될 사라가 손을 꼭 부여잡고 길리언을 보며 눈시울을 붉혔다. 아름다운 붉은빛과 주홍빛이 그 둘 사이에 어른거린다. 길리언은 그답지 않게 크게 소리쳤다.

"삼촌! 걱정 마세요! 반드시 훌륭한 사람이 될게요! 삼촌! 건강하세요!"

길리언의 외침을 들은 제프는 입술을 움찔거리며 몸을 떨었다. 그 옆의 사라는 그런 제프의 어깨를 둘렀다. 그런 두 사람 곁으로 주위 사람들이 야유를 보내기 시작하였고 제프와 사라의 얼굴이 붉게 물들었다. 돌연 마을 입구를 둘러싼 한쪽 귀퉁이가 무너지면서 한 사람이 튀어나왔다. 와자지껄하게 떠드는 소리에 세르피아는 고개를 돌렸다. 소란의 주인공은 온몸에 붕대를 친친 감고 목발을 짚은 채 황급히 부르짖었다.

"이보시오!"

칼이었다. 죽기 직전까지 갔던 칼은 마을 안의 얼마 남아 있지 않았던 포션 중 절반을 해치우고는 괴물 같은 회복력으로 벌써 걸어다니는 것이었다. 아직 움직이지 말라는 의사의 권고를 완전히 씹어 먹은 듯 칼은 목발을 짚고 마을로 달려나왔고 그런 칼을 말리기 위해 의사는 얼굴을 붉히며 길길이 날뛰었다. 옆에서 의사가 괴성을 지르고 입으로 불을 뿜어내는 성화에도 불구하고 칼은 성진을 찾았다. 성진이 뒤를 돌아보자 칼은 크게 소리쳤다.

"당신의 이름이 뭡니까?"

그 질문에 마을 사람들은 크게 당황하였다. 이제까지 은인의 이름조차 물어보지 못한 것이다. 세르피아의 이름이야 마을 전원이 못이 박히도록 듣고 알았지만 일주일 동안이나 성진의 이름조차 물어보지 않은 것이다. 순식간에 마을 전체를 붉게 물들게 한 질문에 성진은 담담히 답했다. 이미 거리가 60m 정도 떨어졌음에도 불구하고 그의 음성이 마을 사람 귓가에 메아리쳤다.

"제 이름은 성진이라고 합니다!"

성진. 매우 발음하기 힘든 이름이었다. 이응 자 받침을 발음하기 힘든 대륙의 공용어 특성상 성진의 이름은 그들 멋대로 해석되었다. 칼도 그중 하나였다.

"세이진, 세이진이라……."

조그맣게 중얼거린 칼은 큰 소리로 성진에게 말했다.

"꼭 찾아가겠소! 반드시 말이오! 당신은 나의, 나의……!"

큰 소리로 외치다가 말꼬리를 흐린 칼이 고개를 숙였다. 멀리서 그런 칼을 쳐다보던 성진은 다시 길을 걷기 시작하였다. 돌아서는 성진의 뒷모습을 보며 칼은 중얼거렸다. 그의 말을 들은 의사는 이해할 수 없다는 듯 난해한 표정을 지었다. 마찬가지로 어느새 칼의 어깨를 부축한 드웨인도 어리둥절해하며 의사의 얼굴을 마주 보았다.

"나의 인생의 이정표요. 이정표란 말이오."

길을 가던 일행 앞에 문득 갈림길이 나왔다. 왼쪽과 오른쪽으로 갈려진 그 길 앞에 고민하고 있던 성진과 세르피아 앞으로 길리언이 불쑥 튀어나왔다. 그리고 길 가운데 쓰러진 무언가를 일으켰다.

〈그랜드 플랜 대평원 // 사우스 가드〉

"이게 왜 여기 쓰러졌지?"

작은 손으로 나무로 만들어진 이정표를 일으켜 세운 길리언이 제자리에 박으려 애를 썼다. 하나 단단한 땅이라 어린아이의 힘으로 박아넣을 수 있는 성질의 것이 아니었다. 가만히 길리언의 행동을 보던 성진은 길리언에게 손을 뻗어 이정표를 받아 쥐었다.

성진은 가만히 이정표를 땅에 대고 눌렀다. 그러자 진흙덩어리에 손가락을 찌른 것처럼 푹 들어가는 것이었다. 길리언은 눈을 반짝이며 성진의 행위를 바라보았다.

"길리언, 이 이정표에 어떤 뜻을 담겼는지 아느냐?"

성진의 갑작스런 질문에 길리언은 곰곰이 생각하다가 고개를 저었다. 성진이 물어보는 질문의 요지를 파악한 것이다. 일반적인 뜻 이외에 다른 뜻은 몰랐기에 길리언은 고개를 저었다.

"이정표란 방향을 잡아갈 때 기준이 되지. 길을 걷다 보면 길을 잃을 경우가 생긴단다. 그럴 때 이정표는 훌륭한 기준이 되지. 그러나 아닐 수도 있어. 이정표를 따라가다 보면 어느새 전혀 예측하지 못한 곳에 도달할 수 있지. 하지만 이쪽이 나쁘다, 그쪽이 옳다고 할 수 없단다. 이정표란 결과가 아니기 때문이지. 단지 커다란 전환점이란다. 결과를 결정하는 것이 아닌 어떤 계기가 되는 것이지."

무언가 여운이 남는 말에 길리언은 잠시 고개를 갸웃거렸다. 솔직히 그도 자신이 왜 이런 말을 길리언에게 하는지 알 수 없었다. 그저 필요하다고 느꼈기 때문인가? 성진은 스스로 자문하고 싶었지만 하지 않았다. 그저 느껴지는 대로, 마음이 이끄는 대로, 커다란 길[道]을 걷기 위한 과정이라 생각할 것이다. 성진은 잠시 미소를 지었다. 현학적인 이 말을 언젠가는 이 아이는 이해하게 될 것이라고 믿었다. 마침내 그는 말을 맺었다.

"그렇기 때문에 이정표란 이정표란다."

제5장 음해(陰害)(1)

인간은 타 종족에 비해 육체적 능력이 떨어진다. 드워프는 주먹으로 바위를 깨뜨리는 괴력이, 엘프는 100야드를 7초대로 주파하는 순발력을 가졌다. 또한 몬스터들은 날카로운 이빨과 두꺼운 가죽이 있다. 그러나 인간에게는 이 무엇도 없다. 힘이 세다는 이는 드워프에 비해 약하고 빠르다는 이는 엘프에 비해 느리다. 모든 능력을 비교해 봤을 때 인간은 다른 종에 비해 명백히 열등하다. 그러나 현재 대륙의 패자는 인간이다. 인간이 대륙의 패자가 된 것에 대해 많은 학자들의 학설이 분분하다. 혹자는 인간의 번식력을, 또는 인간의 협동심을, 혹은 인간의 호기심을 들었다. 그러나 필자의 주장은 다르다. 번식력으로는 인간이 오크에게 뒤진다. 협동심으로는 드워프가 한 수 위이다. 호기심으로는 하플링이 압권이다. 본인이 주장하는 인간이 패자가 된 이유는 바로 '모략(謀略)'이다. 혹은 음모라 불리는 것이다.

…〈후략〉…….

창세력 제2기 7831년 카밀 왕국 국립 아카데미 도서관 소장본
현자 카르반 저서 '종의 특성' 중 발췌

제5장 음해(陰害)(1)

창세력 제2기 8012년 6월 22일. 크라인 왕국 그랜드 플랜 대평원.

다가가려, 넘으려 애쓰지만 거부한다. 왜 자신을 거부하는 것인가?

―열어라.

강한 염파(念波)가 공간 멀리멀리 메아리친다. 그러나 문(門)은 한사코 그를 거부한다. 오히려 그를 멀리 밀치려 한다. 받아들이려 하지만 두려운 듯 주저하는 그 마음이 성진에게 퍼져 가며 성진은 눈을 떴다.

"휴……."

가만히 한숨을 내뱉었다. 벌써 사 일째. 이 세상의 허공록은 한사코 자신을 거부했다. 사 일 전, 명상을 하는 도중 우연히 지구에 거주했을 당시 접속했던 허공록과 비슷한 체취를 가진 파장이 그에게 포착되었다.

반가운 마음에 그곳에 가려 했지만 이 세계의 허공록은 그를 거부했다. 아니, 허공록에 도달조차 하지 못했다. 첫 번째 방어 시스템의 승인조차 받지 못한 채 요 나흘 간 번번이 실패의 고배를 삼켰다. 허공록이 상주해 있는 공간은 오직 정신력만 작용하는 세계였기에 성진의 정신력이라면 무리없이 방어 시스템을 뚫고 들어갈 수 있었으나 그렇게 한다면 무슨 일이 벌어질지 모르기에 모험은 하지 않았다. 허공록이란 세상의 보물이기에.

성진은 가만히 하늘을 올려다보았다. 아직 한밤중이라 하늘의 별들이 새하얗고 시린 빛을 내뿜으며 그 자신을 증명한다. 그랜드플랜 대평원을 누비는 바람이 그의 볼에 가볍게 스쳤다. 메마른 풀잎의 냄새와 풋풋한 광야의 흙 내음이 바람 속에 배어 있는 것을 느끼며 성진은 상체를 일으켰다.

세르피아의 주장에 따라 그랜드플랜 대평원에 들어선 지 십 일째. 삼 일 거리마다 들어선 마을을 세 번 지나 오늘 막 노숙을 한 것이다. 이렇게 십 일 동안 걸었지만 대평원을 가로질러 가장 가까운 도시에 도착하려면 아직 며칠을 더 걸어야 한다. 채 절반도 오지 못한 것이다. 성진과 세르피아 둘이 여행한다면 이런 평원쯤은 하루 종일 달려 이틀이면 충분히 주파할 수 있지만 성진이 요번에 새로 받아들인 제자 길리언은 아직 15세의 소년에 불과하였다. 여행에 익숙지 않은 그의 속도에 맞추기 위해 일행의 속도는 자연히 떨어지게 되었다.

타닥! 팟!

미약한 불꽃을 휘날리며 꺼져 가는 모닥불이 어린 길리언의 얼굴에 주홍빛 명암이 엇갈린다. 서늘한 평원의 새벽이 추운 듯 연신 담요를 몸에 휘감고 무의식 중에 모닥불에 다가간다. 아직 동이 트려면 3시간 이나 남았다.

성진은 살며시 손을 휘저었다. 성진의 손끝에 닿은 공간이 파문을 일으키며 일그러져 간다. 그런 성진의 손끝이 연신 파문을 일으키더니 어느 순간 마술같이 무언가가 손에 들려 있었다.

군대에서 쓰이는 야전 연료 중 하나인데 성진이 특별히 재조합하여 지속 시간을 길게 만든 고체 연료였다. 성진은 그것을 모닥불에 던져 넣었다. 사그라져 가는 불꽃이 새로운 먹이를 집어삼키고 주홍빛 날개로 홰를 친다. 그 따뜻한 기운을 느꼈는지 어린 제자의 얼굴이 부드러워졌다. 성진은 슬며시 미소 지으며 천천히 자리에서 일어났다.

이미 잠자기는 글렀다. 하루에 한 시간 정도 수면만으로 모든 피로를 해소할 수 있는 성진에게 대여섯 시간의 수면은 사치에 불과하였다. 차라리 그 시간 동안 무언가에 몰두하는 것이 생산적이었다.

성진이 일어나는 기척을 느낀 탓인지 성진의 맞은편에서 잠을 청하던 세르피아의 기파(氣波)가 흔들렸다. 기척을 완전히 죽여 이동할 수도 있지만 그렇게 했다가는 세르피아가 놀라 일어날 수 있기에 천천히 일행의 야영 지역을 이탈하였다.

멀찍이 시선의 끝에 모닥불이 반짝이고 있었다. 성진은 일행의 야영지가 눈에 들어오는 곳에서 몸을 풀기로 하였다. 그랜드플랜 대평원에 들어서면서부터 행한 수련을 이 늦은 밤에도 유감없이 행할 계획이었다.

천천히 호흡을 가다듬으며 손을 뻗기 시작하였다. 몸을 감싸고 있는 대기의 흐름과 소리를 느끼기 위해 성진은 천천히, 아주 천천히 움직이기 시작하였다. 그러나 성진은 내심 생각했다. 이 순간 허공록에 들어갔으면 그 고차원적인 지식을 훑어보며 희열을 느낄 수 있을 텐데……. 성진은 아쉬움을 느끼며 이 순간 허공록에 보다 쉽게 접속할 수 있게 해준 '창생의 안'을 강하게 염원했다.

*　　　　*　　　　*

그 시각 크라인 왕국 수도 시스만에 자리 잡은 휘라인 교단 총본산.

"맙소사! 장로님! 신물이 또다시 발동합니다!"

"사제들은 제1결계를 발동시켜라!"

"안 됩니다. 내압(內壓)이 너무 강해 결계가 형성되지 않습니다!"

순백색의 대리석으로 잘 다듬어진 제단 위에 놓여진 무언가에서 강한 빛을 내뿜으며 진동하고 있었다. 바닥에서는 파란 빛들이 점멸하고 있었고 밖으로 탈출하려 하지만 무언가에 구속당하는 듯 그 빛이 덜해 갔다. 피를 토하는 무언의 긴박감 속에 밝은 빛이 횡행하며 그 사이를 달리는 푸른 장포 사람들의 그림자가 춤을 춘다. 벽에는 신을 나타내는 벽화가 아름답게 수놓여져 있지만 불안과 공포에 시달리는 그림자가 에메랄드 빛 벽을 잠식한다.

"이런, 맙소사! 제1결계가 붕괴되어 갑니다."

"장로님! 진동으로 제1결계의 형상이 뒤틀립니다!"

젊은 사제의 외침이 비명같이 홀 안에 퍼졌다. 홀 안에 퍼지는 진동으로 말미암아 천장에서 허연 돌가루가 우수수 떨어진다. 사제들은 점점 강해지는 진동에 못 이겨 몸을 비틀거렸다.

웅웅웅!

밝은 빛을 백열(白熱)하며 진동을 내뿜는 신물에서 어느 순간 진동이 잦아들었다. 그 순간 강한 기백을 가진 목소리가 홀 안에 울려 퍼졌다.

"신물을 수호하는 사제들은 모두 물러서고 제2결계를 발동시켜라!"

그 순간 새파란 빛이 바닥에서 뿜어 나오기 시작하였다. 바닥에는 새겨져 있지 않지만 빛은 선을 타고 흐르기 시작하였다. 이리저리 움직이며 바닥에 글자를 새긴 빛은 어느 지점에 이르러 파란 빛의 기둥을 만들었다. 그 숫자가 12가 되자 광주(光柱)의 형상이 일그러지더니 신물의 위로 뻗어 나갔다.

"신이여, 보우하소서······!"

한 젊은 사제가 눈물을 흘리며 기원한다. 신물 위에서 맞닿은 12개의 빛의 기둥은 서로 꼬이기 시작하였다. '치직 거리는 소음과 함께 나무를 타고 오르는 뱀처럼 빛끼리 꼬이더니 그 사이로 가지가 뻗어나가 거미줄 모양을 만들기 시작하였다. 황금빛 뱀들이 결계 안에서 이리저리 날뛰고 푸른 방패는 끊임없이 막아낸다. 뱀들이 지치는 그때, 이윽고 만들어진 거미줄 사이로 푸른빛의 광막(光膜)이 둘러싸자 진동이 수그러들기 시작하였다. 결계 안쪽에서는 연신 결계를 뚫으려 신물이 진동하였지만 1,000명이 뜻을 모아 만들어낸 결계를 부수지 못한 채 발동을 멈추었다.

주춤주춤 다가가서 신물을 지켜보고 결계를 살펴본 젊은 사제들 뒤로 다부진 인상의 중년 사내가 이 모든 것을 지켜보았다. 신물 위로 펼쳐진 광막이 그의 눈을 자꾸 거스른다. 외적으로부터 보호하기 위해 만들어진 결계가 도리어 신물을 묶는 역할을 하다니······. 그는 이 기묘한 광경에 묘한 거부감을 가졌다.

　이 모든 게 신의 뜻이거늘……

　사내는 연신 눈가를 찌푸렸다. 최근 이상 현상을 보이는 신물을 보호하라는 장로원의 명령이 왠지 시원치 않은 것이다. 머리 속에서 소용돌이치는 잡념은 그의 마음을 자극하였고 들볶았다. 무언가 결연을 한 듯 눈을 반짝인 사내는 뒤를 돌아 걷기 시작하였다. 푸른 사제복이 펄럭이는 사내의 어깨에서는 '하이 프리스트' 표식이 반짝이고 있었다.

　휘라인 교단의 장로회의는 독특한 역사를 가졌다. 여타의 교단에서 열리는 원로회의와는 달리 휘라인 교단의 원로회의는 철저한 비밀주의였다. 수많은 사람들이 지켜보는 가운데 신의 계시와 교단의 앞날에 대해 결정하는 다른 교단과는 사뭇 비교되는 것이었다. 그러나 이것은 휘라인 교단의 어쩔 수 없는 전통이었다.

　과거 다른 신들의 교단이 생겼을 당시 수많은 이적과 능력을 선보이던 때가 있었지만 휘라인 교단은 그 시작부터 매우 비밀스러웠다. 드러난 신들을 섬기는 것이 아닌, 그 신들에 의해 은폐되고 가려진 어떠한 신에 대한 연구로부터 출발한 것이 바로 휘라인 교단이었다. 아니, 신의 이름조차 확실하지가 않았다. 그저 모두가 그렇다고 생각했기에 붙은 이름이었다.

　여타의 다른 교단들은 곧바로 휘라인 교단에 대해 탄압하기 시작하였고 휘라인 교단은 자꾸 지하로 숨어들어 갈 수밖에 없었다. 그들에게는 다른 교단에 맞설 능력이 없기 때문이었다.

　다른 교단에서 자랑하는 신성력과 같은 능력을 가질 수 없는 휘라인 교단은 더욱 비밀스러워졌다. 살아남기 위해 더욱더 비밀스러워지고 은밀해져 갔다. 모든 지시 사항은 비밀 원로회의를 통해 결정되고 전달되었다. 그렇게 탄압이 심함에도 불구하고 휘라인 교단이 존속했던 까닭은 그 신비로운 지식에 있었다. 언제 발견되어 전해 내려왔는지 정확히 알 수 없는 성경에 기록된 지식, 그 신비로운 지식은 각 시대를 통틀어 소수의 지식인들에게 끊임없는 갈망의 대상이 되었다.

매우 복잡한 암호 체계와 은유와 비유법으로 기록된 성경은 매우 놀라운 것이었다. 일부 밝혀진 지식은 마법학에 매우 밀접한 연관이 있었다. 때문에 휘라인 교단에서는 이 지식을 이용해 마법에 손대기 시작하였고 어느새 교단과 마법학은 긴밀한 관계에 놓이게 되었다. 신학과 마법학의 연계라는 매우 기괴한 방법을 통해 생존을 꾀하던 휘라인 교단이 득세한 것은 얼마 되지 않은 과거였다.

갑자기 수많은 교단의 사제가 이적을 행하기 시작했다. 다른 교단에서 행하는 기적과 비교되는 이들의 기적에 수많은 민간인들이 따르고 섬기게 되었다. 그리고 오늘날 대륙 6대 교단으로 발돋움하게 되었다. 이렇게 발전한 교단이었지만 전통과 역사가 살아 숨 쉬는 원로회의는 결코 변하지 않았다.

그리고 지금 이 순간 교황조차 알지 못하는 회의 사항들이 거론되고 있었다.

"이와 같은 사태의 심각성을 모두가 잘 아시리라 보오."

사방이 콱 막힌 공간. 청백색의 도료로 도장된 벽들은 사방이 정교하게 맞물려 틈 하나 없었다. 틈만이 아니었다. 그곳은 어떠한 마법적 효과나 강력한 물리적 공격도 철저히 막아낼 수 있는 장소였다. 이 시대를 통틀어 가장 안전하고 은밀하다고 할 수 있는 장소. 장로원의 심처인 회의실이었다.

일장로. 빛을 뜻하는 '로어' 라는 호칭이 붙은 노인은 진중한 기색으로 조용히 말했다. 조용히 말한다 하더라도 벽의 반사율이 워낙 좋아 소리가 사방으로 울려 퍼진다. 순백색의 대리석을 깎아 만든 거대한 테이블을 둘러앉은 나머지 4명은 서서히 고개를 끄덕였다.

"인장(印章)을 해방시키는 것이 순리라고 봅니다. 그분의 뜻대로 말입니다."

삼장로. 생명을 뜻하는 '사이아' 는 조심스럽게 자신의 의견을 피력했다. 올해 나이 43세인 그녀는 나이답지 않게 젊고 그 나이에서는 볼 수 없는 백발의 소유자였다. 그녀의 가느다란 음성이 울려 퍼지자 장내는 삽시간에 불편한 심기로 뒤덮였다.

"사이아! 헛소리 마시오. 잊어버린 게요? 휘라인이 없다는 것은 증명되었잖소. 그것은 이미 600년이나 지난 일, 200년 전 돌연 발견된 인장은 우연히도 우리가 이용할 수 있었소. 만약 해방된다면 어떤 결과를 초래할지 아무도 모른단 말이오!"

오장로. 용기의 '융' 의 칭호를 받은 노인은 당장 사이아의 의견을 반박했다. 그 기세가 사뭇 거친지라 사이아는 어두운 안색으로 입을 다물었다. 80세가 넘은 고령에도 불구하고 색이 선명한 적발에 푸른 사제복 위로 확연히 드러나는 근육은 과연 이 노인이 80세를 넘겼는지 의심스러울 지경이었다.

"우리가 사용하는 힘은 일반적인 신성력과는 확연히 다르오. 그것은 신이 다루는 힘, 우리 인간이 다루기 위해 피나는 노력을 기울였소. 마법학과 결합된 우리만의 고유한 술식(術式)은 여타의 교단과는 확연히 다르오. 이렇게 술식이 발전할 수 있었던 까닭을 확실히 생각해 보셨

소? 아무리 인장이 힘을 사용할 수 있도록 허락해 주었다고 하지만 술식의 발전과 힘의 사용 허가는 엄연히 다르오. 최근 200년간 풀린 성경에서의 지식이 지난 800년 동안 파헤친 분량보다 더 많다오."

신경들이 날카롭게 곤두선 회의실 안에 모두를 진정시키는 고요한 음성이 모두의 귓가에 퍼졌다. 장내의 장로들은 테이블의 한쪽 구석에 시선을 모았다. 사장로. 지혜를 상징하는 '로이드'의 칭호가 붙은 50대로 보이는 전형적인 현자 스타일의 인물이었다. 치렁치렁한 사제복에 얼굴에 감도는 훈훈한 미소는 마음씨 좋은 할아버지를 연상케 하였다. 그러나 그를 잘 아는 인물들은 더없이 그를 두려워하였다.

"계시를 받은 이들이 성경을 해석하기 시작하였소. 계시를. 이것이 무엇이라고 생각하시오. 800년 동안 끝없이 기원하고 염원했던 계시가 대재앙이 일어난 직후 근래 200년 동안 갑자기 내려졌다는 것을, 그리고 그와 동시에 인장이 등장한 것을 잘 알고 계시겠지요."

지그시 장내의 네 명의 장로들의 얼굴을 하나하나 바라본 로이드는 계속 말을 이었다.

"최근 일어난 남쪽의 '섬광'은 모두가 잘 알고 있다고 보오. 남쪽에서 흘러온 정보에 의하면 그것은 라프디아 숲에서 솟아난 빛이오. 그와 동시에 인장이 요동 치기 시작했소. 그 이후부터 어느 때보다 강력한 힘을 뿜기 시작했소. 이것이 무엇을 뜻하는지 아시오?"

모두가 숨을 죽였다. 휘라인 교단에서 신성력(?)을 사용할 수 있는 자들은 보통 사람을 뛰어넘는 지능을 가졌다. 지혜와 힘을 겸비한 '마도사'와 대등하게 겨룰 수 있는 자들이 휘라인 교단의 대사제, 즉 하이 프리스트였다. 휘라인 교단이 가지는 물리적인 힘은 상상을 초월할 정도였다. 복잡한 술식을 제어하여 완성시키는 것은 마법식의 난이도와 대등하거나 그 이상이었다. 그 정도로 머리가 좋은 이들이기에 이 정도까지 말했으면 막연히 그 의도를 유추해 낼 수 있었다.

"그럼 인장의 주인이 나타난 것인가?"

거친 쇠가 긁히는 날카로운 소음과 같은 목소리가 모두의 정신을 일깨웠다. 햇빛을 보지 못한 듯 하얗게 들뜬 피부와 정상인에 비해 확연히 작은 홍채는 차가운 인상을 주었다.

이장로. 어둠을 일컫는 '암'을 부여받은 그의 말이 끝나자 사장로가 대답하였다.

"그렇소이다. 인장의 주인이 나타난 것이외다."

"으음……."

오장로 융은 미약한 신음성을 흘렸다. 모두가 표현하지는 않았지만 그의 뜻에 동의하였다. 충격적이었기 때문이다.

"그렇다면 지난 200년 동안 '로이드'에서는 그런 이야기를 왜 하지 않았단 말이오?"

그들 장로들은 각각 5개의 가문에서 세습적으로 내려오고 있었다. 교단이 살아남기 위해 비밀 유지의 편의를 위해 전대 장로가 후대를 지목하던 것이 혈연관계로 바뀐 것이었다. 이것에 대해 많은 불만이 쏟아졌지만 훌륭히 교단을 이끌어온 탓에 불만은 어느덧 종식되었다. 이 5개 가문에서 장로 직을 세습한 까닭에 선대에서 물려온 지식은 고스란히 전해졌다. 사장로 '로이드'의 가문에서는 지난 200년간 장로 회의에서 이 같은 이야기를 꺼낸 적이 없었다. 그런데 별안간 이런 말을 내놓다니…….

일장로 로어의 발언에 모두들 눈을 반짝였다. 의심이란 좋지 않은 것이지만 인간이기에 의심을 가질 수밖에 없었다. 하물며 1,000년 동안 교단을 유지시키기 위해 뒷공작을 구성해 온 '로이드'였기에 그런 의심은 가실 줄을 몰랐다.

"실은 2대 전의 선대 장로께서 그런 주장을 가문 내에서 한 적이 있었소. 그러나 증거 불충분으로 일축되었지요. 그러나 인장의 이상 현상이 지속적으로 발현되고 있고 계시를 받은 사제들의 증언 중 젊은 남자가 보였다는 공통적인 특징을 종합해 볼 때 그러한 결론을 얻게 되었소."

잠시 말을 멈춘 로이드 장로는 장내를 둘러보았다. 모두가 그의 말이 끝나기만을 바라고만 있었다. 묘한 우월감에 기분이 좋아진 로이드는 오른손을 가볍게 휘저으며 말을 끝냈다.

"바로 존재하지 않는다고 증명된 '휘라인' 님이라고 추측되는 분이나 또는 그분의 사도(使徒)가 나타났다는 것이오."

"……!"

고개를 꺾어 올려다보아야 할 정도로 높은 천장. 사파이어 빛 암석을 깎아 연달아 세워놓은 기둥. 하얀 벽면에 채색된 신화(神話). 이 세계를 이룩한 다섯 신들의 이야기를 담은 복도가 끝나자 다소 어두운 톤의 투박한 그림들이 펼쳐졌다. 다섯 신들에 의해 조작되고 은폐된 또 하나의 신의 이야기. 그들 휘라인 교단에서 내려오는 성경의 서장 부근을 그림으로 꾸민 것이다. 전혀 다른 세계를 그린 그 그림은 모두가 은유와 비유, 그리고 형이상학적인 형상들로 가득 찼다. 이 세계의 주류를 이루는 미술들이 보았다면 저것도 그림이냐고 면박 주기에 충분했다.

그러나 이 그림들은 선대 교도들이 성경을 보고 느낀 이미지를 하나

하나 양피지에 그린 것을 옮겨 그린 것이다. 화가들에게 이 그림들을 벽면에 옮겨 그려달라고 부탁했을 때 거의 모든 화가들이 거절하였다. 그리하여 손수 사제들이 이 위대한 유물을 하나하나 옮겨 그렸다. 이 벽화를 볼 때마다 하이 프리스트 '하이단'은 가슴이 벅차올랐다. 그러나 지금 이 순간 그의 머리 속은 복잡한 심사로 회오리치고 있었다. 자연 주위 경물들에 신경 쓸 겨를이 없어지고 걸음은 거칠기 짝이 없었다.

복도를 지날 때마다 예를 취하는 견습 사제나 평 사제들은 그의 행동에 화들짝 놀라 물러났다. 각지고 투박한 얼굴에 건장한 체구지만 시원시원하고 낙천적인 성격으로 모두가 좋아하는 하이단이었기에 그의 이런 행동은 많은 사제들의 걱정을 샀다.

도대체 왜 이런 조치를…….

잔뜩 굳은 얼굴 밑으로 같은 질문이 반복해서 회오리쳤다. 그는 따지기 위해 걸었다. 교단의 최고 책임자인 교황에게. 마침내 교황의 집무실에 다다른 그는 노크도 채 하지 않고 문을 열어젖혔다.

발칵!

거친 마찰음과 함께 문이 열었다. 그와 동시에 소년의 비명이 집무실 안에서 터져 나왔다. 차를 따르던 타키안이 깜짝 놀라 찻잔을 뒤엎은 것이다. 시라이 4세가 그 순간 재빨리 서류를 쥐고 살짝 물러섰으니 망정이지 그렇지 않으면 교단에서 올라온 중요한 보고서가 몽땅 찻물에 젖을 뻔했다.

"으아! 난 몰라!"

울상이 된 채 내용물을 모조리 책상에 쏟아버린 찻잔과 하이단의 얼굴을 번갈아 바라보던 타키안은 잔뜩 굳은 하이단의 얼굴 표정을 보더니 한숨을 쉬고는 걸레를 찾으러 갔다. 따져 봐야 씨알도 안 먹히기 때문이었다. 시라이 4세의 시선이 자신에게 머문 것을 느낀 하이단은 재빨리 말을 꺼내려 하였으나 시라이 4세가 그를 곁눈으로 힐끗 쳐다보고는 다시 서류 쪽으로 시선을 돌려 버리자 눈앞에 불이 번쩍 튀기는 것을 느꼈다.

"예하……."

으르렁거리듯 말한 그의 안색은 시뻘겋게 달아올랐다. 당장 성격대로라면 벌써 한 방 날아갔지만 상대가 상대인지라 먼저 존칭부터 나왔다. 그러나 이 무례한 불청객에 대해 별 신경 쓰고 싶지 않은—사실 다른 의미에서 무시하였다—시라이 4세는 묵묵히 서류만을 훑어보았다. 자신의 말에도 흔들리지 않고 묵묵히 서류만을 훑어보는 시라이 4세에 대해 마음속으로 묵묵히 살기(殺氣)를 키우던 하이단은 한 발자국 집무실 안으로 들어와 문을 닫았다. 그리고는 법력을 사용해 문 주위 대기를 조종하여 밖으로 새어 나가는 소리를 차단하였다.

"예하……."

으르르릉! 야수가 울부짖는다! 이것은 타키안이 느낀 느낌이었다. 흉흉한 안광을 내뿜으며 그의 몸 주위로 바람이 소용돌이치는 '왱왱'거리는 소리가 소름 끼친 타키안은 걸레를 손에 들고는 찻물을 닦아야 하는지 안전한 장소로 도망가야 할지 고민하게 되었다. 타키안이 도피냐, 의무냐를 두고 고민하고 있을 때 하이단은 시라이 4세가 팔을 괴고 있는 책상에 다다랐다. 그 다음 광경은 보지 않아도 뻔했다. 벌써 타키안은 걸레를 발치에 떨어뜨리고 귀를 손으로 감싸 쥐었다. 벌써 3년 동안 저렇게 했으니 적응되지 않을래야 않을 수 없는 것이다.

쾅!

솥뚜껑만한 하이단의 손이 시라이 4세의 책상에 작렬하였다. 책상 다리가 그 괴력에 삐그덕거리고 책상 위에 올려진 장식물들이 모조리 쓰러졌다. 그것도 모자란지 곧 부서질 듯 책상은 비명을 지르기 시작 하였다. 하이단은 책상에 상반신을 기대고 서류를 훑어보고 있는 시라 이 4세 면전에 얼굴을 들이밀었다. 그리고는 이를 가는 소리와 함께 똑 같은 톤으로 되물었다.

"으드득! 예하!"

"왜, 이놈아!"

따악!

별안간 서류에서 눈을 뗀 시라이 4세는 왼손으로 주먹을 말아 쥐고 자신의 앞에서 눈을 부라리는 하이단의 이마를 후려쳤다. 그 순간 하 이단은 머리 속에서 이성이 '툭' 하고 끊어지는 것을 느꼈다.

"이놈의 영감탱이가 대우를 해주니까 간뎅이가 부었나? 지랄을 해!"

"이 버르장머리없는 곰팅이가! 내가 너를 어떻게 키웠는데!"

약 6피트 반(195㎝) 정도의 키를 가진 하이단과 고작 5피트(약 160㎝) 를 조금 넘는 신장의 시라이 4세가 서로를 바라보며 언성을 높히기 시 작하였다. 단순히 말로 끝나지는 않을 속셈인지 그 둘 사이에 법력이 흐 르기 시작하는 것이 느껴졌다. 언제나 보는 광경이지만 타키안은 의문 스럽지 않을 수 없었다. 왜 저렇게 매번 기습당하고도 되풀이할까? 3년 동안 되풀이된 대사가 다시금 터져 나오는 것을 들은 타키안은 엉망이 된 집무실을 다시 치울 걱정을 하며 저 두 괴수의 영향을 덜 받는 안전 한 곳으로 서둘러 몸을 피했다.

휘라인 교단에서 특이한 '관계'를 손꼽으라고 한다면 그것은 단연 교황 휘라인 4세와 교단을 통틀어 3명밖에 없는 하이 프리스트인 하이단 마르티어스였다. 하이단은 고아로 신전에 맡겨진 아이들 중 하나였다. 시라이 4세에 의해 키워진 하이단은 어려서부터 고집이 세고 반항심이 투철한 아이였다. 그를 키우기 위해 시라이 4세, 본명 로슈는 상당히 고생하게 되었고 어린 하이단과 티격태격하기 일쑤였다. 어려서는 그런대로 괜찮았지만 청소년기를 지나며 거구가 되기 시작한 다음부터는 왜소한 체격의 로슈가 힘으로 번번이 밀리기 시작하였다. 어쩔 수 없이 기가 센 하이단을 제압하기 위해 로슈는 법력을 사용하였고 법력 사용에 미숙했던 하이단은 '치사하게 법력을 사용하냐?! 그래, 두고 보자!' 라며 그 둘이 살던 신전을 뛰쳐나갔다. 그때 그의 나이 18세가 되던 해였다. 당시 로슈는 법력 중 빛을 사용할 수 있었다. 가장 다루기 힘들지만 그만큼 강력하기 이를 데 없는 빛을 다루기에 법력으로는 어떻게 대적해 볼 수 없는 하이단은 집(?)을 나가 버린 것이다. 힘을 키우겠다는 명목 아래. 이 가출 아닌 가출에 로슈는 당황하였고 하이단을 찾으려 애썼지만 법력 강화 수행(?)을 떠난 하이단을 찾기는 쉽지가 않았다. 몇 년 동안 하이단을 찾아 헤맨 로슈는 교단의 부름을 받고는 눈물을 머금고 수도에 자리 잡은 총본산에 들어갔다.

하이단이 가출(?)한 지 12년 후. 로슈의 나이 60세가 되던 해 하이단은 로슈가 머물고 있는 총본산으로 찾아왔다. 그때 로슈는 '하이 프리스트' 의 서임을 받아 대륙을 돌아다니며 선행을 베풀다 신전에 도착할 때였다.

신전의 정문에서 만난 두 사람. 로슈는 하이단의 변한 모습에 놀랄 수밖에 없었다. 12년 전 상당히 거구라고 할 수 있었던 하이단은 이제 키가 6피트를 넘어서고 온몸이 철저히 단련되어 근육질이 되어 있었다. 12년 동안 잊지 못했던 하이단을 애증이 교차하던 눈으로 보던 로슈는 하이단의 '붙어보자! 영감탱이!' 하는 한마디에 그동안 잠자고 있었던 다혈질이 튀어나오고 말았다. 이 다혈질도 하이단을 기르기 위해 만들어진 것이지만 어쨌든 둘의 결투는 상상을 초월하였다. 단련된 몸으로 내뿜는 힘과 가장 효용성이 뛰어나고 변화가 심한 '바람' 은 다루는 하이단과 하이 프리스트로 전 대륙에 증명된 '빛의 사제', 일명 라이터(Lighter)인 로슈의 법력은 신전의 앞마당을 기존 인테리어와는 전혀 다른 차원의 인테리어로 꾸며주었다.

석상이 박살나며 돌 조각이 튀고 나무가 뿌리째 뽑혀 날아가다가 밀집된 광선을 얻어맞고 재가 되기를 수차례. 이 무지막지한 대결은 장장 3시간 동안 지속되었고 그 시간 동안 신전의 이 개월치 운영비가 허공에 뿌려졌다.

신전에 해당하는 범위를 철저히 지킨 이 대결은 신전 바깥쪽의 대로에는 전혀 영향을 주지 않았지만 신전의 영역은 두 사람의 손길로 깨끗이 다듬어져 갔다. 이 기막힌 대결에 사람들이 몰려오게 되었다. 폭음과 낮임에도 불구하고 치솟는 빛은 주위의 교육 기관, 기사 아카데미와 위자드 스쿨(Wizard School)에 때 아닌 휴교를 선고하게 만들었고 노점상들에게 떼돈을 안겨주었다.

결국 이 대결은 당시 교황 시라이 3세와 때마침 신전에 들른 또 다른 하이 프리스트에 의해 진압되었다. 대의적으로는 '위대하고 찬란한 '휘라인' 님의 뜻에 따라 밝게 빛나는 국왕 조제프 3제의 안위와 남대륙의 은총이 가득 서린 쉬스만의 대지와 국왕의 아들들이며 딸인 국민의 평화와 안위를 위협하는, 신의 힘을 사사로이 사용하는 두 사제를 처벌하노라' 라고 발표했지만 후문에 의하면 일반인이 생각하는 사제의 환상을 깨어버리는 발언과 행동으로 하여금 그 흥미진진한 대결을 눈물을 머금고 말릴 수밖에 없었다고 한다.

그도 그럴 것이, 대결 내내 '이런 무지막지한 노옴! 네놈 10살 때 똥을 대사제님의 신발 속에 집어넣은 만행은 내 아직까지 기억하고 있다' 부터 시작하여 '무, 무슨 헛소리를 지껄이는 게냐, 영감탱이야! 그러는 노친네는 14년 전 그 나이에 주책맞게 신전에 찾아온 어여쁜 처자한테 왜 치근덕거렸어?' 하며 성인(聖人)의 이미지를 타파하는 지극히 비밀스러운 치부를 드러내며 '그, 그러는 네놈은! 네놈은 18년 전 예배드리러 온 여신도에게 그 잘난 물건을 드러내고 오줌을 퍼부었지 않느냐!' 라며 같은 일반인의 비사로 얽혀갔다. 신의 종이라는 사제의 신비를 여지없이 깨버린 대화들은 대결을 구경하는 시민들에게 신선한 충격이 되었고 일부 귀가 좋고 손놀림이 빠른 자들은 폭음과 빛이 횡행하는 가운데 그 모든 내용을 기록하는 만행을 저질렀다.

더 이상 놔두었다가는 현 교황의 속곳 색깔까지 발설될 수 있다는 한 사제의 강력한 항의에 의해 이 흥미진진한 대결은 교황과 하이 프리스트에 의해 막을 내렸다. 어떤 눈이 좋은 이의 증언에 의하면 그때 법력을 발하는 교황의 눈에서 아쉬움의 눈물이 흘렀다고 하는데 평소 근엄한 이미지와는 전혀 상반된 의견인지라 증언자는 약간의 집단 린치를 당하고는 입을 다물었다고 한다.

아무튼 사태를 수습한 교황은 그 둘을 신전 안으로 데리고 갔다. 흥미진진한 대결이 이렇게 막을 내리자 사람들은 저마다 그것에 대한 자신의 평을 토론하며 이탈하였고 두 사람의 난동으로 폐허가 되어버린 정원을 지켜보던 담당 사제의 절망 어린 절규만이 메아리쳤다고 한다.

그 뒤 이 둘은 신전의 100일 기도라는 형벌을 당하고서야 조용해졌다. 파문이라는 극약 처방을 내릴 수도 있었으나 교황은 이 둘로 인해 올라간 교위 선양에 매우 흡족했다고 한다. 그도 그럴 것이, 800년 동안 비밀 종교 단체로 활동한 전적이 있었으니 아무리 선행을 해봤자 '저놈들은 그저 그런 놈들이다' 라는 인식과 악해 빠진 놈들이라는 사회 통념을 3시간 동안의 작업(?)으로 호쾌하게 날려 버린 것이다.

몇십 년 동안 기울여야 인식될 이미지가 3시간의 광고로 뒤집어지는 역사에 길이 남을 광고 아닌 광고였다. 그 뒤 휘라인교 사제들을 멸시하는 분위기는 사라지고 도리어 휘라인교 사제의 무력이 증명되어 교위 신장에 큰 도움이 되었다.

그렇게 승부가 명확하게 끝내지 못한 채 2년이 흘렀다. 그래도 키운 정이라고 로슈는 하이단에게 살갑게 대했고 하이단이라고 받은 정이 없지는 않았기에 둘은 그럭저럭 잘 지냈다. 하지만 언젠가 다시 한 번 붙을 것이라는 교단의 예측은 정확히 들어맞았다. 이차전의 발단은 한 견습 사제의 주책맞은 주둥이에서 비롯되었다.

그는 당시 하이단에게 이렇게 말했다.

"두 분께서 제 승부를 펼친다면 필히 이번에는 이길 것입니다."

이에 하이단은 호쾌한 웃음을 터뜨리며 외쳤다.

"크하하하! 당연하지! 곧 뒈질 비루먹은 영감탱이에게 이 몸이 질 리가 없잖느냐!"

이 말은 고스란히 로슈에게 전해졌고 당시 저녁 예배를 드리고 있던 로슈는 바닥을 장식하는 애꿎은 대리석 바닥 장식 하나를 녹여 버리고 그 화를 참아낼 수 있었다. 물론 하이단은 자신이 없었다. 당시 로슈는 교단 내 가장 강한 법력을 가지고 있어서 다음 대 교황 후보에 오른 상태였기 때문이다. 해서 로슈가 자신을 찾아오기 전에 교황에게 수련 여행을 허가할 것을 요청하였다. 후문에 의하면 당시 그 누구보다도 둘의 승부에 관심이 있었던 교황은 로슈에게 하이단을 찾지 말 것을 명했고 하이단은 다시 5년간의 수련 여행을 떠났다.

이리하여 5년 후 이 둘은 두 번째 대결을 벌였고 역시나 마찬가지로 겨우 복구해 놓은 신전의 정원을 죄다 뒤집어놓고는 둘의 승부를 멈추었다고 한다. 이 일은 오랫동안 수도에 회자되기 시작하였고 일부 두 번의 대결을 모두 지켜본 사람에 의하면 삼차전도 치를 것이라고 말했지만 로슈가 입적한 시라이 3세의 뒤를 이어 교황에 등극하면서 결국 이 둘의 대결은 막을 내렸다.

후문으로 들리는 소문에 의하면 정원을 가꾸던 사제는 두 차례의 사건으로 막대한 심적 타격을 입어 후에 시라이 4세가 교황에 등극하면서 제일 먼저 한 인사 발령이 그를 한적한 시골의 신전으로 보낸 것이었다고 한다.

"젠장, 영감탱이! 진작 말을 들으면 좀 좋잖아! 왜 일을 번거롭게 해?"

"고얀 놈! 먼저 방해한 것은 네놈 아니냐!"

집무실은 그야말로 뒤집어진 것 같았다. 교황이 서류를 놓아두던 최고급 드워프 제 책상은 이미 불쏘시개가 된 지 오래였고 바닥에 깔려 있던 카펫은 하이단이 일으킨 법력을 피하지 못하고 발기발기 찢겨 있었다. 가죽으로 잘 무두질된 소파는 다행히 별다른 피해를 입지 않고 뒤집어져 아무렇게나 놓여 있었다.

집무실 한 편에 들어선 책장은 그 내용물을 모조리 바닥에 뱉어내고 반병신이 된 채 겨우 서 있었다. 그래도 본직(!)이 사제라고 예배 용구와 성경의 참고 문헌 자료는 멀쩡하게 굴러다니고 있었다. 그것마저 박살났다면 타키안은 거품을 물고 쓰러졌을 것이 뻔하다.

"제발……."

타키안은 말문이 막히고 말았다. 번번이 보는 광경이지만 볼 때마다 가슴이 탁탁 막히는 기분은 어쩔 수가 없었다. 눈에 보이는 피해 상황을 금액으로 산출해 볼 때 또 예산 관리부에서 엄청난 잔소리가 쏟아질 게 뻔했다. 타키안은 눈에 눈물이 고이는 것을 느끼며 아득히 다가오는 절망감을 곱씹었다.

"타키안아, 너도 고생이 많구나. 저 빌어먹을 영감탱이 밑에서 사는 게 오죽 고생이 심하냐. 나한테 오너라. 내 너를 튼튼히 인간답게 키워주마."

하이단은 자못 인자한 표정을 지은 채 석상이 되어버린 타키안에게 부드럽게 말했다. 의자에 앉아 어깨를 주무르며 곧 죽겠다는 표정을 짓던 시라이 4세는 얼굴이 달아오르는 것을 느끼며 호통을 쳤다. 물론 슬며시 다른 한 손으로 허벅지를 주무르는 것을 잊지 않았다.

"이놈! 네놈이 저 어린것에게 마수를 뻗는 것이냐?! 네놈한테 키워지는 것이 얼마나 지독한 사역인지 내 보지 않고도 알겠다. 쓸데없는 소리 말아라!"

이미 사제로서의 말투는 버려 버린 시라이 4세와 하이단.

이 둘은 다시 좀 전의 말꼬리를 잡아 또다시 옥신각신하기 시작하였다. 75세의 저 연륜은 어디에 갔고 45세의 인덕은 어디로 갔단 말인가? 타키안은 또다시 잠식해 오는 아득함에 이곳이 교황의 집무실이라는 것을, 또한 자신의 앞에 두 명의 고위 신관들이 있다는 사실을 까맣게 잊고 말았다.

"제, 제발 그만 좀 해요!"

그와 동시에 터져 나오는 울음. 지난 시간 동안 저 둘을 말리면서, 또 벌려놓은 잔해들을 치우면서 느낀 설움이 한꺼번에 터져 버렸다.

"후극! 우으우아아앙!"

울어버린 타키안을 진정시키기 위해 시라이 4세는 재빨리 타키안에게 다가가 달래기 시작하였고 하이단은 자신들이 벌인 결과물을 치우기 시작하였다. 얼마간의 소란 끝에 사태가 진정되자 하이단은 자신이 방문한 목적을 밝히기 시작하였다. 물론 시라이 4세의 핀잔은 끊이지 않았다.

"이렇게 귀여운 아이를 울리다니, 네놈의 그 막돼먹은 성질은 좀 죽이거라."

울컥한 하이단은 바로 시라이 4세에게 면박을 주려 했으나 붉게 충혈된 눈으로 자신을 보고 있는 타키안의 시선에 그만 말문이 막히고 말았다.

"빠득. 알겠… 습니다."

히죽이죽 웃고 있는 시라이 4세를 계속 보고 있다가는 정말로 주먹이 날아갈지도 모른다는 생각에 하이단은 고개를 숙였다. 깍지 낀 손가락에서 피가 터져 나올 것 같지만 참아야 했다. 고개를 숙인 하이단을 보는 시라이 4세의 얼굴에는 승리의 희열과 말로 형용 못할 만족감이 스치고 있었고 그런 시라이 4세를 보던 타키안은 교황의 이중인격에 순간 몸을 떨었다.

차 한 잔을 타서 쭉 들이키고 그 뜨거운 고통에 허덕이다 진정될 시간이 지나가자 이야기는 슬슬 진행되기 시작하였다. 자신이 화났다는 표시로 울음으로서 무언의 시위를 했지만 하늘 같고 아버지 같은 교황과 삼촌 같은 하이단에게 그런 발칙한 짓을 했다는 게 못내 마음에 걸린 타키안은 슬며시 고개를 들었다.

반쯤 박살난 테이블을 사이에 두고 대화하는 두 사람이 타키안의 눈에 들어왔다. 한동안 집무실 구석진 곳에서 훌쩍이던 타키안은 교황과 하이단의 대화가 점차 궁금해지기 시작하였다. 처음에는 심각한 표정을 짓던 두 사람은 중간에 울그락붉으락해지더니 종내에는 점차 은밀한 미소를 띠었다. 무슨 이야기를 할까 궁금해진 타키안은 슬슬 몸을 움직여 접근을 시도하였다. 그때 시라이 4세가 대화 도중 고개를 돌려 타키안을 바라보며 소리쳤다.

"타키안! 급한 볼일이 생겼으니 행장을 대충 꾸려 신전 앞으로 나가 있거라."

별안간 시라이 4세의 말에 타키안은 화들짝 놀라 눈을 동그랗게 떴다. 자신을 못내 아쉬운 듯 보고 있는 시라이 4세의 눈이 타키안의 가슴을 울린다. 뭔가 석연치 않은 것을 느끼면서 타키안은 고개를 숙였다.

"알겠습니다, 예하."

타키안이 집무실을 나가자 하이단은 비로소 마음이 놓인 듯 말했다.

"저 어린것한테는 고생이 심할 텐데 괜찮겠수?"

시라이 4세는 한숨을 푹 쉬었다. 그러나 이내 얼굴에 미묘한 미소를 띠고는 하이단에게 대답하였다.

"타키안, 저 아이는 생각보다 굳세다. 네놈과는 차원이 달라."

자신과는 차원이 다르다는 말에 발끈하는 하이단이었지만 곧 이어 벌어질 일에 가슴이 무거워졌다. 이미 모든 것은 짜여져 있고 실행만

남은 상태. 어쩌면 아버지 같은 로슈를 잃을지도 몰랐다.

"영감, 꼭 살아남으슈."

그답지 않은 애잔한 표정을 지으며 하이단은 침울하게 말했다. 곰 같은 놈이지만 정이 많은 녀석이었다. 뚝심과 배짱으로 싸여 있지만 그 포장을 벗겨내면 정말 사랑스런 아이(?)였다. 그것이 아니었다면 로슈도 진작 싹수가 보이지 않는다고 내쳤을 것이다. 모두가 저 아이를 신전에서 쫓아내라고 성화일 때 로슈만은 하이단을 두둔했다. 로슈는 가슴이 찡해지는 것을 느끼며 애써 그것을 숨겼다. 그리고는 오른손을 휘둘러 하이단의 이마에 꿀밤을 먹였다.

"에라, 이놈아. 네놈이 죽기 전까지는 절대 죽지 않는다. 우리 타키안이 장가가는 것까지 꼭 보고 죽을 거다."

휘라인 교단은 결혼을 허락하였다. 그러나 거의 모든 사제들은 오로지 법력 연구와 예배에 몰두하였다. 하이단과 로슈도 그런 케이스였다. 신비로운 휘라인님의 지식에 몰두하여 젊은 날을 다 보낸 것이다. 이제 와 돌이켜 보면 결혼도 해보는 것도 좋겠다는 생각이 들었다.

세게 때리지도 않았지만 이마를 감싸 쥐고 자신을 노려보는 하이단에게 로슈는 미묘한 웃음을 날렸다.

"네놈은 창창한 45세밖에 안 되는데 장가갈 계획은 없냐? 나도 손주 좀 안아보고 싶다."

일반인의 45세라면 피부 노화가 본격적으로 진행되고 복근의 탄력이 줄어들어 배가 불룩 튀어나온다. 그러나 하이단은 육체 단련과 고도로 다듬은 법력 탓에 노화 같은 것은 전혀 찾아볼 수 없었다. 오히려 30대 초반 같은 외모에 20대의 팔팔한 몸을 가지고 있었다.

"젠장! 영감, 무슨 헛소리야! 하여간 영감 벽에 똥 칠하는 꼴 보기 싫

으니까 적당히 살고 승천해 버려!'

조금 당황했는지 목소리 톤이 약간 변했다. 마냥 싫지는 않은 모양인지 부정은 하지 않는다. 오히려 생각이 있었던 모양이다. 인간 나이 75세, 세상 풍파를 겪어본 로슈이기에 하이단의 속내를 간파 못할 리가 없었다. '걸렸다' 하는 생각에 짐짓 지나가는 투로 한마디 던졌다.

"오호라, 생각이 있었던 모양이군? 이번에 나가면 좋은 처자나 건져 봐라."

그것이 결정타인지 아니면 첫타인지 하이단의 얼굴이 시뻘겋게 달아오르기 시작하였다. 단순한 놈이라 찌르면 곧바로 반응하는 성격에 점잖은 로슈도 하이단에게는 곧잘 농담을 했다. 뭐, 다른 사람에게는 전혀 그런 모습을 보이지 않으니 오죽하면 타키안이 이중인격이라고 생각하였을까. 막 화를 터뜨리려는 찰나 로슈는 얼굴에 웃음기를 지우며 씁쓸한 미소를 띠었다.

"이제… 3번째를 터뜨려야겠지?"

그 바람에 하이단은 목이 탁 막히고 말았다. 겉으로는 재미있겠다고 말했지만 교단의 미래와 둘의 생명이 이번 일에 달렸다. 늙은 영감 홀로 교단에 남아 장로원과 싸워야 하는 것이다. 그동안 뒤에서 로슈를 받쳐 주던 하이단이 사라진다면 그들은 무슨 짓을 할지 아무도 모른다. 노쇠한 로슈의 모습에 하이단은 코가 찡해지는 것을 느끼며 억지로 그것을 삼켰다. 푸른 사제복 안으로 주먹이 부들부들 떨렸다.

"그래, 시작하자고요."

마주 본 두 사람의 입꼬리가 미묘하게 말리며 미소를 그렸다.

창세력 제2기, 8012년 6월 22일. 휘라인 교단의 하이 프리스트 하이단 마르티어스와 교황 시라이 4세가 전투를 벌이고 하이단은 도주하였다. 이 결과로 교황의 집무실을 비롯하여 신전의 전체 오 분지 일이 파괴되었으며 교황은 가슴에 큰 자상과 오른팔에 골절상을 입었다. 교황은 즉시 하이 프리스트 하이단 마르티어스에게 파문을 선고하였고 전 교단에 파문령을 통보하였다. 휘라인 교단과 사이가 돈독한 크라인 왕국의 왕가에서 공식 추살령을 발령시키려 하였으나 시라이 4세는 비록 자신을 저버렸지만 자식 같은 하이단을 죽일 수 없다는 이유로 이 명령의 철회를 요청하였다. 이 사건으로 하이단 마르티어스는 배덕자로 널리 알려지게 되었고 시라이 4세는 성인의 이미지를 더 확고히 굳혔다.

그러나 그 누구도 시라이 4세의 시동인 타키안의 실종은 눈치 채지 못했다.

8012년 6월 24일. 신의 대리인이자 교단의 최고 우두머리 5대 교단 교황들의 회합이 일어났다. 10년을 주기로 한 번씩 열리는 이 회합은 태고의 신화에 명시된 다섯 신을 기리는 것에서부터 시작되었다. 이미 수천 년 동안 열려온 이 회의로 5대 교단은 서로를 배척하거나 믿음으로 인해 종교 전쟁 같은 불씨를 사전에 예방하였다.

수천 년 동안 만남을 가져오면서 그들은 서로의 신전에 그 장소를 정했다. 50년마다 그 장소가 한 번씩 돌아오는데 회합을 맡는 신전은 5대 교단의 교황을 호위하기 위해 각 교단에서 차출된 수백 명의 사제들로 보호받게 되어 있었다. 지금 회합을 맡게 된 예언과 행운의 여신 '스메티아' 신전은 수백 명의 인원으로 철저히 보호받고 있었다. 어떠한 마법적 효과나 물리적 공격 따위는 뚫을 수 없는 철통같은 방어벽에 그 누구도 침입할 수 없을 것이라 여겼다. 그러나 지금 5대 교황들은 보고 있는 광경에 위대한 신 앞에서 그런 방어벽 따위는 절대 소용 없다는 것을 느끼고 있었다.

고개를 꺾어 올려다보는 높은 아치 식 천장에 수많은 내용을 담은 모자이크가 빛을 뿜고 있었고 하얀 대리석을 쌓아 올려 만든 벽 사이 사이에서 노란 빛이 새어 나오고 있었다. 빛은 폭포수처럼 쏟아져 거대한 원형 테이블 한가운데를 비추고 있었고 그 끝에서는 연신 빛무리가 헤엄친다. 주홍색 빛 가루가 어지럽게 춤추는 가운데 따스하고 향기로운 바람이 석재로 이루어진 냉랭한 공간에 흐르고 있었다.

빛이 흐르고 또 흘러 영상을 만들기 시작하였다. 진흙을 빚어 만드는 인형처럼 빛은 이리저리 뭉치고 흩어져 거대한 사람을 그리기 시작하였다. 끝에서 끝으로 떨어지는 불꽃은 교황들의 시야를 어지럽히고 짙어지는 향기는 마음을 뒤흔들고 있었다. 시간의 흐름을 잊게 하는 그 몽롱한 광경에 그들 교황의 눈에 초점이 사라진 지 오래다.

―경배하여라.

울림이되 울리지 않는 소리가 사람들의 마음을 흔든다. 빛으로 만든 육신과 고기로 빚은 육신이 한 공간에 공유한 순간 거대한 위압감은 인간에게 더없는 경외감을 안겨주었다. 5명의 인간들은 무릎을 꿇었다. '경배하여라' 는 목소리에 그들은 이성이 떨고 감성이 울부짖는 가운데 그들은 당연하다는 듯 고개를 조아린다. 인세에서는 더없는 고위한 이들이 지금 이 순간 하찮은 존재로 거듭났다.

―영원에서 영원으로, 너희를 굽어보나니.

정의와 창공의 신 '라이트라스' 를 받드는 인간의 눈에서 눈물이 흐르기 시작하였다. 그의 일생 동안 수백, 수천 번을 읽었던 경전에 나오는 문구이다.

'오, 나의 님이여! 평생을 바쳐 사랑하고 존경한 이가 현신하다니!'

교황이라 불리는 인간은 그 기쁨과 영예에 몸서리쳤다. 그것은 다른 이들도 마찬가지였다. 비록 자신이 모시는 신들은 아니었지만 신의 현신은 더없는 영광이었다. 믿음의 증거이자 신념은 그들에게 외쳤다.

―내 너희에게 명하노니, 따르거라.

일체의 거부도 용서치 않는다. 거부할 리도 없었다. 지금 이 순간 '그'가 명한다면 자살할 수도 있었다. 무엇을 명하신다는 말인가? 그들은 그 조약한 뇌를 굴리고 또 굴린다. 명이 있는 순간 그 어떠한 것에도 불구하고 따른다. 이것은 그들 모두의 공통된 생각이었다. 그와 동시에 모두의 머리 속에 생각이 퍼지기 시작하였다. 덩달아 몸 안에 새로운 힘이 차 오르기 시작하였다.

―이것은 너희들 믿음의 보답이니 나의 명을 충실히 행하라는 선물이니라.

순간 이제까지의 기적은 없었다는 듯 빛과 소리와 향기는 흔적도 없이 사라졌다. 그러나 5명의 인간들은 감히 고개를 들 수 없었다. 그들은 무릎을 꿇고 이마를 바닥에 박고는 감격의 눈물을 흘리고 있었다. 그 누가 신을 만나볼 수 있었으랴. 계시만 받아도 축복이라 일컬었거늘 현신한 이의 영상을 볼 수 있었고 그 음성을 들을 수 있었다는 것은 근 천 년 동안 일어나지 않은 전무후무한 사건이었다.

고요와 침묵 속에 그들은 한참 동안 마음속으로 그 감동을 곱씹었다. 이 충격적이고 놀라운 현실에 감성은 이것이 현실이 아니었다고 부정하였지만 이성은 몸 안에 흐르는 거대한 힘을 느끼며 인정하였다. 침묵과 침묵을 나누는 이들 마음속에 신이 내려준 사명이 싹트고 있었다. 천천히 고개를 드는 다섯 명의 눈은 벌겋게 충혈된 가운데 그 사명감으로 불타고 있었다. 고개를 돌려 서로의 뜻을 확인하고는 결연의 눈빛을 발하였다. 그것이 평화를 깨뜨리든 대륙을 불바다로 이끌든 그들은 할 것이다.

'반드시 이룬다!'

의지는 이성을 머금고 타올랐다.

창세력 제2기, 8012년 6월 25일. 대륙 5대 교단은 그동안 암흑 종교라 칭하여 암중에 억압하고 배척하였던 휘라인 교단을 공식 인정하였다. 보수적이고 고리타분한 5대 교단 수뇌부의 결정에 사람들은 경악하였으며 휘라인 교단 내부에서도 당황의 목소리가 터져 나왔다. 환영의 목소리와 음모라는 목소리 가운데 갖가지 추측들이 난무하였다. 그러나 휘라인 교단의 장로원을 향해 5대 교단의 공동 칙사가 방문한 사실은 그 누구도 알지 못했다.

*　　　　*　　　　*

창세력 제2기 8012년. 6월 26일. 크라인 왕국 라프델 근방.

나흘 동안 평원을 걸어 저 지평선 너머 어렴풋이 사람이 사는 집들의 윤곽이 들어왔다. 곧게 뻗은 가도 옆으로 파랗게 자란 밀이 보이기 시작하고 이따금씩 사람들의 모습도 보이기 시작하였다. 사람 사는 곳이 가까워지다 보니 이제 이 광활한 들녘에 사람의 손길이 닿기 시작한 것이다. 워낙 외진 곳에서 오다 보니 그동안 만난 사람도 없었는데 슬슬 갈림길이 합류하는 곳이라 사람들의 모습이 보이기 시작하였다.

"스승님! 마차예요, 마차!"

어린 길리언은 얼굴에 함박웃음을 지고 팔짝 뛰며 좋아하였다. 상인들이 물건을 수송하는 짐마차인 듯 마차 안쪽에는 포장된 짐들이 잔뜩 실려 있었고 마차 지붕을 덮고 있는 천들이 이따금씩 바람에 휘날렸다. 길리언이 살고 있는 셔우드 마을에는 목재를 수송하기 위한 황소가 끄는 큰 마차도 들어오는데 이런 작은 마차를 보고 좋아하는 길리언이 여간 귀엽지 않았다. 실은 오랜만에 사람의 흔적을 본 것이 너무 좋은 탓이리라.

"그렇구나. 마차가 지나갈 수 있게 길을 비켜주자꾸나."

성진은 부드러운 미소를 지으며 길리언의 머리를 쓰다듬었다. 길리언은 '네'라고 낭랑히 외치며 세르피아에게 고개를 돌렸다.

"세르피아님, 어서 움직이자구요."

"그러자꾸나."

몇 미터 안 되는 거리인데 길리언은 유난히 호들갑을 떨며 세르피아의 손을 잡아끌었다. 광야(廣野)를 건너는 십 일 동안 유독 친해진 것은 세르피아와 길리언이었다. 배타적이며 지극히 이성적인 엘프, 거기에 유독 성진에게 차가운 세르피아지만 길리언에게는 부드러웠다. 성진이 보기 힘든 미소도 간간이 길리언에게 보여주었다. 지금도 순순히 길리언에게 손을 잡혀 끌리는 세르피아의 모습은 매우 부드러워 보였다.

말수가 적은 성진과 세르피아 사이에 하루에 말하는 단어가 두세 단어다 보니 혈기 왕성한 15세의 소년이 누구 하나 붙잡고 친해지고 싶은 것은 당연하였다. 성진에게 다가가자니 제자로서 예우를 다해야 하겠고 당연히 소년의 관심은 다른 일행인 세르피아에게 쏠릴 수밖에 없었다.

딸그닥거리는, 말굽이 지면을 차는 소리와 함께 말을 탄 경호원처럼 보이는 인원이 두셋 지나가고 그 뒤를 이어 짐마차가 먼지를 끌며 가도를 지났다. 먼지가 길을 덮으며 퍼지자 성진은 살짝 눈썹을 찌푸렸다.

이 시대를 살아가는 인물들이라면 망토를 착용하여 먼지를 막을 테지만 성진이 걸친 것이라고는 청바지에 면티, 거기에 가죽으로 만들어진 자켓이 전부였다. 청결한 것을 좋아하는 성진이기에 먼지로 목욕하는 것은 싫어하였다. 이것은 세르피아도 마찬가지였고 길리언도 은연 중에 물들어갔다. 성진은 의지를 집중하여 주위에 방어벽을 쳤다. 공기는 통하되 먼지는 침입하지 않는 이 방어벽은 성진이 수련을 하면서 얻어낸 성과 중의 하나였다. 최근 깨달은 허도(虛道)를 바탕 삼아 새로운 창생력의 운용법을 깨달은 성진은 이 같은 마법적인 일까지 가능하게 하였다.

짐마차가 지나가자 아까 지나갔던 말 탄 경호원이 길을 거슬러 성진의 일행 쪽으로 다가왔다. 순식간에 일행의 앞으로 다가온 사내는 말에서 내렸다. 덜그덕거리는 갑옷이 서로 부딪치는 둔탁한 소리와 함께 먼지를 잔뜩 머금은 사내가 성진에게 다가왔다.

"어이구, 이거 죄송합니다. 저희 일행이 여러분께 폐를 끼치게 되었군요."

수고스럽게 왔던 길을 거슬러 온 이유는 먼지를 뒤집어썼을 한 일행에게 사과하기 위한 것이었다. 사실 성진의 방어벽 때문에 일행은 먼지를 뒤집어쓰지는 않았지만 경호원이 어찌 알 것인가? 먼지가 일어났으면 걸어온 사람이 뒤집어쓰는 것은 보통 사람들에게는 당연한 사실이었다. 상인 일행의 리더가 명령하였는지 경호원 스스로 판단하여 왔는지 아무튼 그 마음 씀씀이가 좋았다. 덕분에 약간 불쾌했던 길리언과 세르피아의 기분이 풀어졌다.

"별말씀을. 도리어 이렇게 사과하기 위해 발길을 돌려준 그쪽에게 감사드리고 싶군요."

성진은 입가에 엷은 미소를 띠며 정중하게 말을 건넸다. 사내는 기분이 좋아졌다. 어차피 지나가는 길이지만 어떤 사람은 사과하러 온 그들 일행을 물고 늘어지며 세탁비를 내놓으라는 억지를 부리기도 하였는데 이렇게 겸손한 일행은 정말 오랜만이었다. 사실 일행의 몸에 붙어 있는 먼지는 마차가 피워 올린 것이 아니었다. 평원에서 불어온 바람 속의 먼지가 붙은 것이다. 자세히 보면 그 차이점을 알 수 있겠지만 사내는 그냥 지나쳤다. 사내는 고개를 꾸벅 숙이며 말했다.

"감사합니다. 그럼 저는 그만 일행에 합류해야겠군요. 아, 요 앞의 마을에서 만나면 사과의 뜻으로 술이라도 한잔 건네겠습니다. 그럼 저는 이만."

재빨리 말을 마친 사내는 말안장을 딛고 말 위로 몸을 날렸다. 허리춤에 찬 검이 거치적거리겠다고 길리언은 생각했지만 그것은 기우에 불과하였다. 다만 말 위에 올라탄 남자의 행동이 약간 특이하였다. 일행에게 눈인사를 건네던 남자의 눈길이 세르피아에게 머문 순간이었다. 사내의 얼굴은 돌연 당황과 경악으로 일그러지더니 다시 성진의 눈치를 본 뒤 황급히 눈인사를 건네고 부리나케 달리는 것이었다. 이 이해 못할 반응에 길리언은 어리둥절하였다.

"저 아저씨 왜 저러는 거죠? 순간 감정의 기복이 심하게 변했어요."

눈을 들여다보고 인간의 감정을 판단할 수 있었던 길리언은 의아한 듯 성진에게 물었다. 성진은 약간의 생각을 하고는 세르피아에게 말했다.

"아마도 그는 당신 때문에 놀란 듯하군요. 제 생각이 맞다면 우리 일행의 행보에 차질이 빚어지겠지만 아직 정보의 부족으로 확신할 수 없으니 마을에 당도하여 확인해 보는 게 좋겠네요."

자신 때문이라는 이유는 어렴풋이 짐작한 세르피아지만 그것 때문에 위험해질 수 있다는 성진의 말에 약간 놀랐다. 하지만 그녀는 성진의 무력을 믿었다. 그렇기에 안심할 수 있었다.

"위험하다고 하지만 당신이 있으니 위험은 없어요. 설사 신이라도 당신을 어찌할 수 없으니."

길리언은 눈이 휘둥그레져서 세르피아를 바라보았다. 그가 아는 엘프는 진실만을 말한다. 그것이 허언이라면 애초에 말을 꺼내지 않았고 오직 진실만을, 책임질 수 있는 말만을 하였다. 자신의 사부가 위대하다는 것은 알고 있었지만 하물며 신까지야……. 길리언의 경악 어린 시선이 성진의 얼굴에 꽂히자 성진은 씁쓸한 미소를 지었다.

"아직은 신에게 대적하기는 힘들어요. 힘이 완전히 회복된다면 어찌해 볼 수 있지만."

길리언은 자신이 이렇게 위대한 사람을 스승으로 모시는 것에 기쁨을 금치 못했다. 뛰어나다 알고 있었지만 그 능력이 그렇게 뛰어날 줄이야! 길리언은 말을 더듬었다.

"스, 스승님, 정말 대단하시네요."

성진은 대답 대신 애꿎은 길리언의 머리를 헝클어놓았다.

그랜드플랜 대평원 중심부에 위치한 라프델은 대평원에서 생산된 모든 자원이 거쳐 가는 도시였다. 서쪽에서 흘러오는 타국의 문물이 웨스트 가드를 타고 오는 최초의 관문 도시이기도 하였다. 이렇듯 수 많은 물자가 들어오고 나오기에 왕국에서는 일찍이 이 도시를 '자유 무역 도시'로 지정하였고 상거래를 장려하였다. 왕국의 전폭적인 지지 아래 라프델은 최근 100년간 급격히 성장하게 되었고 크라인 왕국에서 거둬들이는 세금 중 일개 도시로서 가장 높은 액수가 들어오는 곳이었다. 가히 황금알을 낳는 거위라고 비유할 수 있었다. 하루 유동 인구가 15만에 달하는 대륙 내에서는 보기 드문 큰 규모를 자랑하였다. 때문에 도시 안으로 진입하는 입구에서 걷는 통행세는 도시의 짭짤한 소득이 되었다. 다른 곳으로 들어가려 해도 도시를 감싸는 거대한 성벽은 이들의 발걸음을 거부하였다.

물론 일부 모험심이 극단적인 여행자거나 밤이슬을 밟고 어두운 하늘을 비추는 달을 벗 삼아 사는 밤손님들에게 성벽은 본의 아니게 정복당했다. 그러나 그중 대다수는 직업 정신과 정의감에 불타는 군인 및 모험가에 의하여 불법 침입이라는 죄목, 혹은 절도 미수죄라는 죄명으로 어둡고 침침한 시립 감옥으로 끌려 들어갔다. 이렇듯 당당하게 법을 어기는 자를 빼고 도시는 대체로 통행에 관한 시비는 잠잠하였다.

그러나 도시 내부에 들어서면 상당히 문란하였다. 도시 내부는 수많은 사람들이 오고 가기에 그에 따른 여흥 문화가 발달하였고 수많은 용병, 모험가, 경호원들이 거쳐 가는 곳이기에 이들을 유혹하기 위한 창녀들도 모여들었다. 인간의 욕구를 자극하는 성욕과 승부욕을 끄집어내는 도박장도 여럿 들어선 라프델. 처음에는 이 모든 것을 단속하기 위해 많은 경비대가 필요하였지만 이번에 새로 임명된 시장(市長)은 이 모든 것을 허락하였고 도리어 합법화시켜 세금을 거둬들이기 시작

하였다. 음지를 양지로 끌어들이는 이 정책은 수많은 사람들의 호응과
아울러 막대한 금전적 수입이 따랐다. 국가에 납부하는 세금이 20%가
량 올랐으니 좋아하지 않을 수가 없는 것이다. 이것에 따른 또 하나의
부가 효과가 하나 있었으니 바로 범죄 조직의 위축이었다. 음지에 기
생하는 이들은 그들의 자금줄이 양지로 튀어나오자 고사하기 시작한
것이다. 이렇듯 라프델은 시장 경제를 시험하고 다듬어져 국가를 더욱
기름지게 만들었다.

　다음날 저녁노을이 질 무렵 성진들은 그 라프델에 다다랐다. 아직
성벽의 윤곽이 보이지는 않지만 길이 넓어지기 시작하고 수많은 마차
들이 지나가는 것을 보니 이곳이 유명하긴 유명한가 보다. 세상 물정
을 모르는 다 큰 어른 둘보다는 그나마 세상을 잘 아는 길리언이 탄성
을 연신 자아냈다.

　"이야, 스승님, 마차가 많이 지나다니네요. 사람들도요."

　"그래, 그렇구나."

　성진은 말이 없다. 말로 표현하기보다는 생각을 통해 뜻을 보낸다.
그러다 보니 자연 조용한 것을 좋아하게 되는데 유난히 호기심 많고
밝은 길리언으로 인해 요새 말을 자주 하게 되었다. 말을 하다 보니 어
느새 한두 마디가 자연스럽게 나오기 시작하였다. 역시 여행에서 한
명쯤 분위기를 살려주는 인물이 필요한 듯했다.

　성진은 마차를 타고 지나가는 사람들을 보았다. 도시에 가까워지면
서 자못 신경을 썼는지 도로를 포장하였다. 잘 깎아진 돌들을 빈틈없
이 깔아놓았는데 이제까지 흙먼지 날리는 대로와는 그 양상과 느낌이
달랐다. 현대의 딱딱한 아스팔트 위에서 생활한 성진은 부드럽고 먼지
날리는 땅보다는 이런 인위적인 공간이 더 안정적이었다.

'이것도 버릇인가?'

성진은 스스로 묻고 속으로 웃었다. 어디를 가나 적응할 수 있다는 생각은 그저 생각에 불과하였다. 이성으로는 더러운 것을 보아도 그저 그러거니 하며 통제하였지만 막상 겪어보니 감성이 반응한다. 성진 스스로도 감성이 통제에 벗어나 움직이는 느낌이 자못 신기해 요 며칠간 그 제어를 풀어버렸다. 그래서인지 길리언은 성진의 얼음덩어리 같은 인상이 요새 많이 부드러워졌다고 자주 말했다.

"성진, 우리에게 이목이 모여들고 있어요."

상념에 빠져드는 성진을 세르피아가 일깨웠다. 세르피아는 신경이 날카로워졌다. 이렇게 많은 인간들을 접하기는 처음이었기 때문이다. 주위의 말을 타는 사람들도, 마차를 타고 지나가는 사람들도, 그리고 주위를 걷고 있는 사람들도 이쪽을 바라보고 있었다. 자신이 대처하기에는 지금 상황이 무슨 상황인지 판단이 불가능하기에 지성이 극에 다른 성진에게 도움을 요청한 것이다. 길리언도 그들의 시선을 읽었는지 불안한 듯 세르피아의 바지 자락을 붙잡았다. 성진은 그들의 시선에서 호기심과 경악을 읽었다. 성진은 세르피아에게 뜻을 전했다.

—세르피아, 대로를 잠시 벗어나죠.

오랜만에 흘러드는 성진의 사념에 세르피아는 고개를 끄덕였다. 길리언은 영문도 모른 채 세르피아에게 이끌려 대로를 벗어났다. 대로 가에는 미관을 위해서인지 잡목이 우거져 있었고 그로 인해 일행들에게 쏠리는 시선을 차단하였다. 성진은 청각을 극도로 끌어올렸다.

"방금 그 여자 봤어?"

"그래, 그렇게 예쁜 여자는 처음이야."

"아니, 그것 말구 그 귀. 노을에 가려져 있었지만 분명 엘프의 귀였

단 말이야."

"그게 정말이야? 에이, 농담하지 말라고. 네 눈이 삐었겠지?"

"뭐야? 날 뭘로 보고!"

걷는 사람들과 말을 탄 자들의 말소리가 성진의 청각에 잡혀왔다. 성진은 자신의 추측이 맞았음을 확신하고 세르피아를 돌아보았다.

"아마도 대륙 내에 돌아다니는 엘프가 한 명도 없었나 보군요. 전에 제프에게 들었던 100년 전의 엘프 사냥이 대륙 내에 거주하던 라디아 엘프 족들의 씨를 말렸나 봅니다. 몇몇 생존했던 소수의 엘프들도 아마 사람들의 시선이 닿지 않는 깊은 곳으로 몸을 숨겼겠지요. 때문에 사람들에게 엘프란 매우 희귀한 존재가 되어버린 듯하군요."

세르피아는 성진의 말을 듣더니 잠시 생각하는 듯 눈썹을 찌푸리다가 곧 이어 반론을 펼쳤다.

"하지만 엘프 족은 두 종족입니다. 북쪽의 검은 숲에 쿠르시아 엘프 족이 존재합니다. 그들은 어떻게 된 거죠? 우리 종족이 결계에 갇혀 나오지 못했다고 하지만 그들 쿠르시아 엘프 족은 결코 그렇지 않습니다. 그들은 왕성한 사회성을 자랑합니다. 인간 세상에서 그들은 빼놓을 수 없는 존재 중 하나지요."

성진과 세르피아 둘 다 모르는 사실이 하나 있었다. 바로 쿠르시아 엘프 족은 남대륙에 없다는 것. 중앙대간 너머 존재하는 북대륙의 제국에서 쿠르시아 엘프 족에게 남대륙으로 가지 말 것을 부탁하였고 그들도 동족을 학살한 남대륙 사람들을 증오하여 남대륙에는 발을 들여놓지 않는다는 사실 말이다. 이제 갓 세상에 나왔기에 그러한 국제 정세를 이들이 어찌 알 것인가?

그런 사실을 알 턱이 없는 성진은 다른 것에서 답을 찾았다. 성진은 세르피아의 눈을 가만히 바라보았다. 저녁노을의 붉은 그림자가 그녀의 얼굴에 명암을 드리웠다. 불어오는 바람에 흩날리는 초록빛 머리칼이 바람에 나부꼈다. 현대인에 속하는 성진의 눈으로 봤을 때 그녀의 외모는 그 누구도 견줄 수 없게 빼어나다. 보통 인간들이 봤다면 당장 잠시 넋을 놓는다고 표현해도 부족할 것이다.

그러나 진실을 보는 길리언과 마찬가지인 성진 때문에 세르피아 자신도 그녀의 미모는 관심의 대상이 아니었다. 그러나 외형을 중시 여기는 보통 사람들이라면 어떨까? 이곳 사람들도 성진이 온 세계의 미의 기준과 거의 비슷한 관념을 가졌다고 한다.

"세르피아, 쿠르시아 엘프 족과 라디아 엘프 족의 외형적 차이는 무엇입니까?"

"……!"

세르피아는 말문이 막히고 말았다. 그렇다. 그녀도 잊고 있었지만 라디아와 쿠르시아는 그 외형적 차이가 명백하다. 가냘프고 빼어난 미를 가지고 있는 라디아와 달리 쿠르시아는 근육질에 큰 키, 각진 외모를 하고 있다. 그녀도 모르게 '엘프'라는 묶음으로 그 두 종족을 동일하게 생각해 버린 것이다.

"아……."

답은 확실히 나왔다. 그녀는 단 하나의 라디아 엘프 족이다. 미의 화신이라 불리는 현재 대륙 내에 나와 있는 단 한 명의 엘프인 것이다. 그동안 지나온 작은 마을에서는 그녀를 그냥 엄청나게 예쁜 처자라고 생각했거나 혹은 엘프라 알고 있어도 그냥 마음속으로만 삭였을 것이다. 하지만 이렇게 큰 도시에 왔다면? 저 탐욕에 불타는 인간들이 단 하나의 엘프 족을 발견했다면? 세르피아는 순간 등골을 타고 내려가는 서늘한 느낌에 몸을 떨었다. 제아무리 엘프 족 최강 전사이고 대륙에서도 손꼽히는 무력을 가진 세르피아라고 하지만 수많은 인간들의 탐욕 앞에서는 어떻게 될지 알 수가 없었다. 어쩌면 그녀는 대륙에 나와 이루고자 한 목적을 이루기도 전에 인간들에 의해 죽음을 맞이하게 될지도 모른다.

"인간들은 단 하나에 집착합니다. 그것을 자랑하며 자신의 우월함을 과시합니다. 때문에 주위 사람들은 자신의 우월성을 입증하기 위해 더욱 수집에 열을 올리지요. 오직 하나를 소유함으로써 자신의 가치를 증명하는 것입니다. 이곳 법률이 어떻게 제정되어 있는 줄은 모르겠지만 아마도 음성적인 사업에 종사하는 사람들은 암암리에 당신을 노릴 것입니다. 암살과 납치, 혹은 중독을 통해 어떻게든 당신을 얻으려 하겠지요."

듣고 있던 길리언의 얼굴이 파래져 갔다. 처음에는 어리둥절해하던 그도 이제야 사태를 파악하기 시작한 것이다.

'세르피아님에게 그런 일이…….'

길리언은 숨이 탁 막히는 것을 느꼈다.

"그렇다고 표면적으로 나서서 당신을 보호할 수도 없습니다. 저는 관조자입니다. 관조자는 세상의 흐름과 균형을 지켜보는 자입니다. 제게 무슨 힘이 있는지, 저의 판단 하나가 어떤 결과를 가져올지 엘피어, 즉 관조자로 향하는 당신은 알고 있겠지요."

세르피아는 고개를 끄덕일 수밖에 없었다. 그가 나선다면 세상은 당장 뒤틀릴 것이 뻔했다. 한 명의 관조자가 세상에 나선다면 관망하던 다른 관조자도 세상에 나설 것이다. 혼란은 혼란을 이끌고 뒤틀어져 더욱 가속화되어 버리는 것이다. 자신이 알고 있는 족장 아르피아님도

능히 그러한 능력을 가지고 있었다. 하물며 이계에서 온 성진은 어떠하랴. 이계의 지식이 이 세상에 유입되면 세상이 어떻게 돌아갈지 신조차 예측할 수 없다. 그렇기에 성진이 200년 전 이곳에 온 순간 신들이 나서서 그를 봉인하려 한 것이었다.

"하지만 저는 약속했습니다. 당신의 목적을 이룰 때까지 지켜주기로. 제가 엘프 족의 마을에 상해를 입힌 것에 대한 보상이지요. 하지만 약속은 약속입니다. 저는 관조자이자 언약을 맺은 자입니다. 둘의 의무를 충실히 행하기 위해서는 당신을 암중으로 보호할 것입니다. 만일 그래서도 제가 역부족이라고 생각한다면 그때는 관조자의 입장을 버리겠습니다. 당신을 지켜 드리지요. 그 누구도 당신을 해할 수는 없습니다."

두근!

세르피아는 심장이 떨려오는 것을 느꼈다. 무엇인가 뜨거운 것이 가슴속에서 꿈틀거린다. 몸속의 혈류가 급격히 흐르기 시작하고 손끝과 발끝에서 짜릿한 기운이 몰려왔다. 온몸이 순간 감각을 잃고 허공에 붕 뜨는 것 같은 느낌이 엄습함과 동시에 약간의 현기증을 느꼈다. 난데없는 이상 현상을 느끼며 세르피아는 당황할 수밖에 없었다. 붉은 피가 얇은 피부를 타고 질주한다. 붉은 저녁노을 탓인지 유난히 그녀의 흰 얼굴이 붉게 보인다.

바로 옆에서 세르피아의 바지를 붙잡던 길리언은 가늘게 떠는 그녀가 이상하다는 듯 올려다보았다.

저녁노을은 붉게 타올랐다.

*　　　　*　　　　*

라프델의 밤은 화려하고 시끄러웠다. 도시가 이 시대에는 매우 드물게 계획적으로 만들어진 탓에 길이 넓고 건물들이 질서 정연하게 들어섰지만 도시 중심의 번화가에서 그 계획성은 물거품이 된다. 수많은 사람들이 주점마다 들어차 먹어대는 알코올과 술에 취해 소리 높여 부르는 노랫소리. 두터운 화장과 싸구려 향수로 치장한 창부들은 여정에 찌든 용병들을 유혹한다. 창부들을 고르기 위해 이리저리 몰려다니는 용병들의 무리. 낮부터 마시기 시작해 날이 저물어 코가 비틀어져 버린 주당들의 작태. 이 모든 것이 넓은 대로를 꽉 메워 버린다.

이 모든 게 사람들의 세상 사는 모습이다. 하이단은 그렇게 생각하였다. 그러나 타키안은 그렇지 않은가 보다. 키가 6피트(195cm)를 훌쩍 넘는 거구의 하이단은 남들보다 머리 하나가 더 큰 덕에 넓은 시야를 확보하였다. 보기 드문 거구인 까닭에 지나가는 사람들에게 위압감을 주기에는 충분하였다. 그에 비해 타키안은 여자 아이를 연상케 하는 빈약한 몸 탓에 사람들에게 치여 이리저리 쏠려 다니는 입장이었다. 딱하게 여긴 하이단이 타키안의 팔을 붙잡아 끌고 다니지만 이렇게라도 하지 않았다면 타키안은 인파에 휩쓸려 진작 미아가 되었을 것이다. 이미 지칠 대로 지친 타키안은 그만 축 늘어지고 말았다.

"하이단님… 제발……."

다 죽어가는 소리로 애원하는 타키안의 목소리가 시장통을 압도하는 소음이 난무하는 대로 내에서 하이단의 귀에 제대로 들어갈 리 없다. 그래도 그간 수련은 어디 가지 않은 모양인지 귀신같이 타키안의 목소리를 알아들었다.

"응? 머라구, 타키안?"

"히이익!"

거구의 하이단이 고개를 숙이며 타키안을 내려다보자 지나가던 사람들이 기겁을 한다. 다른 사람이 본 그들의 형세란 거구의 사악한 용병이 연약한 소년을 납치하여 팔아먹으려는 것처럼 보였기 때문이다. 일부 정의심이 투철한 사람들이 나서려 하지만 타키안의 몸을 뒤덮는 하이단을 보고는 '아, 어서 자러 가야지' 라며 서둘러 지나간다. 그것을 아는지 모르는지 타키안은 어서 쉬고만 싶었다. '왜 이 불쌍한 소년을 핍박하는 거야?' 하고 속으로 투정하던 타키안은 결국 하이단에게 그토록 하고 싶은 말을 꺼냈다.

"하이단님, 제발… 어디 좀 쉬러 가요. 이틀 동안 밤을 새워 왔더니 죽을 것 같아요."

타키안의 요구는 지극히 당연한 것이었다. 교황과 한바탕하고 신전을 박차고 나온 하이단은 신전의 입구에서 짐을 챙겨 기다리던 타키안을 옆구리에 끼고 달리기 시작하였다. 지나가던 여행자에게 말을 빌린 것이라고 하지만 사실 '신을 위해 봉양하시오' 라며 강탈하였다. 물론 타키안은 그 불행한 여행자를 위해 금화를 건네주는 것을 잊지 않았다. 그리고는 하이단은 며칠 동안 밤낮을 쉬지 않고 달려 이곳 라프델에 도착한 것이었다. 거구의 하이단을 태우고 달린 말도 죽을 맛이지만 하이단에게 매달려 제대로 쉬지도 못하고 이틀을 온 타키안은 그야말로 졸도하기 직전이었다.

처음 하이단에게 납치(?)되었을 때 돌아가겠다고 울고불고 난리를 쳤지만 신의 사도를 찾으러 간다는 하이단의 설명으로 곧 잠잠해졌다. 아니, 그보다는 말의 흔들림과 거기에서 오는 멀미, 피로감 때문에 생각할 여력이 사라져 버린 것이다. 우여곡절—타키안은 그렇게 생각하였다―끝에 드위프스에 도착한 타키안은 그저 머리 속에 '씻고 싶다. 자고 싶다' 라는 음성만이 메아리치고 있었다. 눈밑이 새까맣게 타 들어가고 곧 죽을 듯 비틀거리는 타키안의 모습에 하이단은 교황 로슈의 모습을 떠올리고는 그의 의견에 동의하였다. 나중에 돌아가서 타키안이 고스란히 일러바치면 그때는 정말 로슈한테 먼지나도록 맞을지도 모르기 때문이었다.

사람들은 그와 로슈가 대등하다고 생각하지만 진실은 달랐다. 언제나 대결을 벌일 때는 하이단은 죽을힘을 다하지만 로슈는 언제나 여유만만이었다. 아니, 그보다 더했다. 어려운 술식을 제어해 발동에 성공하였을 때는 그보다는 로슈가 더욱 좋아하며 가볍게 그 기술을 부숴버렸다. 발전하는 아들(?)의 모습에 순수하게 기뻐하는 로슈지만 그 여유로움에 배알이 꼴린 하이단이 갖은 승부욕을 불태워 달려드는 것이었다. 그러나 그렇게 강한 로슈의 마지막 절규는 충격적이었다.

"찾아라! 그분의 사도를!"

아직도 마지막 목소리가 귀에 쟁쟁거린다. 모두를 속이기 위해 일부러 대기의 검으로 로슈의 가슴에 큰 자상을 입혔지만 거기서 쏟아지는 출혈이 아직도 머리 속에 생생하다. 그것도 모자라 스스로 자신의 팔을 부러뜨린 로슈. 집무실 한쪽 벽을 박살 내고 달려가는 그의 귓가에 맺힌 그의 한마디.

"타키안을 부탁한다… 아들아!"

철이 들고 난 후 눈물을 쏟아본 적이 없는 하이단이었지만 그의 목소리를 들었을 때 눈물이 왈칵 쏟아지려 하는 것을 애써 참았다. 그래서 뒤도 돌아보지 않고 달려온 것이다. 라프델의 밤거리를 걷는 사람들의 거대한 물결 인파 한가운데 그는 망부석처럼 굳었다. 지나가던 사람들은 눈살을 찌푸리고는 그를 향해 눈을 흘겼지만 도리어 고개를 돌려 버리고 말았다. 이를 악물고 미간을 찡그린 모습은 사람들에게 그 덩치만큼이나 위압감을 주었기 때문이다. 절로 손에 힘이 들어가자 타키안은 그 강한 힘에 신음을 흘렸다.

"아야!"

타키안의 신음을 듣고는 하이단은 현실로 돌아왔다. 인파 속에 우두커니 서 있는 자신을 발견하고는 당황하다가 타키안에게 말했다.

"그래, 여관을 잡아 들어가자. 일단 쉬어야겠다."

격렬한 감정에 잠시나마 휩싸였던 하이단은 쉽사리 그 흥분을 진정시킬 수 없었다. 아무래도 여관에서 술이나 한잔해야겠다고 생각했다. 술을 금하는 교칙이지만 그는 20년 전 딱 한 번 술을 마신 적이 있었다. 별로 생각하고 싶지 않은 기억이었지만 그 기억 속의 술 맛은 아직도 잊을 수가 없었다. 이제 파문된 마당에 술이 무슨 상관일까. 그의 머리 속에는 로슈가 알면 거품 물고 날뛸 의도가 똬리를 틀기 시작했다.

하이단은 인파의 흐름을 따라 걷다가 여관이 비교적 많은 골목으로 들어갔다. 하고 많은 여관 중에 어디에 들어갈까 잠시 고민하던 하이단은 이제 축 늘어진 타키안을 업고는 비교적 한산한 여관 안으로 들어갔다. 여관 이름이 참 독특했는데 '여관'이었다. 별이 빛나는… 이라든지 사슴이 어쩌고저쩌고하는 명칭이 없는 그야말로 '여관'이었다.

주인의 무성의함에 감탄해 버린 하이단은 숙박부를 기록하는 작은 카운터로 다가갔다. 아이를 엎고 들어오는 사내를 의심스러운 듯이 쳐다보는 주인에게 하이단은 말했다.

"이 아이는 날 고용한 고용자의 아이요. 아이가 오랜 여정으로 지쳤으니 방 하나 주시오."

말을 마친 하이단은 등에 기대어 자고 있는 타키안을 살짝 흔들어 깨웠다. 잠시 눈을 비비던 타키안은 하이단의 눈짓에 숙박부에 이름을 적어 넣었다. 뭐, 주인이야 돈만 받으면 되니 상관없다는 듯 금세 신경을 끊고는 열쇠를 넘겨주었다. 2층으로 올라가는 하이단을 향해 주인장은 소리쳤다.

"2층 복도 끝에 목욕탕이 있으니 깨끗이 쓰시오!"

신경 쓰지 않았었지만 하이단과 타키안의 몰골은 엉망이었다. 몸에 걸친 여행복에 먼지가 잔뜩 낀 탓에 지저분하기 짝이 없는 것이었다. 오죽하면 여관 주인이 신경 써줄까. 하이단은 일단 몸을 깨끗이 씻고는 술잔을 기울이기로 마음먹었다.

*   *   *

휘라인 교단의 장로원은 수많은 비밀을 간직한 흑의 상자다. 그중 '로이드' 가(家)는 더 특별했다. 지혜를 뜻하는 '로이드'는 1,000년 동안 교단을 이끌기 위해 갖은 생존 전략을 짜내었다. 그러나 그것은 생존에만 국한되는 것은 아니었다. 교단을 억압하는 세력의 수뇌부를 암살하는 것을 시작하여 토벌령이 떨어진 국가를 상대로 적성국과 전쟁을 일으키는 모략 등 수많은 방법이 개발되었다. 그리고 이러한 특수전을 위해 '로이드' 에서는 특별한 인간들을 육성하였다.

쉐도우 워커(Shadow Walker).

신체의 마법적 개조를 통해 인간 한계를 뛰어넘는 무력을 보유하는 집단이었다. 또한 음지에서 각종 일급 정보를 모으는 첩보 단체이기도 하였다. 그전에는 각종 암살 기술을 보유하였지만 휘라인 교단에서 법력을 사용할 수 있게 된 200년 전부터는 마법과 법력의 연계로 그 효용성이 극대화되었다.

크라인 왕국이 탄생할 당시 휘라인 교단에서 지원하였는데 암중으로 공작을 벌인 것이 이들 쉐도우 워커라고 하는 비밀 문서가 존재한다. 현 대륙에 존재하는 암살자 길드는 이들 쉐도우 워커를 본떠 만들어졌는데 오리지널에 모자란 마이너 카피에 불과하였다. 그 마이너 카피조차도 암살의 위협을 끼고 사는 사람들에겐 공포의 대상이 되고 있다. 때문에 쉐도우 워커를 아는 사람들이라면 그 이름은 사신(死神)과 동격이나 다름없었다.

근 20년 동안 이들 쉐도우 워커들의 활동은 거의 없었다. 그렇다고 활동이 없었다는 것은 아니었다. 도리어 각국의 수뇌부에 침투하였고 20년 동안 유래없는 탄탄한 정보 조직으로 거듭나게 되었다.

현 장로 직에 직임한 로이드는 이 쉐도우 워커의 수장을 소환하였다. 소환이라고 해봤자 그들 가문의 집사를 불러온 것이다. 그러나 그 집사가 쉐도우 워커의 수장이라는 것은 현 장로인 로이드밖에 알지 못했다.

"왜 5대 교단에서 본 교단을 공식 승인했는지 알아봤나?"

편안히 흔들의자에 앉은 로이드는 권태기가 다분히 담긴 어조로 수장(首長)인 존 다이크에게 물었다. 끼익거리며 울려 퍼지는 목제 특유의 마찰음이 컴컴한 서재 곳곳을 쓰다듬었다.

　존 다이크는 살며시 찻잔을 로이드 앞에 내려놓았다. 고급 자기로 만들어진 찻잔이 목제 책상 위에 놓아진 순간 맑은 음이 퍼졌다.

　차앙—

　본디 조용히 내려놓는 것이 법도였지만 이 고급 자기가 뿜어내는 맑은 음에 매료된 로이드는 일부러 자기를 내려놓을 때 찻잔의 맑은 소리를 내도록 교육하였다. 대륙 중앙을 관통하는 중앙대간 드리오닌 산맥 북쪽 '제국'에서 만들어진 이 자기는 새로운 기법으로 만들어졌다고 한다. 자기를 만드는 데 전혀 상관이 없을 듯한 소뼈를 태워 얻은 가루를 점토와 혼합하여 구웠다고 하는데 보통 자기에 비해 강도가 3배나 우수하고 그 무게가 놀랍도록 가벼웠다. 해서 그 이름도 '본 카이나(Bone Cina)라고 불렀다. 현재 제국과 전혀 무역이 이루어지지 않은 상황에서 구한 귀한 물건이었다.

　"전혀 정보가 잡히지 않고 있습니다. 왜 그런 교서를 발령하였는지 고위 관계자조차 모른다고 합니다. 다만 그림자들이 알려온 정보에 의하면 5대 교단의 회합 당시 신이 강림하였다고 합니다. 그것과 관계 깊은 것으로 분석하고 있습니다."

　쪼르르륵!

　책상 위에 놓인 마법등이 뿜어내는 빛을 머금은 호박색의 액체가 찻잔의 내부를 훑으며 고여갔다. 작게 소용돌이치는 찻물을 내려다본 로이드는 다이크가 정성껏 우려낸 차 향을 맡았다. 시원하고 향긋한 향기가 폐부에 퍼지며 가슴이 개운해진다.

　드리오닌 산맥 깊숙한 곳에서 자생하는 '나인 플라워'의 꽃잎으로 달인 차였다. 로이드의 몇 없는 기호품으로 그 향과 맛에 이끌려 매일 두세 잔씩 마시고 있었다. 사치를 좋아하지 않는 로이드였지만 한 잔에 1글룬(금화)을 호가하는 이 차만은 포기하지 않았다. 도리어 나이가 들면 들수록 선호하는지라 요즘 중독된 것이 아닐까 고민할 만큼 자주 찾고 있었다.

로이드가 향기를 맡고 찻물을 한 모금 삼키는 것을 지켜본 다이크는 조용히 뒤로 물러나 시립하였다. 차를 마실 때는 옆에 누군가가 있는 것을 싫어하였기 때문이다. 수십 년 동안 모셔온 주인이었기에 그 누구보다도 로이드를 잘 안다고 할 수 있었다. 다이크는 로이드의 뒤에 시립한 채 마저 보고하기 시작하였다.

"특이한 정보가 올라오고 있습니다. 남부 지방에서 올라온 정보인데 라디아 엘프 족으로 추측되는 인물이 그랜드플랜 대평원을 건너고 있다고 합니다. 호기심에 추적을 명해본 결과 셔우드 마을에서 그 모습을 최초로 드러냈다고 하는데 그곳 셔우드 마을은 얼마 전 오크와 오거 무리에게 습격당했다고 합니다."

꽤나 흥미있는 보고였기에 로이드는 눈을 살짝 떴다. 때문에 차로 일어난 감흥이 날아가 버렸지만 그것을 메우고도 남을 정보였다. 다시 찻물을 한 모금 마신 로이드는 홀리듯이 말했다.

"흠… 라디아 엘프 족이라. 재미있군. 그건 그렇고, 그 셔우드 마을은 전멸이겠군. 오거의 습격이라니. 꽤나 안된 일이군."

그러나 그의 예상은 여지없이 빗나갔다.

"그것이, 셔우드 마을은 몇몇 사상자만을 낸 채 완전히 토벌에 성공했다고 합니다. 더 흥미로운 사실은 오거에 관한 내용인데 그림자도 몇 번이나 확인해 보았다고 합니다."

"무슨 정보이기에 그림자가 몇 번씩이나 재확인을 했지?"

검지로 찻잔을 두들긴 로이드는 다이크의 흥미진진한 보고를 기다렸다.

감정이 완전히 메마른 것처럼 뻣뻣한 다이크도 이 보고를 들었을 때 자신의 귀를 잠시 의심했었다. 그만큼 그 정보는 상당히 놀라운 것이었다.

"정확히 확인되지는 않았지만 해체된 오거들을 조사해 본 결과 총 2마리로 그중 한 마리는 그레이 오거라고 합니다. 더 더욱 흥미있는 것은 엘프와 같이 온 인간이 오거를 맨손으로 죽였다고 합니다."

차를 들이키던 로이드의 손이 멈췄다. 그레이 오거를 맨손으로 죽였다니…… . 상당히 놀라운 소식이었다. 그러나 보고는 거기서 그치지 않았다.

"더군다나 그 그레이 오거는 확인 결과 상반신이 없었습니다. 일부 목격자의 증언에 의하면 상반신이 폭발했다고 합니다."

"폭발이라니……?"

말을 끌던 로이드는 묘한 신음성을 내뱉었다. 그레이 오거를, 더군다나 맨손으로 죽였다는 것 자체가 어불성설이었다. 보통 오거를 처리하기 위해서 기사 서너 명이 필요한 것이 현실이었다. 그런 오거보다 서너 배는 강한 그레이 오거를 맨손으로 죽였다는 것은 믿기 힘든 사실이었다. 로이드도 쉐도우 워커의 보고가 아니었다면 믿지 않았을 것이다. 그렇게 막강한 인간이 존재하다니…… . 고위 클래스의 마법사이거나 오러 유저일 가능성이 농후하였다. 아니면…… .

"마스터일 수도 있겠군."

믿기지 않는 가설이었지만 사실일 수도 있었다. 솔직히 그가 생각하기에는 오러 유저조차도 그레이 오거를 맨손으로 죽이기란 불가능에 가까웠다. 맨손이라… 맨손. 무기가 없다는 사실에 자못 흥미가 생긴 로이드의 머리 속에 잠시간 생각이 스쳤다. 혹시 그가 '그분'이라면……. 200년 만에 출현한 라디아 엘프와 같이 있었다는 사실에 주목할 필요성을 느꼈다. 200년 전 일어난 대사건의 진원지가 라디아 엘프들이 살고 있는 라프디아 숲이라는 사실을 상기한 로이드는 더 더욱 그에 대해 알고 싶어졌다.

"쉐도우 워커에게 명하여 그 엘프 일행을 추적하여라."

"원하시는 대로, 마스터. 아울러 파문자 하이단 마르티어스의 위치를 포착하였습니다. 현재 라프델에 들어섰고 마찬가지로 쉐도우 워커를 시켜 추적하도록 하였습니다."

"그 배덕자 하이단이 약아 빠진 로슈와 무슨 계략을 꾸미는지 대충 짐작이 간다. 로슈와 하이단의 정보에 각별히 신경 쓰도록."

찻잔에 따스한 온기를 안겨주던 찻물이 점점 식어가는 것을 느꼈다. 더 이상 식어버리면 차의 향이 모두 날아가 버리기 때문에 로이드는 서둘러 차를 마셨다. 침묵이 침묵을 머금고 소리없이 잦아들고 마법등에서 나온 빛들이 어둠을 유린하는 그 고요 속에 로이드는 막 생각난 듯 한 가지 질문을 다이크에게 던졌다.

"그건 그렇고, 오거를 맨손으로 죽인 자의 이름이 어떻게 되지?"

"성(姓)은 확인할 수가 없었습니다. 다만 그림자가 알아낸 그의 이름은 세이진이라고 합니다."

*　　　*　　　*

길리언은 참으로 독특한 경험을 하였다. 그것은 그 또래의 소년들이 결코 체험할 수 없는 짜릿하고 흥분된 경험이었다. 텅 빈 허공을 밟아 올라 창공을 달리는 기분. 그것은 말로 설명할 수 없는 오묘한 느낌이었다. 발 밑에 느껴지는 느낌은 분명히 딱딱한 땅인데 고개를 내려다 보면 불빛과 사람과 집들이 늘어서 있다. 꼬불꼬불 움직이는 불빛과 각양각색의 머리가 한데 모여 움직이는 것은 흡사 점들이 물속에서 흩트러지는 착각을 불러일으켰다.

"대단해!"

길리언은 탄성을 지르고 말았다. 세르피아도 마찬가지였다. 주위에 느껴지는 힘은 아무것도 없거늘 어떤 힘으로 말미암아 허공을 달릴 수 있게 하는가? 이것도 엘디어의 능력인가? 세르피아는 스스로 질문을 던졌다. 그러다가 이내 고개를 저었다. 이것은 의미없는 질문이었다. 상식이 통하지 않는 저 사내에게 도대체 무슨 해답을 만들어 내놓을 것인가? 홀로 애써 생각해 이것이 그러하다고 추리하면 그 다음에는 그 추리를 여지없이 깨뜨리는 진기(珍奇)를 선보이곤 했었다.

자신을 노리는 사람들로부터 피하기 위해 저녁까지 기다리자는 성진의 말에 처음에는 의아하였다. 처음에는 성벽을 넘는 것을 생각하였다. 그러나 성벽 위를 거닐고 있는 경비대로 인해 그것은 불가능하였다. 그렇다고 그 경비대를 죽일 수도 없었다. 자신의 몸을 위해 함부로 생명을 죽이는 것은 엘프의 도리가 아니었다. 도대체 어떻게……?

그리고 이 기상천외한 방법에 세르피아는 말문이 막히고 말았다. 도대체 '엘디어', 관조자라는 것은 얼마나 위대하기에 이런 이적까지 선보인다는 말인가? 세르피아는 어느새 엘디어에 대한 과장된 선입견을 가지게 되었다.

엘디어, 즉 관조자라는 존재는 대단한 존재이기는 하였다. 그러나 그 힘 때문에 대단한 존재는 아니었다. 세상을 이해하고 흐름을 아는 것, 그것이 관조자였다. 불가에서 주장하는 '돈오'이자 '해탈'이나 도가에서 주장하는 '우화등선'이 이와 비슷하였다.

엘디어가 가진 힘이란 그가 깨달음을 얻으면서 딸려온 이른바 '경품'이거나 혹은 자신의 힘을 닦아가다가 어느 순간 '엘디어'에 들어선 본래 그 사람의 힘이었다. 성진은 엄청난 지식을 습득하면서 지성의 진화를 거듭하다가 창생력을 손에 넣고 그것의 제어권을 획득하면서 엘디어로 거듭나게 된 것이다. 성진의 힘은 엘디어 중에서도 최상위에 속하는, 아니, 그것으로도 표현할 수도 없는 격조 높은 것이었다.

아무튼 성진은 일행의 발 밑에 자신이 예전에 창조한 공간을 움직이는 곳에 맞춰 좌표를 설정하여 배열하였다. 3차원 공간에 자신이 설정한 1차원 평면 공간을 계산하여 설정한 좌표에 적절히 배열하는 것은 현대의 슈퍼 컴퓨터라도 상당한 시간이 필요하였다. 그러나 그것을 초 단위보다 더 짧은 시간에 계산하는 것이었다. 상당한 노가다(?)를 거친 성진은 일행을 사람들이 드문 곳으로 인도하였다. 버려진 공터인지 좁은 성 안에 전혀 사람이 살지 않은 공간이었다. 의문은 곧 풀렸다. 땅에 발을 내딛는 순간 그것이 무엇인지 확연히 길리언이 몸소 보여줬기 때문이다.

- "히익! 공동묘지!"

제아무리 정안(正眼)을 가졌다고 하지만 아이는 아이였다. 청소년기에 막 들어서는 길리언은 그 풍부한 감수성을 여지없이 드러냈다. 땅에 발을 내딛는 순간 성진의 바지를 붙잡고 새파랗게 겁에 질리고 말았다.

"빨리 나가요."

가늘게 떠는 길리언의 모습에 성진은 그만 웃고 말았다. 뭐가 그렇게 무서운지……. 길리언의 성화 아닌 성화(?)에 못 이긴 일행은 공동 묘지 투어(!)를 중단하고는 여관을 잡기 위해 대로로 들어섰다. 북적이는 사람들을 따라 흘러가다 보니 여관이 잔뜩 모인 골목이 보였다. 사람들 틈바구니에서 빠져나오기란 쉽지 않은 탓에 몇 번의 부딪침 끝에 일행은 이윽고 골목 안으로 들어갔다.

세르피아는 이미 성벽을 넘어오기 전부터 로브를 쓰고 있는 탓에 그녀에 대해 신경 쓰는 사람은 거의 없었다. 아마도 점쟁이로 생각했을 것이다. 만약 그 고생을 하고도 로브를 쓰지 않았다면 당장 도시가 뒤집히는 난리가 났을 것이다. 그러나 언제까지고 로브를 쓰고 여행할 수는 없었다. 귀를 숨기는 마법을 사용하는 인간이나 그에 준하는 아티팩트를 구해야 했다.

성진은 말은 하지 않았지만 그것에 대해 준비해 놓은 것이 있었다. 아직은 완전히 통제할 수 없어 그 사용을 자제하였지만 깨달음을 운용법에 완전히 넣는다면 세르피아는 당당히 대로를 활보하고 다닐 수 있을 것이다. 물론 그녀의 외모로 달려드는 날파리 떼가 조금 귀찮겠지만 뭐, 칼을 물고 식량 재료나 박제를 만든다고 달려드는 사람들보다야 낫지 않은가?

길 끝까지 들어선 여관을 보며 성진은 잠시 고민에 빠졌다. 수많은 여관 중에 하나를 고르는 것은 누구에게나 망설여지기에 충분하였다. 그것도 여행의 초행길이라면. 사람이라면 누구나 맛 좋고 편안한 안식처를 원했기에 단 한 번의 선택으로 최고를 경험하고 싶은 것은 본능에 가까운 것이었다. 잠시 고민하던 성진은 역시 독단적으로 처리할 수 없다는 생각에 일행을 보았다.

길리언은 엄청난 수의 여관에 말문이 막혀 버린 듯하였고 세르피아는 애초에 관심이 없다는 듯 무관심을 표했다. 이럴 때 호객꾼이라도 있었으면 못 이기는 척 끌려갔을 것이지만 아마도 법으로 금지한 듯 거리에는 오직 여행자가 끌고 온 말이나 마차가 간간이 지나가고 있었다.

지잉—

성진은 돌연 울려오는 어떤 느낌에 그쪽으로 고개를 돌렸다. 무언가가 튀기면서 진동하는 그런 느낌. 공명(共鳴)이었다. 누군가가 자신과 비슷한 힘을 사용한 것을 느꼈다. 누군가가 이 세상에 퍼져 있는 창생력을 사용하는 것이다. 비록 그 세기가 매우 미약하다고 하지만 성진은 충분히 느끼고 있었다. 영혼의 안쪽에서 울리는 그 울림에 성진은 그곳으로 발걸음을 옮겼다.

길리언은 스승이 걸음을 옮기자 덩달아 발을 놀렸다. 스승이 이 많은 여관 중에 하나를 택한 듯 그 발걸음이 거침없어 보였다. 세르피아의 손을 꼭 잡은 길리언은 성진의 뒤를 따랐다. 달랑 '여관'이라 씌어져 있는 여관을 보고 그 무성의함에 약간 실망했지만 지금 길리언은 목욕, 잠자리를 원했기에 별 상관 없었다. 솔직히 그야 스승이 가는 대로 따라간다고 이미 마음먹은 상태였다. 다만 걸음을 옮기는 스승의 등 뒤를 보면서 왠지 모르는 묘한 기대감에 가슴을 부풀었다.

쪼르르륵!

진갈색 액체가 진한 주향(酒香)을 풍기며 나무로 만든 무딘 잔 안으로 흘러 들어갔다. 이렇게 보드카 한 병의 마지막 잔을 따라내자 하이단은 묘한 섭섭함을 느꼈다. 더 취하고 싶지만 이제는 다 한 그것을 보며 마지막 보드카가 담겨 있는 나무 잔을 매만졌다.

탁자에 놓여 있는 촛불을 머금고 일렁이는 보드카를 내려다보며 하이단은 깊은 침묵에 빠져들었다. 촛불은 바람에 따라 일렁였다. 하이단이 손가락을 놀리는 대로 촛불은 광대 노릇을 행했다. 제 몸을 살라 만든 장엄한 생명의 꽃이 그 사명을 다하지 못하고 희롱당하는 데 초는 깊은 한탄의 눈물을 흘리고, 하이단은 그 눈물을 따라 마음으로 눈물을 흘렸다. 이제 어디서나 들리는 배덕자 하이단의 소리. 배덕자! 배덕자! 배덕자!

그래, 난 배덕자다.

하이단은 그 마지막 한 잔의 보드카를 입 안으로 털어 넣었다. 톡 쏘는 알코올 특유의 자극성과 보드카의 진한 향기가 콧속을 파고들며 뇌를 희롱한다. 생애 두 번째로 마시는 술이지만 그의 거구는 이 독성 따위는 가볍게 이겨냈다. 술이 안겨주는 잠시간의 마취감은 금세 깨어 참담한 현실이 하이단의 가슴에 파고들었다.

"그건 그렇고, 그 하이단이라는 놈, 진짜 벼락맞을 놈이군."

"누가 아니래? 자기 아버지 같은 교황님에게 그런 때려죽일 일을 벌여놓고 도망치다니, 그놈이 내 앞에 있었다면 사지를 절단하고 개 먹이로 던져 준다."

"휘라인 교단의 교황도 대단하지. 그 때려죽일 하이단 놈을 그대로 살려놓다니. 아, 왕국이 추격대를 지원해 준다는 것을 말렸다며? 대단한 분이야."

옆 테이블에서 맥주를 기울이며 잡담을 나누는 여행자의 한마디 한마디가 비수처럼 하이단의 가슴을 후벼왔다. 아울러 마음 깊숙한 곳에서 분노가 타오르기 시작하였다.

'그 빌어먹을 장로원 때문에 나와 로슈가 이 고생을 해야 한다니……'

"하이단, 이 말은 그 누구에게도 해서는 안 된다."
"젠장, 나도 알 것은 알아요."

로슈의 집무실에서 남몰래 나누었던 이야기가 화인(火印)처럼 가슴 속에 파고들었다. 하이단은 이를 물었다. 탁자 위에 놓여진 주먹이 자연스레 불끈 쥐어졌다. 그 답답한 마음에 하이단은 빈잔을 매만졌다.

"그래, 네 녀석도 교황의 자리가 허수아비라는 것쯤은 알 것이다. 허수아비 교황. 그저 얼굴일 뿐이지. 양지(陽地)에서 활동하기 위한 그저 이름뿐인 교황."
"……."
"하이 프리스트라는 네 녀석도 잘 알 거다. 그래, 그 정도 공부했으면 알 것이다. 신물(神物)을 수호하기 위한 결계는 외부의 적을 막기 위함이 아닌 내부의 신물을 구속하기 적합하다는 것 말이다. 그렇지?"
"그렇수."
"분명 비밀이 있겠지. 그런데 장로원은 그런 비밀을 신도들에게 밝히지 않았어. 교황인 나에게까지 말이야. 장로원은 타락했어. 장로원은 더 이상 그 예전의 장로원이 아니다. 그래, 어쩌면 그때부터 잘못됐을 수도 있다. 신물이 출현한 200여 년 전부터 말이다. 힘은 사람을 타락시킨다. 성경에도 나와 있지. 우습지 않느냐. 신관이라는 작자들이 힘에 취해 타락한다는 것이. 나라는 놈도 우습기 그지없구나. 교황이라는 자가 장로원을 해체시키기 위해 이따위 음해(陰害)나 꾸미고."

"그만 하슈."

"아니다. 그래서 말이다. 이 모든 상황을 타파하기 위해서는 뭔가 혁신적인 것이 필요할 것 같구나. 장로원하고 싸우기에는 나를 지지하는 세력이 너무 미약해. 얼마 전부터 신물이 울고 있어. 그래, 네 녀석이 수호자이니 잘 알겠구나."

"⋯⋯."

"며칠 전 계시를 받았다."

"⋯⋯!"

한순간 거센 파도가 몰아치자 촛불은 그만 제 생명을 다 하고 꺼질 뻔하였다. 거칠게 튕긴 로슈의 손가락이 조정하던 대기의 흐름이 요동친 것이다. 화를 삭이기 위해 당장 장로원으로 쳐들어가 그 빌어먹을 늙다리들을 작살낼 수도 없는 것이 현실이라 하이단은 애꿎은 술에게 화풀이를 하기로 작심하였다. 어차피 자신의 잔소리꾼이 될 타키안은 이미 2층의 숙소에서 편안히 꿈속에서 헤엄칠 것이기에 자신을 붙잡을 방해꾼이 없다는 것에 작은 행복감을 느낀 하이단은 술을 주문하기 위해 자리에서 일어났다.

그러나 그의 머리 속에는 계속 로슈의 이야기가 울리고 있었다.

"그게 계시였는지 나도 정확히 모르겠다. 하여튼 나는 빛을 보았고 '그분'을 보았다. 하이단, 나는 죽을지도 모른다. 장로원은 이미 나를 달갑지 않게 보고 있지. 허수아비 주제에 반항을 꿈꾸니. 그래서 말이다. 네 녀석은 떠나라."

"젠장! 그게 말이 되우?! 나 혼자 가면 영감은 어쩌자고!"

"나야 곧 죽을 목숨 아니냐. 아, 그렇게 얼굴을 일그러뜨리지 마라. 나도 늙어서 이제 네 녀석 얼굴 보기가 무섭구나. 물론 농담이다. 이 몸이 100년은 살다 가야지 고작 75년을 산다면 억울하지 않겠느냐? 나는 기다리겠다. 네 녀석이 그분을 모셔오는 그날을 위해."

"그분이라니? 누구 말이우?"

"하이단."

"왜요?"

"가라, 서쪽으로! 신의 사도인 그분을 모셔오너라!"

"……!"

끼이익―

미세한 신음을 지르며 단단한 오크 나무로 만든 문이 열렸다. 다른 사람들이 웃고 떠드는 소음에 나무 문이 열리는 소음 따위 그 속에 묻혀 버렸지만 하이단의 귓속에 왠지 뚜렷이 울려 퍼졌다. 그 소음에 하이단의 머리 속에 울려 퍼지던 로슈의 목소리는 자취를 감췄다. 신기하게도 말이다.

하이단의 자리가 구석진 곳에서 출입문이 바로 보이는 정면이라 그런 탓이겠지만 왠지 뭔가가 달랐다. 하이단은 재빨리 지나가는 점원에게 술을 주문하고 자리에 앉았다. 왜 그렇게 떠나지 않았던 로슈의 목소리가 돌연 사라져 버렸을까? 하이단은 의문을 느꼈다. 그의 눈은 문을 넘어 들어온 세 명의 인원에게 고정되었다.

문턱을 넘은 성진은 곧장 카운터로 걸어갔다. 잠깐 좁은 듯 입가에

홀린 침을 황급히 닦아낸 주인은 이 한밤중에 찾아든 손님의 용건을 물었다.

"식사? 목욕? 숙박?"

간결하면서도 그 의미가 고스란히 전달되는 터라 성진은 주인의 센스에 약간 감탄하면서 용건을 말했다.

"목욕실과 1인실 하나, 2인실 하나 주십시오."

"식사는요?"

"대충 했지만 목욕을 끝낸 후 부탁드리고 싶군요."

길리언은 히죽 웃었다. 허공을 걸으면서 먹은 빵도 식사는 식사였다. 따뜻한 것을 먹고 싶었지만 오랜 노숙으로 몸에 낀 먼지를 빼는 것이 우선이었다. 따뜻한 물로 목욕하는 것이 그리웠다. 그 다음은 따뜻한 수프, 그 다음은 침대의 따뜻하고 보드라운 천의 감촉이었다.

열쇠 두 개를 내미는 그의 손 밑에는 숙박부도 같이 놓였다. 성진은 열쇠를 받아 들고 멀뚱히 서 있었다. 그는 글자를 알지 못했다. 아니, 정확히 말하면 배울 기회가 없었다. 이곳 문자로 기록된 책을 접한 적도 없고 제프의 머리 속에서도 그는 오직 '말하는 법'만 빼왔던 터였다. 당연히 숙박부에 이름을 적는 것은 세르피아의 몫이었다.

성진은 열쇠를 각각 세르피아와 길리언에게 넘기고 식당으로 향했다. 열쇠를 받아 든 둘은 목욕을 하기 위해 2층으로 올라갔다. 왜 따라가지 않느냐고 눈짓하는 주인을 향해 성진은 말했다.

"저는 식사부터 하고 싶군요. 먼저 준비해 주시겠습니까?"

다른 둘과 달리 유독 깨끗한 성진의 모습에, 아니, 그보다는 성진의 색다른 복장에 호기심을 느꼈을지도 모른다. 주인은 약간의 호기심을 표했다. 워낙 많은 사람을 보다 보니 별의별 차림새를 보았는데 성진

같은 복장은 또 처음 보았다. 같이 온 일행은 한 명은 점술사 같았고 또 한 명은 동네에서 뛰어노는 보통 꼬맹이처럼 보였는데 이 사람은 꽤나 특이하였다.

숙박부도 그랬다. 보통 일행의 리더로 보이는 남자가 당당히 사인을 하는 게 보통인데 이 특이한 일행은 점술사가 사인을 하였다. 미려한 필체를 보아 귀족인 것 같았으나 귀족이 이런 여행자들이 찾는 여관에 올 리가 없다. 성진의 옷차림을 힐끔힐끔 쳐다본 주인은 주방장을 불러내 요리를 준비시켰다.

성진은 천천히 식당 안을 둘러보았다. 성진 홀로 식사를 한다고 남은 목적은 바로 여관 안으로 들어올 때부터 느꼈던 시선의 주인을 찾고자 하는 것이었다. 성진이 그쪽으로 고개를 돌리자 열심히 자신을 엿보던 자가 고개를 재빨리 돌리는 것을 보았다. 성진은 입꼬리를 살짝 말아 올렸다.

근처의 빈 탁자에 앉은 성진은 다른 시선들이 자신에게 쏠리는 것을 느꼈다. 자기들끼리 목소리를 낮춰서 말한다고 하지만 몇 미터 앞의 지나가는 개미가 만들어내는 소리까지 잡아내는 성진의 청각 앞에서는 그런 그들의 노력도 무너지고 말았다. 역시나 마찬가지로 그의 특이한 복색을 가지고 열띤 토론을 벌이고 있었는데 전혀 상관 없는 나라 지명이 거론되었다. 순간 그들의 오해를 풀어주기 위해 다가가—최근 들어 생긴 장난기라는 감정 같았다— '전 어디어디서 왔습니다' 라 말하고 싶은 충동을 잠깐 느낀 성진은 이 흥미로운 감정을 음미하며 음식을 기다렸다.

파동을 찾아 이 여관에 찾아왔지만 사용하던 이가 돌연 힘의 운용을 중단해 더 이상 찾을 수가 없었다. 다만 그 힘을 운용하는 염파(念波)의 파장이 성진을 주시하던 저 거구와 느낌이 비슷하였다. 그는 지금도 당혹스럽다는 감정을 뿜어내며 술잔을 기울이고 있었다. 찾아가 힘의 근원을 묻고 싶었지만 정확한 증거 없이는 움직이고 싶지 않았다. 아니, 정확히 말하면 부드러운 냄새를 풍기며 나온 하얀 수프가 탁자 위에 놓이는 것을 보았기 때문이다.

김을 모락모락 뿜어내는 걸쭉한 흰 수프를 스푼으로 살짝 젓자 구수한 향이 올라왔다. 식물성으로 만든 듯 느끼한 냄새가 전혀 나지 않는 산뜻함에 성진은 식욕이 도는 것을 느꼈다. 이곳 음식은 무척이나 느끼했다. 소금을 무척 적게 쓰는 이곳의 조리법은 하루 평균 소금 섭취량 35g의 한국인 입맛에는 너무나 싱거웠다. 맛도 맛 나름이지만 고기를 구울 때 그 속에서 풍겨져 오는 노린내란……. 오감이 뛰어난 성진에게 그것은 고욕 아닌 고욕이었다. 극도화된 미각과 후각은 음식의 풍부한 맛과 향을 더욱더 즐길 수 있는 것도 되지만 곤혹스러운 음식과 마주했을 때 그것은 그대로 창이 되어 되돌아오게 된다. 느끼한 맛 속에서 느껴지는 맛 하나하나가 뇌를 자극할 때의 느낌이란 흡사 아, 음식으로 하는 고문이 바로 이런 것이구나 하는 생각마저 들게 만든다.

초탈하긴 했지만 견딜 수 있는 것과 없는 것이 있었다. 성진은 여행하면서 그것을 절실히 깨달았다. 음식에 관해서라면 적어도 성진은 초탈할 수가 없었다. 이곳의 그 경악스러운 맛에 성진은 아공간에 넣어진 소금을 꺼내어 요리에 적당히 뿌려 먹기 시작하였다.

이곳에 도착하기 전 노숙을 할 때 일이다. 식사 때마다 성진이 어디서 꺼냈는지 몰라도 하얀 가루를 수프에 쳐서 먹는 것을 길리언이 우연히 목격하였다. 싱거운 수프에 간을 하기 위해 소금을 쳤는데 그것을 본 것이었다. 당연히 호기심이 인 길리언이 달라고 해서 맛보게 해

주었더니 즉각 입을 감싸 쥐고 물을 찾아댔다. 아마도 이곳 사람들은 짠맛에 매우 민감한 모양이었다. 해서 성진은 아공간에서 초콜릿 한 조각을 꺼내어 길리언에게 던져 주었고 그 거무튀튀한 덩어리가 주는 향기와 달콤함에 길리언은 완전히 매료되었다. 옆에서 한 조각 맛보았던 세르피아도 그 놀라운 맛에 상당히 놀랐던 것 같았다.

그 후로는 그 둘이 은근슬쩍 찾는 초콜릿에 상당히 재미있어하였다. 그 감정없는 세르피아가 초콜릿을 떠올릴 때 쑥스러운 표정과 당혹스럽다는 표정을 지을 때 상당히 재미있었다.

창생력을 얻고 난 후 거의 사라져 버렸던 희로애락(喜怒哀樂)이 세르피아와 길리언과 같이 지내면서 조금씩 살아나는 것을 느낀다. 성진은 음식에서 그들 일행으로 흘러가는 잡념에 화들짝 놀랐다. 감정이 풍부해지면서 잡념도 늘어나는 것인가? 반문해 보았지만 해답은 없었다. 스푼을 들어 입 안으로 수프를 떠 넣었다. 고소하고 부드러운 맛이 혀의 유두를 자극했다. 혀끝에서 느껴지는 구수한 맛에 성진은 오랜만에 만족감을 느꼈다. 그렇게 맛을 음미하고 있을 때 낯익은 기파(氣波)가 성진의 감각에 와 닿았다.

어느새 목욕을 마친 세르피아와 길리언이 상쾌하다는 표정을 지으며 식당으로 내려왔다. 길리언은 가벼운 복장으로 갈아입었지만 세르피아는 그 복장 위에 갑갑해 보이는 로브를 쓰고 나왔다. 식사하러 내려온 그녀가 로브를 쓰고 있자 주위 사람들은 괴이하다는 표정을 지었다.

"아, 스승님, 먼저 식사하시네요. 헤헤… 저도 배고파요."

물기 젖은 머리칼을 긁적이던 길리언은 의자를 빼서 앉았다. 성진은 그런 길리언을 물끄러미 바라보더니 자신의 앞에 놓인 수프를 길리언

앞으로 밀어놓는다. 사양할 법도 하지만 길리언은 마다하지 않았다. 스승님이 자신에게 신경 써주는 걸 거절하는 것 또한 큰 실례였기 때문이다. 맛있게 수프를 입으로 떠 넣으려던 길리언은 손을 입 앞에서 멈췄다. 그리고 의심스럽다는 듯 표정을 지었다.

"설마 소금을 잔뜩 집어넣은 것은 아니겠지요?"

그것이 연기임을 모를 리 없는 성진은 가볍게 웃음을 터뜨렸다. 아마도 그 짠맛이 오래도록 기억에 남은 모양이다. 이렇게 스승을 재미있게 해주려 농담을 했지만 그 안에 숨은 뜻을 알아채지 못할 성진이 아니었다.

스승의 웃음에 한층 기분이 좋아진 길리언은 구수한 수프를 입 안으로 떠 넣었다. 근래 들어 스승의 미소가 늘어나고 있었다. 처음에 봤던 절제된 스승의 모습도 멋있었지만 지금이 훨씬 좋았다. 감정의 기복이 거의 없는 스승이 요즘 간간이 보이는 감정에 길리언은 행복감을 느끼고 있었다. 인간을 뛰어넘은 스승을 아무 힘 없는 그가 약간이나마 변화시킨다는 것에 큰 성취감을 느끼고 있었던 것이다. 언제나 받기만 하는 제자가 아닌 자신도 스승에게 줄 수 있다는 것은 너무나도 큰 기쁨이었다.

그렇게 길리언이 웃고 떠들며 분위기를 주도하는 가운데 식사가 시작되었다. 세르피아 또한 엄청난 수련으로 가뜩이나 감정 표현에 서툰 엘프 특유의 성정이 완전히 죽어버린 탓에 그야말로 인형 같았다. 하지만 길리언이 보여주는 풍부한 표현과 표정에 성진과 세르피아는 간간이 웃었다. 요 며칠 사이에 감성적으로 엄청난 변화를 보이고 있었지만 그것이 싫지만은 않은 듯하였다. 최고를 바라보는 두 사람이 한 평범한 아이에 의해 변해가고 있는 것이었다.

홀로 자작하며 술을 마시던 하이단은 그 모습에 괜히 약이 올랐다. 보드카 한 병, 두 병을 비우다 보니 점차 알코올이 그의 뇌를 좀먹기 시작한 것이다. 살짝 취해 이성적 판단이 약간 흐려진 정도에 불과했지만 그것으로 충분하였다. 이성의 통제가 약해지자 감성이 슬며시 고개를 쳐들기 시작한 것이다. 자신은 홀로 처량하게 아픔을 곱씹으며 술을 마시고 있는데 저쪽은 일행과 어울려 웃고 떠들며 식사를 하다니……. 평소라면 도저히 상상할 수도 없는 생각이지만 지금 하이단의 머리 속에는 '젠장! 왜 이렇게 불공평한 거야! 그놈의 장로원 때문에' 라는 외침이 떠돌고 있었다. 얼굴이 붉어지는 가운데 이를 뿌득거리며 술을 마시는 것을 본 주위 사람들은 슬슬 자리를 피하기 시작하였다. 왠지 모르는 불길함에 주위를 피한 것이다. 참으로 현명한 판단이었지만 원인 제공자인 하이단은 '저들까지 나를 따돌리네?' 라고 생각하며 심화를 북돋았다.

괜히 짜증나는 마음에 하이단은 법력을 사용해서 촛불을 희롱하기 시작하였다. 비틀리고, 꼬아지고, 심지어 본 심지에서 떨어져 허공을 유영하는 촛불을 보며 혼란스런 심사를 풀고 있었다. 평소의 하이단이라면 결코 행하지 않을 지극히 유아적인 행동이었지만 술에 취하면 개가 된다는 명언(?)이 있듯이 하이단도 마찬가지였다. 단지 특이하게 유아적 행동 양식을 따라 하는 것뿐이었다.

그것을 느끼지 못할 성진이 아니었다. 조금 전에 느꼈던 염파가 다시 감지되자 성진은 그 방향으로 고개를 돌렸다. 역시나 그 거한이었다. 이리저리 흔들리는 촛불을 보니 그가 '힘'을 사용하여 벌이는 일 같았다. 성진은 슬며시 자리에서 일어났다. 때마침 성진 몫의 빵과 스튜가 나왔고 세르피아 앞으로 드레싱 되지 않은 샐러드가 나오고 있는 참이었다. 길리언은 식사를 외면하고 어디론가 걸어가는 성진에게 당혹스럽다는 표정을 지었다.

"스승님, 식사……."

돌연 세르피아가 길리언의 어깨를 붙잡았다. 길리언의 시선이 세르피아에게 돌려지자 그녀는 고개를 살짝 내저었다. 그녀도 그들 일행을 계속 주시하던 시선을 느낀 참이었다. 현재 인간들에 대해 경계하는 세르피아의 날카로운 감각이 그것을 여지없이 잡아낸 것이다. 성진과 목적은 달랐지만 결과는 같았기에 세르피아는 가만히 길리언을 만류하였다. 그녀의 행동에서 무언가를 느낀 길리언은 도로 자리에 앉아 빵을 집어 들었다.

성진은 자신이 느낀 염파에 대해 약간의 당혹감이 솟는 것을 느꼈다. 인간이 '창생력'을 운용할 수 있다니. 가장 우려하는 사태를 맞이하게 된 것이다. 유출되어서는 안 되는 힘이 세상에 퍼졌을 때부터 걱정하고 있었지만 이런 사태를 맞게 될 줄이야. 우려와 걱정 속에 호기심도 피어났다. 그렇게 통제하기 힘든 힘을 어떻게 인간이 사용하는 것인가? 신조차 바라만 봤던 그 힘을. 성진은 하이단의 탁자에서 얼마 떨어지지 않는 곳에 멈춰 섰다. 아직 그가 다가오는 것을 눈치 채지 못한 하이단은 연신 기류를 조종해 촛불을 비틀었다.

창생력이란 말 그대로 물질을 창조하는 힘이다. 무(無)에서 유(有)로, 물질 말고도 공간, 에너지까지 만들어낼 수 있다. 이때 창생력은 시전자가 원하는 바대로 변한다. 요컨대 창조란 창생력이 소모되면서 만들어지는 행위였다.

그러나 이들은 달랐다. 그들은 창생력을 말 그대로 이용하였다. 그들 몸속 내부에 있는 '무언가'가 공간 내에 퍼져 있는 창생력에 간섭하여 변화를 주고 있었다. 그것은 전혀 새로운 방식의 운용법이었다. 미흡하게나마 그것을 느끼고 있었던 성진은 하이단의 일련의 행위를 지켜보면서 확연히 깨닫기 시작하였다.

몸속에 내제된 '무언가'가 의지에 의해 변환되어 공간에 떠도는 창생력을 자극한다.

시전자가 원하는 바대로 그것은 비틀어 일련의 결과를 만들어냈다. 대기를 이루는 산소, 질소 분자와 같은 미세 분자를 창생력으로 조종하는 것이다. 이미 창조되어 있는 물질을 조종할 수조차 있다니? 막연히 깨닫기 시작한 단계를 저들은 이미 사용하고 있었던 것이다. 전자(電子), 양성자(陽性子), 중성자(中性子)라는 3종의 입자를 조합하여 원하는 원자를 만들고 그 원자를 결집시켜 만지고 볼 수 있는 물질을 만든다. 그러나 이들은 앞과 뒤의 과정을 생략하고 중간 단계를 응용하는 것이었다.

동시에 성진은 새로운 추론을 했다. 인간의 미약한 정신력, 즉 의지로 창생력을 움직일 순 없다. 미동조차 하지 않는다. 그렇다면 이들은 어떻게 창생력을 운용할까? 이들의 몸속에 내재된 무언가는 이들의 수련 결과였을 것이다. 그리고 이것을 바탕으로 창생력을 운용하기 시작한다.

최소한의 노력으로 최대한의 효과를!

아마도 이것이 그들이 추구하는 목적이었을 것이다. 창조는 꿈도 꾸지 못했을 것이다. 다만 이들은 창생력으로 무언가를 이룬다는 바람으로 연구를 시작했을 것이다. 이윽고 수많은 수학식을 동원하고 성공하였을 것이다. 성진은 이들의 집념에 마음속으로 갈채를 보냈다. 수백, 수천 명이 족히 몇백 년 동안 연구했을 것이다. 신조차 망연히 바라보왔던 그 힘을……. 비록 성진의 실수로 인해 세상에 나타났다고 했지만 자연에 완전히 동화되어 있는 이 힘을 끌어다 사용하는 것은 실로 놀라웠다.

성진의 추론은 정확했다. 우연히 창생력과 연관이 있는 그네들의 성경(聖經)이란 것에서 데이터를 추출하였지만 그것을 응용하기 위해선 800년이라는 시간이 걸렸다. 세상에 창생력이 퍼지기 시작한 200년 전부터 그들이 얻은 데이터를 토대로 이론이 아닌 실제로 창생력을 제어하기까지 무수한 시행착오를 겪은 것이다.

성진이 하이단에게 다가가기 위해 걸음을 떼자 목재 바닥에서 삐걱거리는 소리가 퍼졌다. 이 시끄러운 와중에서도 그것을 들었는지 그는 화들짝 놀라 고개를 쳐들었다.

하이단은 순간 당혹스러웠다. 잠시 넋을 놓고 있는 사이에 자신이 지켜보던 그가 이렇게 가까이 접근했다니……. 술은 수련하는 자에게 있어서 금물이라는 말이 퍼뜩 떠올랐다. 아울러 잠시의 괴로움을 참지 못하고 술을 찾은 자신을 자책하였다. 보통 때 같으면 호탕하게 행동했을 테지만 지금은 그럴 수 없었다. 언제 자신을 노릴지 모르니 장로원의 쉐도우 워커를 최대한 경계하여야 한다. 아울러 자신의 앞에 선 저 괴이한 복장의 사내에게서는 알 수 없는 냄새가 났다. 뭐랄까, 그것은……. 순간 하이단은 깜짝 놀라고 말았다. 자신이 느끼고 있는 감정의 정체를 알아차린 것이다.

그것은… 두려움이었다.

'그래, 두려움이야.'

하이단은 떠올렸다. 어렸을 적 사고를 치고 로슈에게 야단맞으며 느꼈던 그 감정. 분노한 아비 앞에 선 자식이 절실히 느끼는 것 같은, 잘

못한 아이가 그것이 부모님의 귀에 들어갈까 봐 전전긍긍하는 그런 감정이 들었던 것이다.

순간 덮치는 이 당혹감에 하이단은 놀라지 않을 수가 없었다. 천하의 두려움이 없는 이 하이단이 저 왜소한 체격의 남자에게 두려움을 느끼다니? 이해할 수 없는 감정 앞에서 당혹해하던 하이단은 성진이 자신이 차지하고 있던 테이블에 합석하는 것을 저지할 수 없었다. 성진이 가만히 하이단의 눈을 주시하자 그 괴이한 감정은 스물스물 커져 갔다. 마음속 깊이 느껴지는 두려움과 의문과 당혹감이 머리 속을 잠식하고 목이 바짝 말라왔다. 나무 잔 한가득 차 있던 보드카를 단숨에 들이마신 하이단은 잔을 거칠게 테이블에 내려놓았다.

쾅!

갑작스럽고 둔탁하기 그지없는 소리에 주위 사람들의 시선이 전부 하이단 쪽으로 쏠렸다. 이렇게라도 하지 않으면 당장 테이블을 박차고 침실로 뛰어갈 것 같았다. 두려움을 숨기기 위한 별 볼일 없는 자기 과시 행위지만 그 속에서 하이단은 약간의 용기를 얻었다.

"뭐야, 넌? 남의 테이블에 허락없이 멋대로 앉아도 되는 거야?!"

호기있게 소리쳤다 하지만 그 속에 숨은 두려움을 알아채지 못할 성진이 아니었다. 성진의 입꼬리가 살짝 올라갔다.

자신의 말에도 아무런 반응이 없는 성진을 보고 하이단은 움찔하였다. 도리어 웃는 성진을 보고 분노가 아닌 두려움을 느꼈다.

"무엇이 두려우십니까?"

성진의 말은 나직하고도 부드러웠다. 평온한 어조로 날씨를 묻는 것 같은 음색이었지만 하이단은 그렇지가 않은 모양이었다. 순간 하이단의 동공이 확장되고 몸이 굳었다. 자신의 몸속에 있는 코어(Core)가 동요한다. 이것은 의식으로 제어할 수 있는 상황을 넘어섰다.

주위에서는 제각각 웃음과 이야기가 꽃피고 있었다. 서로 술잔을 나누며 마주 보고 음식을 먹는다. 즐거운 가운데 모두가 이야기하지만 이곳은 그렇지가 않았다. 같은 곳에서 같은 공기를 마시며 같은 술을 즐기는 것인데 이 구석진 곳만 따로 떨어진 것처럼 괴리감을 느꼈다. 하이단은 이 이해할 수 없는 상황에 더 더욱 미칠 것 같았다. 정신이 맑을 때라도 성진에게 느끼는 존재감을 감당할 수 없을 것인데 알코올로 인해 이성이 약간 마비된 상황에서 그 무엇을 대처할 수 있을까. '나는 두렵지 않아'라고 대답하고 싶지만 입이 떨어지질 않는다. 성진의 깊고 어두운 진한 고동빛 눈이 커져만 갔다. 하이단은 머리가 어지러워지는 것을 느꼈다.

"대답이 없군요. 그럼 질문을 바꿔볼까요?"

성진은 살짝 웃음을 머금었다. 이자에게 느껴지는 감정을 성진은 고스란히 잡아내고 있었다. 개개인의 인간이 가진 저마다의 영혼의 장벽이 이자에게는 없는 것처럼 여과없이 느껴진다. 성진은 그의 눈을 타고 뇌에 다가간다.

"당신의 이름은 하이단 마르티어스이군요. 맞습니까?"

덜커덕!

하이단의 각지고 굳은 얼굴이 새파랗게 굳어온다. 쉐도우 워커? 아니다. 그것 따위와는 비교가 되지 않는다. 이렇게 엄청난 존재감이란……. 하이단은 점점 호흡 곤란을 느꼈다. 이자는 분명히 자신을 모른다. 그런데 어떻게 지금 자신의 이름을 알 수 있는가?

자신에게 이렇게 민감하게 반응하는 이자에 대해 성진은 더욱 큰 호기심을 느꼈다. 이대로 더 하이단의 뇌를 읽어 내려갈 수 있지만 그것은 관조자가 손댈 수 없는 영역이었다. 함부로 남의 기억을 읽는 짓은 분명히 어긋나는 짓이었다.

　―금지된 힘을 사용하는 이유는 무엇입니까?

　성진의 의지가 공간을 격하고 하이단의 머리 속으로 흘러 들어갔다. 전의법(傳意法). 하이단은 돌연 머리 속에서 들려오는 소리에 정신이 번쩍 들었다. 경악이 머리 속을 잠식하고 사지로 뻗어 나간 공포감이 근육을 경련시킨다. 몸을 부들부들 떠는 하이단의 상태를 지켜본 성진은 나직이 한마디를 흘리고 자리에서 일어섰다.

　"자세한 이야기는 내일 아침에 하지요. 벗어날 생각은 하지 않는 것이 좋을 겁니다."

　그렇게 성진이 떠나서도 하이단은 떨었다. 성진이 식사하고 웃으며 2층으로 올라간 뒤에도, 모두가 잠을 청하러 식당을 빠져나갈 때에도, 여전히 자리를 뜨지 않는 그에게 독촉하던 여급이 흔들었을 때도 그는 굳은 듯이 그 자리에 하염없이 앉아 있었다.

『허공록』 2권으로…

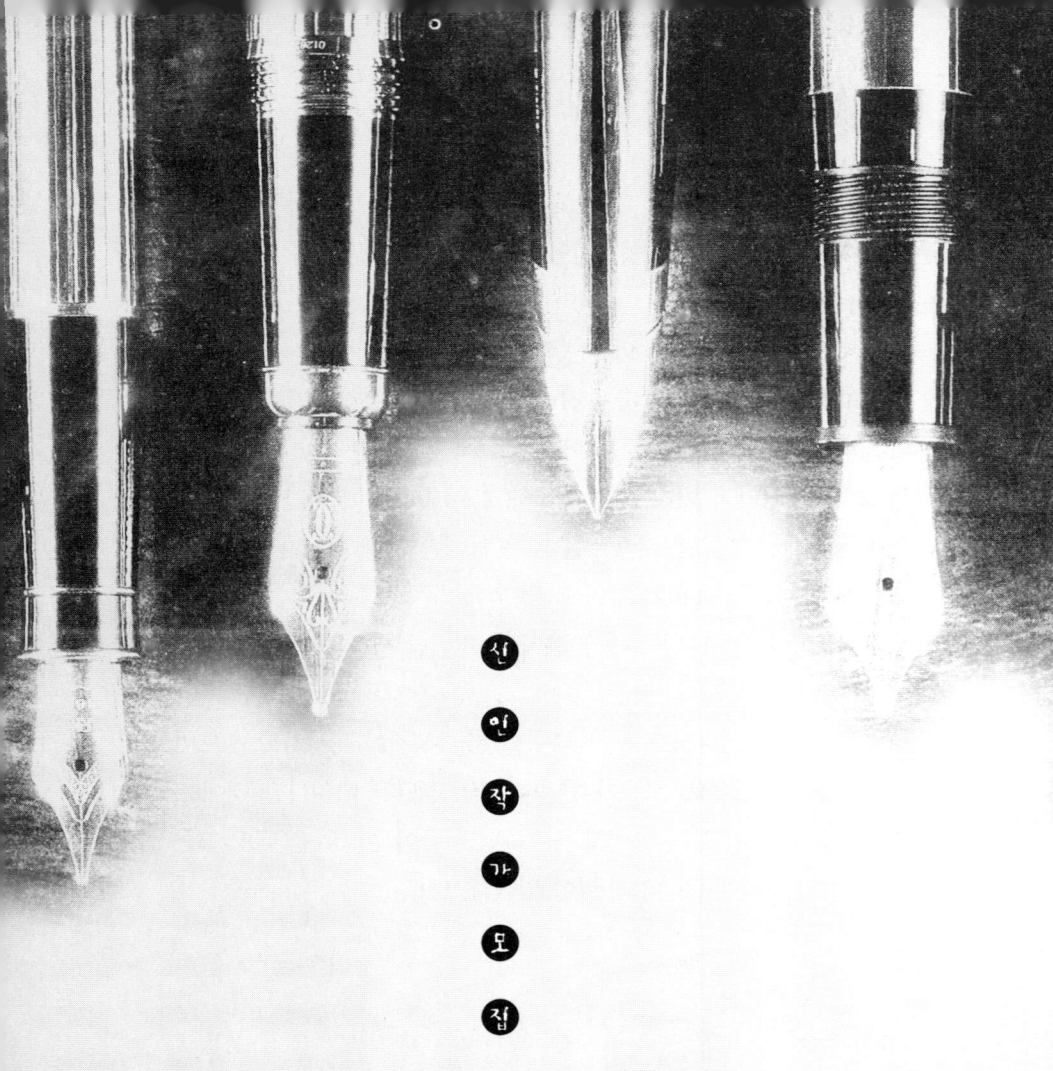

신
인
작
가
모
집

시작이 반이라고 했습니다.
작가의 길에 대한 보이지 않는 벽을 과감히 깨뜨리십시오!
청어람은 작가 지망생 여러분들의
멋진 방향타가 되어드리겠습니다.

저희 도서출판 청어람에서는
소설 신인 작가분들을 모집합니다.
판타지와 무협을 사랑하시는 분들의 많은 참여를 바랍니다.
소정의 원고(A4용지 150매)를 메일이나 우편으로 보내주시면
검토 후 출판 여부를 알려드리겠습니다.

주소:경기도 부천시 원미구 심곡1동 350-1 남성B/D 3F 우편번호420-011
TEL:032-656-4452 · FAX:032-656-4453
http://www.chungeoram.com
e-mail:chungeoram@chungeoram.com